华彩序章

胡芳芳 ◎ 著

中国文史出版社

图书在版编目（ＣＩＰ）数据

华彩序章 / 胡芳芳著 . -- 北京：中国文史出版社，
2024.3

ISBN 978-7-5205-4602-7

Ⅰ.①华… Ⅱ.①胡… Ⅲ.①散文集—中国—当代
Ⅳ.① I267

中国国家版本馆 CIP 数据核字 (2023) 第 256769 号

责任编辑：牛梦岳

出版发行：中国文史出版社
社　　址：北京市海淀区西八里庄路 69 号院　邮编：100142
电　　话：010-81136651　81136602　81136603（发行部）
传　　真：010-81136655
印　　装：廊坊市海涛印刷有限公司
开　　本：787mm×1092mm　1/16
印　　张：17.75　　字数：270 千字
版　　次：2024 年 6 月第 1 版
印　　次：2024 年 6 月第 1 次印刷
定　　价：68.00 元

序言

　　读胡芳芳的游记散文，感觉作者如同一位奇特的古建筑师，她所从事的"语言工程"，是用奇特的文字作为建筑材料盖出一所所奇特的房屋。为什么说她的文字奇特呢？因为她在遣词造句时摇身变成了一位浣纱女，在时光的溪流中把每一个字词左右摇晃着一遍遍浣洗，直到把每一个字、每一句话都洗得干干净净、鲜艳亮丽，再如魔术师一般用它们"变"出一篇篇漂亮的散文。

一、散文中奇特的灵性无处不在

　　她是一个集众美于一文的"绣女"。

　　玉树，在她眼中成了"云之故乡"，"美得让人丢了魂儿"。读她笔下的雄鹰、高山、流水、花草、牛羊，以及宛若"天外来客"的黑牦牛帐篷，草原之美也会让欣赏的人"丢了魂儿"。

　　在她的叙述里，纯净如圣地般的玉树有着丰富的史料与感人的故事，有出家修行的孩子、安详的僧人、生活在黑帐篷里的藏民，以及深入骨髓的宗教意识。黑帐篷的面积、高度、功能、编织过程……作者细腻的雕刻，可谓"明察秋毫"。在她眼里，黑帐篷又成了"博物馆"。在这

1

馆里，绘着藏文吉祥图案、铁壁粉、与埃及金字塔神兽相似的吞钱兽、雕花马鞍、华美的皮箱、做奶豆腐的皮桶，各种生活用具"有呼吸、有温度"，生动鲜活。坐卧其间，仿佛与爱人依偎，听夏虫鸣叫，与小草聊天。

作者忽然又从观察中走出来，说起牦牛与青藏高原的插曲，说起黑牦牛帐篷与牧民的紧密联系，藏民对黑牦牛帐篷、对自然的敬畏以及对生态环境的呵护。最后，把三江之源的蓝天、草原、牧民、黑牦牛帐篷以及慢而优雅的诗意生活，编织成开放的、有着别样生活和感悟、人与自然和谐共生、充满生活禅的玉树。

在依山傍水、三街六巷次第相连的古寨——大安石寨古民居，作家俨然一位用文字描摹的特别画师，画成了一部由历史的线条构成的画册。画册里有"母亲的呼唤"、依偎在母亲怀抱里的婴儿……忽然，作家眼前的石寨变成了一部寂寞、孤独的"书"。从那书里"扑棱棱"飞出古寨的飞檐、白墙剥蚀的累累伤痕。我屏息凝神，似谛听到一曲节奏明快的交响乐，从那沉醉、轻盈、流连的节奏中，传出一种奇特的令人陶醉的韵律。书中所描述的画面中叠加出岁月织造的"木棉袈裟"，音符在墙壁上跳着小步舞曲，夕阳的柔光在深巷彩墙上慢慢挪移……

古建是凝固的画，是富含哲理的诗，那远古的意趣在古典气息的光芒里呈现。查济村的钟秀门穿越了时光的隧道，徜徉在丹青水墨画里，叫醒观赏的心灵、眼睛和耳朵，心灵感悟到的是徽派建筑与原始京剧一唱三叹的柔美韵味，眼睛所见是一帧别致的画卷、一部无字的诗书，耳朵所听到的是《石桥禅》那婉约缠绵的情意。在这样的意境里，作者"走在墨雨般闪亮的石板路上"，踏着春雨的节拍，与唐诗宋词中的苏小小、李清照同行。

跟随作者的脚步，我们领略了涿鹿的杏花、大自然布下的漫山遍野的葡萄阵、古代三皇的传说、黄帝城的陈迹、见证沧桑巨变的千年古树……魏徵故里——馆陶的粮画一绝，水墨越溪古树参天的池塘、清冽绵软的酒香，以及远处蓝天白云下水田倒影里插秧的农人。

静谧的民居小巷，那音乐的旋律沉静舒缓，漫过作者的身心，民居的庭院、门窗，汇聚到青瓦上，蹦蹦跳跳到雕花翘檐上蔓延开去。后来那旋律在母亲"回来吧！回来吧！"的一声声呼唤中结束。

作者的奇特又在于她竟成了一个勤奋的"读者"。在广府古城，读出了河水的"柔情蜜意"，读出了古城千百年的沧桑。至此，作家那穿越时空的思绪也被广府城的细雨"淋湿"。

父亲的外祖母家也时常入作者的梦，她不时去翻读古镇的小桥流水、四合院人家、桥的世界，雨中的小城、古镇的青色石板路、小街路旁星星点点的翠草，黄昏时分路灯睁开的惺忪睡眼，还有那穿心河的莲藕、童年记忆里的表叔。

阿克苏的塔里木河、千佛洞、大峡谷，让她读到了诗化的音符，"不由得背起行包，双脚踏在奔向天边的路上"。在那条路上，"梦里看见两条河，一条挽起另一条，用浪花的形式，轻轻歌唱"。在阿克苏洞窟里，从每一幅石窟壁画里，她读出了每一个线条所透露出的艺术生命的呼吸和韵律，读出了走进荒凉、走进时光核里、走进茫茫人海里的自己。她读到了胡杨林，居然成了一个神话般的歌手。"在大雨背面，依旧站在高高的山岗。枝条参天，像挽起你的手臂，从日出唱到日落。"

当她打开乌苏大峡谷这部"史书"的时候，"一页页，一行行，记录着自然界的生命密码，涅槃与轮回，万语千言，却又空无一字"，让她顿觉"宏大与渺小，永恒与空无共存"，"前世今生的恩怨似乎轻了、淡了"。

在天山草原，哈萨克骑手表演姑娘追、叼羊和赛马，众人与英俊潇洒的骑手合影，与盛装打扮的姑娘牵手，在草地上匍匐、打滚。作者从中读到了一种超然的感觉："人与人之间没有了距离，让每个人都回到了年少时光"（《天边，有我最美的歌》）。耳边回荡着歌曲《达坂城的姑娘》，品读着博格达峰脚下这方残垣断壁的荒凉寂寞，捕捉那墙缝里溜走的几度兴衰后渐入沉寂的半个多世纪的时光，引发心底的疼痛与爱的呼唤。

当永清的麦香扑鼻而来的时候，读着眼前"绿宝石镶嵌的童话世界"，就连那眼睛、呼吸和心灵"都被渲染得青翠"。她还从一处处古迹中，读到了杨家将守三关御辽及众多仁人志士的传奇故事（《麦香时节话永清》）。从对昭化古城众多景地的"阅读"中，作者恋上了古城典型的川南古建风格、商贸古风、贞德教化、文脉传承和儒家文化的底蕴。

在齐鲁腹地之济南曲水亭街，作者读到了街巷里家家泉水、户户垂柳的"奢侈"与"洁净"，读到了夕阳西下、杨柳依依、小桥流水人家的宁静祥和，读到了那里雾霭迷蒙、垂柳揽影、泉水淙淙的惬意，石板路回归的远古、"曲水流觞"的静谧安然。

在衡水湖夜色滋生的诗意中，作者"读"到一位伫立窗前的女子，端望着远方的灯火，裹着轻纱的肩膀上，一截雪白的肌肤，让一袭素雅的布裙，流露出新鲜的琴味。（《轻寒细雨问琴心》）

作者沿着悠远的运河古道，读到了母亲的故乡、千年吴桥的物华天宝。（《最忆是吴桥》）当一本透着墨香的《岷州文学》铺开在眼前的那一刻，书面上闪烁出的是岷州春姑娘"唱着古老的民歌"一路走来，泛起在西北边陲的那抹新绿……

二、作者的身份在流畅的文字间奇妙地转换着

首先，作者是一位灵秀的素描师。她擅长以绘画的手法用单色或简单的颜色描绘对象的轮廓、体积、结构、空间、光线、质感等基本要素，以单色线条来表现直观世界中的事物。

"靡瞻匪父，靡依匪母。"作家笔下的固安杨家圈村的老桑树身上的"每一片鳞片都欲张合，争相诉说岁月的沧桑。"（《陌上古桑尚青青》）剑州古柏或似依偎的夫妻正呢喃恩爱，或如兄弟在促膝谈心，或露出阿斗的痴蛮，或讲着张飞的故事。（《参天古柏有神韵》）十果园竟成了一幅徐徐展开的棋盘：

劳作的农家在田埂上跳跃；古柏讲述着纪晓岚、刘淮年、孙毅、张学良的故事。（《河畔苍苍十果园》）

作者笔下，那一蓬蓬青碧挺秀的竹子在书画里低吟浅唱：有东坡先生"宁可食无肉，不可居无竹"的癫狂；有竹与人唇齿相依的缠绵；有看破红尘、独坐月下任竹影箩筛的轻吁惆怅；亦有老少皆宜的悠扬乐音；还有洞庭湖君山岛神奇的湘妃竹林里的点点泪痕……单是眼前那一蓬竹子，就给作者整出这么多说道。（《雨夜卧听萧萧竹》）

在深秋丰稔的稻田里，满眼金灿的画面，晃得眼睛有些眩晕，人们的心田被微风一波又一波拂过，麦穗波浪般淌过季节河，淌过岁月的田埂。（《稻菽千重待我来》）

其次，作者在其营造的绝美意境中完成神奇的仙化。一句"来到龟峰便是仙"，足以让所有到过和未到过龟峰的人产生浓厚兴趣，于是，雾中龟峰便成了山中望远、白纱遮面的佳人。置身峰上，众山皆小，山岚缭绕，云梯垂挂，向聆听者细说山峰的雄伟、怪石的嶙峋。观峰忘忧，无忧即仙，于是，讲述人竟成了翠竹仙子……（《卿在龟峰便是仙》）

大茅山在讲述人的口中，成了"一轴半开的画扇"。画扇里，大山敞开襟怀，等待前世相约的伊人；时光因偷吃王母娘娘的蟠桃而迷醉不知去向；迎面撞见了修炼成精的古树，山树相依，青碧长存；在大山里，花草摇身一变，成了可以消肿散结、普救众生的岐黄本草；溪石仿佛被施了魔法，穿着青苔翠衫微笑酣睡……

一句一新奇，导引着读者一直往前阅读：鸟雀唤醒了沉睡的大山；夜莺诉说着森林里的所见所闻与向往；索桥连接着人间与天上；一树杜鹃红了天空，香了酥雨，醉了大地。（《大茅山，爱的流放地》）

阻隔牛郎织女的天河泉水，掬一捧轻轻啜饮，不光沁人心脾，齿留甘醇，且有一种列入仙界的味道。那小溪是织女沐浴时遗落的玉带，那汪绿波里的艳彩鱼儿，该是牛郎撒下的花瓣化成的。被花香染醉的溪流，瞬间从孩子变成花

季少女，羞答答地挪着莲步，在五彩岩石上轻歌曼舞。(《天河山揽秀》)

大洼里的水成了苇塘的理发师，芦苇和湖水产生了依恋之情……(《大洼寻梦》)在大洼的天空上，悠然飘动的云朵，幻化成一朵朵盛开的白莲花，静如处子的苇塘，"深情地拥抱着蓝天、云朵和翠苇。"(《在大洼流连》)

美丽的汉江，"沿秦岭南麓穿越汉中、安康……在崇山峻岭间留下一道弯曲的切痕，"忽然，变成一束柔韧的秀发飘过青山，飘过层林……(《流淌在心上的汉江》)

在蓝墨水上游的汨罗江，诗人朝圣的麦加，屈原和杜甫在此涅槃。"诗人的满腹诗书倾入江心，一半化为鹭鸟，一半化为白莲"，于是，才有了风清月明之夜，江心泣泪的吟诵。(《蓝墨水的上游》)

汉江上的一条"鱼"，竟然一听到"不要问我从哪里来"的歌声就会流泪，她听得懂江边石滩上纤夫那一声声沉重的号子，鲤鱼山和千亩石莲花美景都"无法满足渴望新奇的心"。(《我是汉江一条鱼》)。

三、作者笔下满是亲情与友情

一个俭朴的婚礼，把有着共同理想的父母拴在了一起，二人在爱情的滋养下度过一生。一对苦命夫妻在艰苦岁月中颠沛流离的爱情，又演绎出怎样一个催人泪下的感人故事？且听连篇都是诗化语言的散文家同你娓娓道来。(《爱着走下去》)

凤仙花，也叫指甲草，是20世纪80年代前农村姑娘的最爱。凤仙花的种植很简单，在篱笆边的泥土里撒上种子就能活。开花后，小姑娘们需要染指甲了，先掐些凤仙花，再找来白矾、小碗，把碗底倒扣，放上花瓣儿用白矾研碎成泥，然后用小竹签轻轻将花泥挑在指甲盖儿上摊开，过不了多久，那一个个指甲盖就都变成了红红的，颜色甚是好看。在作者的记忆里，奶奶除了会染指甲，还能给她在小手心里染上弯月、桃心、太阳花。寥寥数语，奶奶的善良、淳朴、智慧已跃然纸上。上学后，因为来到大西北远离了奶奶，剪指甲时会因剪去奶奶给染的红指甲而悄然落泪，回老家看奶奶时难舍难离，奶奶为没有凤仙花给孙女染指甲而抱憾，作者又为不能"种出黑凤仙花染黑奶奶的白发"而惆怅，字字句句都令人揪心。凤仙花的"藤蔓"牵出一串串难忘的回忆，染指甲增添了她的童年乐趣，点染了她家在大西北的"灰色生活"。从童年的记忆里走出，想到奶奶、父亲的先后离去，岁月的池水渐渐深了起来，"一花一人生"的回忆，也淹没了读者的心灵。（《凤仙花开指上来》）

挑拣腊八豆、熬腊八粥，让作者产生了"豆豆开会"的奇思妙想。更稀奇的是，花菜豆、红小豆、小豌豆、白胖豆、大蚕豆、菱角、红枣、栗子竟成了"家庭成员"。吃到大枣、栗子、桂圆就是"中了奖"。一碗粥，涵盖了作者一生的悲欢离合，喝粥咽下的竟是父女深情，每年腊八节能喝上妈妈熬的腊八粥心里就一直暖着。（《一瓣香消泪满巾》）

天阴飘雨想哥哥，一句对哥哥的想念，心在痛、泪在流，也让读者的心沉下来，去看关于哥哥的那些回忆。作者写出了大哥的"强"和自己的"忧郁"。骑邻居家大黑狗的红衣女孩，带妹妹去树林打鸟、采集野花、野果，捉来蜻蜓、蝴蝶给妹妹，哥哥的"百宝箱"，苇塘里找草药治妹妹"百日咳"，手枪换碗，腿上的刀疤，哥哥挨父亲打时的倔强，被强行带去大西北上学……桩桩件件充满了怀念与乡愁。（《哥哥》）

懂事的女孩儿知道妈妈要远离自己，临别的晚上，她平时听话、贪睡，那一晚却一直醒着，一次次给母亲和姐姐盖被单。一个心里忐忑不安，不愿离开，又无奈地照顾起自己的母亲和姐姐的小女孩形象跃然纸上，无论谁读到这段文字，都会禁不住鼻子发酸，视线模糊。"月光下的树林静谧又神秘，月光拥抱着树林，给它穿上了一件纱衣，夜风在林间钻来窜去，仿佛在给树枝挠痒痒，惹得树叶不时地摇晃着。"（《白月光》）

由于长时间和父母分离，在她幼小的心灵里并没有父亲这个形象，直到从枣树上险些摔下来被父亲那双结实的大手接住，才对父亲有了第一次印象。

可到了晚上，奶奶、姑姑让她叫这个人"爸爸"时，她却怎么也叫不出来，直到晚上父亲带她和哥哥去树林里捉知了，受到惊吓猛跑摔在地上，情急中失声喊出了"爸爸"，父亲见状赶紧跑过来把自己背起。这时，她叙述了当时的情境，描写了自己的心态："我伏在爸爸厚实的背上，聆听着爸爸强有力的心跳，泪悄悄滑过脸庞。原来，我真的有爸爸，芳芳不再是没人疼的孩子。月光照在我和爸爸的身上，轻柔馨香，爸爸的爱就是那无声的月光。"(《白月光》)

四、作者富含哲理的议论是最好的散文语言

比如："孤独，是一个人的狂欢；狂欢，是一群人的孤独。""很慢的生活节奏，却把生活酿成醇香的美酒。""我的思绪在昨日与今天穿越，熊熊燃烧的篝火炙烤着草原上升起的月亮，映照着我的往昔和今朝，我似乎看到爸爸在火光里向我微笑。夜风卷着烟火袭向我。瞬间，泪眼模糊。"显然，作者接下来要叙述与篝火有关的故事了。(《篝火莹莹擢夜芒》)

她热爱田野，不禁为田野忧伤："初春的田野空气清润，绿色稀稀落落，没有大片的麦田，大地就像买不起红嫁衣的新娘，脸上带着难掩的贫寒与羞涩。"可当她看到春色时，又忍不住写道："田间小路上，蒲公英、牵牛花、紫苜蓿，还有许多叫不上名字的小野花次第绽放。这一丛，那一簇，散在草丛里，仿佛顽皮的孩子在捉迷藏。我又还原成孩子……追赶着远去的童年。"(《母亲的田野》)

作者热爱生活，叙述生活有巧妙的构思："小雨洒落在童年的记忆中，稀疏地轻打在那个追雨少女的脸上，滴落在多情少女如水的梦中，荡起圈圈波纹……"置身于古老的"金城"——兰州，作者写道："那奇丽的景色让我的心也唱起了歌，背起行囊，吹着欢快的口哨，踩着轻快的舞步朝车站走去，连伞都不愿撑开，就让这美丽的太阳雨和我一起出发。"

作者热爱生活，能够以其生花妙笔再现生活。她在今日兰州高大的身影

前，"再也见不到昔日戒备森严的关城和浮船相连的古渡，更难觅营堡墩台的残垣和雄狮铁骑的蹄痕"。在雨水的冲刷中，她如愿站在靖远面前，惊讶于靖远气象局的叔叔阿姨和童年小伙伴脸上岁月留下的痕迹。她凝望着黄河所承载的厚重的历史。她描写童年伙伴陪她爬乌兰山，在黄河边散步的情景，以及与同学聚会时的笑语欢声。她记录了渭源气象局领导对故地重游的母女俩的火样热情，以及为自己热闹的庆生，还有把爸爸的照片放在黄河水面上时油然而生的不舍之情。(《黄河追梦》)

作者擅长在生活中捕捉诗意："银灰色的沙枣枝密密簇簇摇曳着几多柔情，清雅的沙枣花相依枝头……萦绕梦里的沙枣花是心底最纯美的一段记忆，像一泓静水多少年不敢赤脚蹚动，不敢用指头触摸，不敢聆听它清风下的私语。"原来，那梦里的沙枣花，是"心如撞鹿却没有勇气解读你眼睛里的深情"，是"清脆的鸽哨和着墙外清真寺的吟唱"，是被岁月的虫子贪婪吞噬的芬芳，是作者离别靖远中学时在火车拉响汽笛那一刻出现的"孤独的身影"，是往来于冀甘之间的一封封炽烈的鸿雁传书，是用血书写成的对恋人无尽眷恋熬成的痴情。(《梦里的沙枣花》)

五、作者笔下的英雄与民俗鲜活生动

李家发是1953年7月31日在朝鲜金城反击战役轿岩山战斗中，以胸膛堵敌暗堡射孔子弹而壮烈牺牲的一级战斗英雄。作者带着对英烈无比的崇敬心情，在对英雄妹妹的采访座谈中，如身临其境般了解到英雄的生长经历、英勇事迹、亲人的缅怀，以及祖国人民对英雄永远的致敬与纪念。(《仰望英雄李家发》)

她笔下的参加对越自卫还击作战的战士，又是一群什么样的人呢？"本是一群芳华之年的普通人，他们来自天南海北，有的从田间地头走来，有的从喧闹的大都市走来，有的刚走出校园，他们一个个稚气未脱，却有一股初生牛犊不怕虎的中国军人的气势。"就是这群人，有的并不知道战前发给他们的绿塑料布（裹尸布）有什么用，他们有着新兵临战前的沉默、恐惧，各怀心事，上了战场，他们有的被炮声震聋、震晕，有的身受重伤依然战斗到生命的最后一刻，不惜流尽最后一滴鲜血。参加战地救护的医护人员，面对一具从阵地密林里发现的高度腐败遗体和一车血肉模糊的战友的断肢残腿。她叙述道："这些十七八岁的女战士突然置身血腥的战场很是惊恐，但她们很快就成长起来，变成最勇敢的战士……她们战胜了恐惧，克服了悲伤，不知何时，泪水已打湿她们的前襟……先是争分夺秒地抢救伤员，救护完生者，又得妥善安置牺牲的战友，寻找、拼接、缝合、擦洗、包裹，直到把最后一个战友的遗体运走，她们才有了短暂的休息。她们已记不起通宵达旦地抢救了多久……她们在与死神拔河，只要有一线希望，她们也要把亲爱的战友抓住……"（《誓将马革裹尸还》）

作者在广州度假期间，见到木棉花开得如火似锦，开得尽情，内心激动，陷入了沉思。在她眼里，那凋谢的木棉花像极了"为民族慷慨就义的英雄，生命永远停留在芳华之年"。总感觉看到那凋谢的花，就看到了在战场上流尽最后一滴血的英烈。于是，初见木棉花便眼含热泪，把它捧在手心细细打量，禁不住一股暖流涌上心头。此后，她几乎每个早晨和黄昏都要去捡拾落在地上的木棉花。每次与木棉花对视，总是"一眼就能点燃你心头的火焰，不知不觉木棉花就走入了你的心里、梦里，如同新鲜的血液流入你的血管里。"（《盛开在灵魂深处的木棉花》）

若问谁能把衣裳比作"最柔软的雕塑，最贴身的建筑，最动听的音符"，估计只有胡芳芳。她还能从衣裳"最初的御寒"联想到"人们美好的外在展示，表达人们对空间的感知，叙述着心中对天地自然的构想，连接着梦幻与现实的桥梁"。（《古镇霓裳》）芳芳说的是旗袍。旗袍源于汉代袍服和满族妇女的旗装，到民国时期，还分出了京派与海派。更重要的是，旗袍还与胜芳有关，作者将胜芳北桥旗袍的历史由来与传承娓娓道来。读着那些专业的剪裁术语，你不能不感觉，作者就是一个旗袍剪裁高手。一把司空见惯的芦苇，在作者眼中不仅能变成精美的器具，还被人用"情感的纬线，智慧的经线，编织成了一首首无韵的诗篇"。作者的眼力很是奇特，竟从大清河的芦苇摇曳中发现胜芳古镇的由来、水乡的美景、72道会的民俗、封冻后收苇的工序，以及水乡男打鱼、女织席的渔民生活。（《大清河畔蒹葭苍苍》）

作者的这部散文处女作，以其诗化的语言奏出了天籁之音，时而呢喃燕语，时而幽泉叮咚，时而似惊雷裂锦，犹如万千铁骑自天宇突奔而来……（《秋风吹落天上声》）

作者听了世代流传于甘肃岷州二郎山的洮岷花儿会情歌，竟像一只"迁徙的燕子，千里迢迢地奔来，践行前世的盟约"。于是，一篇关于洮岷花儿会由来及特色美文便映入眼帘了。令人称奇的是，歌词作者竟然目不识丁，大门不出、二门不迈，却能编出如此感人的歌词。"肝花想成豆瓣了，肋巴想成豆秆了，肠子想成扣线（丝线）了。""想得浑身没肉了，耳朵尖尖（儿）干透了，数肋巴时不够了。""眼泪淌了两大缸，一缸和泥抹光墙，一缸给你洗衣裳。""想你晚夕没瞌睡，手拿长香院里跪，凌霜落了一脊背。"甭听情歌对唱，光看这些文字，就可以让人心碎！难怪此时作者忍不住站出来评论道："如果没有死去活来地爱过，如何能写出如此令人心魂战栗的歌词？爱是什么？它令人水深火热，让人神魂颠倒，如醉如痴，忘记自己是谁。爱之深，思之切，直教人销魂蚀骨，如疯如癫。""爱，令人迸发勇气和智慧；爱，升华灵魂，心中有爱的人是天生的诗人、艺术家。"（《郎在山上唱情歌》）

当然，作者的散文中也有个别篇目过多引用史料、数字之处，此类地方如果作者再做下精炼处理，则会产生更加顺畅、练达之功效。

是为序。

王英

2023年9月25日

（作者系中国作家协会会员、河北省霸州市作家协会主席）

目录

第一章·古建

时光深处的黑牦牛帐篷

玉树，三江之源，云之故乡，一个美得让人丢魂的地方，雄鹰在云际盘旋，寻找着先祖留下的足迹，山高耸入云，拥抱着碧野，水似银绸，在大地的怀里自在挥舞。无边无际的碧绿，仿佛打翻的调色盘，各色的小野花夹杂在草丛里，顽皮地眨着眼睛，牛羊好似绣在碧毯上的花朵，走走停停，享受着草原的静美。草地翠色欲滴，犹如碧绿的河，缓缓流到云际。一座座黑色的牦牛帐篷散落其间，宛如天外来客的陨石，稳稳地钉住了草原。黑帐篷，草原上不可或缺的家园，一座移动的古村落，草原有了它，才有了底气，有黑帐篷映衬着花草和牛羊，草原愈加生机勃勃。

玉树，离太阳最近的地方，拥有着古老的历史和灿烂的文化，它的高大和厚重，令世人敬仰。这里有世界上最长的史诗《格萨尔》中的英雄人物，史诗自公元 11 世纪诞生以来，依靠说唱艺人的口口相传，至今在玉树家喻户晓。这里有世界上最大亦是最古老的新寨玛尼堆，约有经石 25 亿块，镌刻着佛像或藏文六字箴言。玛尼堆藏语称"多崩"，意为"10 万经石"，承载着藏民对藏传佛教的信仰和对美好生活的祈福。这里有著名的唐蕃古道，松赞干布迎娶文成公主，曾在此停留。在贝纳沟，有一座依崖而建的文成公主庙，满山的经幡在风中吟诵，风在云端诵经，山在幡中诵经，庙在香雾中诵经。经声悠悠，香雾袅袅，似乎都在诉说着"自从贵主和亲后，一半胡风似汉家"的感人故事。

玉树，人间最纯净的圣地，这里的人民就像蓝天碧水一般洁净。在玉树，人们对宗教的信仰高于一切，甚至比生命还重要。家家供佛，人人读经。孩子从小受熏陶，每个家庭都有出家修行的孩子。信众用最虔诚的态度，用自己的身体，甚至生命，跋涉数千里磕长头朝圣布达拉宫、青海湖等神山圣湖。人们无私地向寺院捐献财物，寺院又把善款捐赠给最贫困的家庭。在玉树的大街小巷看到的僧人或藏民，大多是一边念经，一边行走，安详的神情，微笑的面容，就像邻家阿爸阿妈，让人不由得亲近。佛教已深入他们的灵魂，在潜移默化中规矩着自己的思想。这是一个有信仰的民族，信仰让这里的人民生活充实精神饱满，信仰让这里的人民充满力量。

感恩，众生平等，珍爱生命，保护生态环境，在玉树得到了最美的诠释。

在藏区，山和水非常神圣，犹如父亲和母亲，是藏民的崇拜对象。黑牦牛帐篷大多选在依山傍水的地方。黑牦牛帐篷是青藏高原独有的一种原生态古民居，与蒙古包有几分相像，曾经是牧民赖以栖身的家园。牧民沿袭着祖祖辈辈逐水草而居的游牧生活，利用现有的牦牛资源，搭建美观又实用的帐篷。搭建的过程烦琐又漫长，从剪牦牛毛、洗整、捻线、编织、缝合到搭建，每一道工序都马虎不得，一丝一线都带着手温和汗水。

盛夏，玉树古建筑学会的尼玛会长带领我们来到草原，大家在一座入选吉尼斯纪录的黑牦牛帐篷前驻足。帐篷面积有 1711.08 平方米，高约 9 米，第一次见到如此巨大的黑帐篷，我们忍不住惊叹。记得刚走入玉树，在疾驰的汽车上，看到远处一座座黑色的帐篷，很是好奇，它不同于蒙古包和毡房，黑帐篷多为棱角分明的长方体。这顶巨无霸的黑帐篷是全国劳模索才打造，他是黑牦牛帐篷的非遗传承人，用藏家传统手工技艺，耗时两年，与 100 人通宵达旦加工，大约用了 20 万根条线。步入帐篷，感觉新鲜有趣。黑帐篷犹如一张巨网，心底的浮躁似乎突然被滤去，清幽，静谧，似乎步入了深山古刹，在钢筋水泥里折叠的身心得到片刻的安适。帐内宽敞又明亮，有 10 根支柱撑起，牦牛毛搓捻的绳子结实有力地牵着帐子，帐顶的毡子白天卷起来，方便透气和照明。这是一座黑牦牛帐篷博物馆，里面陈设着牧民的生活用具，有一座火炕大小的铁壁炉，壁炉四周绘有藏家传统的吉祥图案，尤其是精灵古怪的吞钱兽，与埃及金字塔中的神兽有几分相似，笔触精巧呼之欲出。雕花马鞍、各种华美的皮箱、做奶豆腐的皮桶，就连牛毛捻成的花绳子都那么精美，黑色中夹杂着彩线，色泽绚丽又协调，是玉树牦牛帐篷文化和游牧文化的集中展示。各种生活器具，精致又实用，令人不由得感叹，这是一个有品位、会生活的民族。

在这里，每一种用具都已上百年，时光在这里似乎整天醉着，这些古老而又年轻的生活用具依然鲜活，有呼吸，有温度。

黑牦牛帐篷犹如母亲温暖的怀抱，坐卧其间，有着婴儿般的安适与惬意。地面铺着厚厚的毡毯，隔潮、保暖又环保，踩上去柔软舒适，似乎行走在云朵中，能听到小草的呼吸。我盘腿坐在地毯上，凝视着帐篷顶的天窗，想象着繁星满天的夜里与心爱的人依偎着，聆听夏虫的呢喃，数天上繁星。小草在腰下轻轻拱着，急切地想要钻出来和我聊天，安抚一下小草，与它们相依入梦。

山谷里的雨很是寻常，细雨沙沙轻扣天窗，仿佛顽皮的孩子在呼朋引伴，变换着调子忽急忽缓，时而如蚕啃食桑叶，时而如泉眼呜咽。落雨，帐内的光线渐渐幽暗下来，周围的景物逐渐昏暗，帐内飘满阿妈烹煮的奶茶香味，静静聆听天籁之音，雨珠与黑牦牛帐篷的低语与阿爸的诵经声交织着。雨丝犹如绣花针，撩拨着沉睡的帐子，雨水的滋润焕发了帐篷的生机，雨珠挂在柔韧的绒毛上轻轻颤动，犹如少女细密纤长的睫毛，羞涩地缄默着。风轻摇着门帘，彩旗般飘悠着，时而卷进一只蝴蝶或蜻蜓，青草和野花的芳香幽幽地涌了进来。

细雨笼罩的草原，犹如墨线勾勒的山水画。远山含黛，碧草如茵，明如带子的小河蜿蜒曲折，在草地间轻绕。各色经幡随风飘摇，浸入风中的经声，穿越时光遍地声声。羊群满坡，时聚时散，宛如撒了一地的珍珠，一会儿钻入草丛，一会儿奔到河边；马儿三一群两一伙，吃着青草，喷着响鼻，悠然地甩着漂亮的尾鬃，好像在和流云打旗语；小马驹凑到母亲的腹下拱着，吃几口奶，抬起头看看四周，不时尥几下蹶子；奶牛三三两两卧在阳坡上，慢慢咀嚼着，似乎在回味着草原的绮丽风光。黑牦牛帐篷散落在青草间，帐顶升起的袅袅炊烟，仿佛阿妈悠长的呼唤，小牧童哼着小调，挥着鞭儿，朝黑帐篷走来。

在青藏高原，有人烟的地方，定能看到牦牛的身影，它或许是雪域高原的土著居民。牦牛是青藏高原特有的物种，四肢短粗强壮，稳健而有耐力，善负重，攀山爬坡如履平地，长如皮裙的牛毛茂密又厚实，极耐严寒，它们曾是高原上主要的交通工具。牦牛与牧民相生相依，形成了独特的共生关系。山涧、湖畔、草地，到处都有它们的身影，牦牛构成了藏族神秘又古老的文化，是藏民心中的神。

牦牛是青藏高原最神圣的动物，它供给人们衣食住行等一切需求，是忠诚和力量的象征，已融入牧民的生命里。它们把自己的骨、肉、血等所有一切都无私地献给了牧民，牦牛全身都是宝，就连粪便也是上好的肥料和燃料。牛毛织成黑牦牛帐篷，呵护着牧民，帐篷破旧缝缝补补，可重复使用，直至老化焚烧了，回归大地，也是上好的肥料，不会产生建筑垃圾，对环境没有丝毫破坏。黑帐篷曾是青藏高原的牧民赖以生存的家园，牧民从呱呱坠地，游走四方，直到离开这个世界，都与黑帐篷须臾不离。黑帐篷里有牧人温馨的梦，是牧人心上最温暖的地方。牦牛深深地恋着人类，它们的无私奉献感天地动，因而它修成了永恒的生命，与人类同呼吸共命运。

在牧人的心里，牦牛就是他们的亲人，家有牦牛，日子就多了几分安稳，他们珍惜着牦牛赐予的一切，用心梳理编织牦牛毛，做成精美的黑牦牛帐篷，只有睡在牦牛帐篷里，他们的梦才能踏实。玉树的黑牦牛帐篷真是神奇，冬暖夏凉，纤维的空隙随着天气变化而热胀冷缩，帐篷内夹了一层保暖隔热的内衬，帐外雪花大如席，帐内一家人围着火炉喝奶茶，炉上热气袅袅，奶茶飘香，甚是温馨。

黑牦牛帐篷是草原上一道亮丽的风景线，外形美观又实用，它是藏族人民尊重自然改善生活的智慧结晶。牦牛毛含有大量的油脂，编织成帐篷结实耐用，轻薄便于收藏和携带，防风挡雨又保暖，非常适合藏区的牧民。看似普普通通的黑帐篷却蕴含着神秘的藏文化，万物有灵，众生平等，人与自然和谐共处，不伤害任何生命，哪怕是一棵小草。牧民逐水草而居，在各个草场间轮牧，使牧场得以休养生息，牧民走到哪里，黑帐篷就扎到哪里，牛羊啃食着青草，也给草原均匀地撒下肥料，牧民既是放牧，又是涵养着原生态的草原，牧人、牛羊、草场，三者相依共生，人真正回归自然，是大自然中的一员，并没有凌驾于其他物种之上，如此，才有了草原的和谐与兴旺。这是藏族同胞的生存法则，亦是人类在青藏高原如此严寒缺氧的地方能生息繁衍的一个重要原因。

黑牦牛帐篷如同秤杆上的定盘星，无声地诠释着藏家人对自然的敬畏，对生态环境的呵护。随着时代发展，藏族古老的游牧劳作方式也有了一些改变，靠近现代化城市的草原，黑牦牛帐篷日渐减少，但是在大山深处的牧区，人们依然延续着祖辈传承下来的游牧生活，黑帐篷始终是牧民最温馨的家园。黑牦牛帐篷记录了人类的生存文明，它的科学实用、绿色环保，值得在全国旅游区推广。

玉树，人间最后的净土，这里有着"中华水库"之美誉的三江源，最纯净的蓝天，最柔美的草原，最善良的牧民，最舒服的黑牦牛帐篷，还有最慢最优雅的诗意生活。玉树，人类灵魂的故乡，正张开怀抱，等待着远方游子的回归，体验诗与远方的别样生活，感悟人与自然的和谐共生的生活禅。

2019 年 8 月

青海唐达村畔的古磨坊

走进青藏高原的玉树州古村落，时光突然慢了下来。蓝天高远，白云悠悠，山野青碧，河水潺潺，绿树掩映的村庄若隐若现，远处偶尔传来几声小牛的哞哞声，除此再无声息。仲达乡的唐达村在一片比较开阔的山坳里，依山傍水，一条小河在村边静静流淌，潺潺的流水声不知疲倦地讲述着唐达村的古老与美丽。

这条小河从坡上蜿蜒而下，线条舒畅柔美，就像风中飘舞的哈达，浅浅的小河清可见底，鹅卵石、水草、游鱼让小河充满生机。小河串起七座水磨房，六座是石片房，一座由原棍搭建。这些老水磨房已有百年，尤其是石磨与村庄一样古老，却依然可以正常使用。水磨坊虽普通，但小巧精致，是浓缩的藏式传统建筑，朴拙坚固，美观实用，令人感叹。

六个石磨坊外观相似，都是建在小河上的方形独屋，却各有特色，主建材都是就地取材的麻石片或松木。麻石是通天河流域的主要建材，匠人从石片堆里寻找薄厚相近的小石块，错落有致地码起来，就像孩子搭积木，片石接缝错开，相互咬合，相互牵制，相互依偎，团结一致的共性取代了固执的个性，才有了线条的流畅、墙角的笔直、山墙的稳固。石块大小不一，大如城砖，小如鸟卵。屋基以坚实的石条为主，屋角是棱角齐整的大石块，山墙由各种各样大大小小的石块垒砌，大块砌墙，小块塞缝隙，再用胶泥勾缝。每一块石片都带着人的温暖和柔情，每一个小石块都能派上用场，每一个石块的位置都恰到好处，每一个石块都那么重要，似乎都不可替代。

六个水磨坊的外墙石块是裸露的砌石，只有一座石磨坊外墙涂了一层厚厚的黄泥加以保护。黄泥墙令这个水磨坊与众不同，虽然是简陋的泥墙，却有着独特的美，不同于大都市里的钢筋水泥丛林。水磨坊天然质朴、简洁实用，有个性，有温度，和谐自然，与周围的环境融为一体，就像从地里生长出来一样，有呼吸有生命有情感。

最为别致的当属那座松木搭的磨坊，屋形和面积与石磨坊差不多，整座小屋全部使用整根的松木段，从屋基到屋顶，从门到窗，乃至台阶。松木段粗细一致全部带皮，坚硬的褐色的外皮自带油性，耐风雨的侵蚀，增加了木屋的牢固。山墙由整根的原木横着垒起共十八层，四个屋角各立有四根直立的原木，起到加固和稳定的作用，门框两旁是两尺宽的木墙，也是横垒的原木，有四根直立的原木间隔加固，门框向室内缩进一尺，可以遮风避雨。门框上部有三层横砌的原木，屋檐垒了一圈八尺长直立的原木。南北山墙靠近屋檐的地方留有小窗，两个原木高，一个原木宽，方便采光和透气。屋门为寸把厚的木板，门板刷漆，绘有简单的图案，依稀可见去年粘贴的春联。台阶由八根原木铺设，与小木屋浑然一体。

这座小木屋虽然简单朴素，但给人以美感，工匠扬长避短，巧妙利用原木外皮的粗糙，外形的整齐，横竖对撞，搭出线条优美、简洁实用的小木屋。"欲把西湖比西子，淡妆浓抹总相宜。"这个诗句用在藏式小木屋也是恰当的，增一分则笨拙，减一分则简陋，如此搭建，极简、极巧，真乃大美。

这些水磨坊不大，7平方米左右，前后有窗，室内光线很好，便于劳作。房檐和门框漆成绿色，上面的椽柱外部刷着白色油漆，一根根白色的椽柱就像镶嵌的珍珠，简洁又美观。磨坊内部整洁敞亮，石壁涂了一层白泥，光洁平整，似乎空间显得大了一些。小屋的一半被石磨占据了，一对车轮大的磨盘在屋角昏睡着，石磨上方吊着一个用牦牛毛编织的漏斗形长布袋，黑白相间的条纹简洁美观。

小河从磨坊底部穿屋而过，磨坊下，流水潺潺，推着石轮轻轻碾动，石磨咿咿呀呀地研磨着，咬合的磨片似乎在亲吻，在耳语，一天天，一年年，那古老的情话说了几个世纪，依然不烦不腻不厌倦。藏族传统的水磨工艺，绿色节能环保，磨出的青稞面细腻柔润，带着一点点湿气，口感很好，没有机器磨的那种火燎气。一条小河上竟然密布着七个水磨坊，可见古时村庄里人丁兴旺，七台水磨从早到晚地转动，女人们在石磨旁拿着笤帚清扫着青稞面，孩子们在草地上嬉戏玩耍，男人们在远处的山坡放牧，牛羊在小河旁饮水吃草。

磨坊周边村庄里的石片房越盖越高，炊烟越来越浓，孩子们的歌声笑声与鸟鸣狗叫此起彼伏地应和着，三三两两的老者坐在门前的石头上摇着转经筒，神情专注地轻声诵经。时光与石磨缠绵着，呢喃耳语，石磨唱着古老的歌谣咿咿呀呀地转着，走着……

从云冈石窟到响堂山

说到云冈和响堂山这两个地名，不免就想到了佛教，就像一本厚厚的教科书，让许多人经年喋喋不休地解说佛家的教义，所以，本文不得不以佛教作为开篇之言，也不得不以论文形式赞颂优美的佛教雕刻艺术。

秦朝灭亡，国家四分五裂，朝代迭兴，干戈不绝，民不聊生，人们为摆脱现实苦难，纷纷信仰佛教，汉传大乘佛教提倡"发菩提心，行菩萨行"。"无缘大慈、同体大悲"体现了利于一切众生的菩萨道精神。

北魏佛教盛行，正是鲜卑文化与汉文化的融合期。人们在洞窟里刻经、绘画、雕佛像，天长日久形成别具一格的石窟造像艺术。譬如，"雕饰奇伟，冠于一世"是世人对云冈石窟的赞美。云冈石窟有着皇家造像的恢宏气势，上乘的艺术造诣，是佛教艺术东传中国后，第一次由一个民族用一个朝代雕作而成的具有皇家风范的佛教艺术宝库，是公元 5 世纪中西文化融合的历史丰碑。

北魏时期，艺术审美被推至一个较高的水准。中期石窟出现了一定规模的有故事的系列造像，以精雕细琢、装饰华丽著称于世，显示出复杂多变、富丽堂皇的艺术风格。晚期窟室规模虽小，但人物形象清瘦俊美，比例适中，更接近生活，是中国北方石窟艺术的榜样和"瘦骨清像"的源头。

多年前的深秋，我有幸游览了云冈石窟，置身于精美绝伦的佛造像的王国，崇敬、震撼，令我惊慌失措，第一次零距离接触那么多，那么华美，那么庄严的佛造像，内心不时涌起波涛。震惊于他们的华贵，惊叹于佛历经千年的劫难，而目光里的慈悲，面容的沉静，唇间的笑容，却依然强有力地拍打着我的心魂。

总忘不了昙曜建造的那尊 17 米高的露天大佛，那是云冈石窟的辉煌之作。高大窟顶与前壁在风雨里崩塌，辽代建的木窟檐，也毁于兵火。于是，这尊大佛暴露在岁月的淫雨里静默了1500年，依然不离不弃地护佑着中原大地。大佛禅定结跏趺坐，一侍立菩萨和一立佛各立两侧，其西胁侍立佛与菩萨像已崩毁。大佛法相庄严，高肉髻，天庭饱满，眉如柳叶，目似明月，最有趣的是他的眼睛，无论从哪个角度观看，都能感觉他在与你对视，目光如水，瞬间漫过你的身心，心底的浮躁悄然散去。眉间白毫相，鼻直口方，嘴角微微上翘，温暖的笑容里带着几分神秘和力量。身披袒右肩式袈裟，质地厚实，衣褶用曲回的折带纹表现，内着掩腋衣，边饰精致的联珠、忍冬纹带，花纹精巧秀美，疏密有致，巧妙地体现出了袈裟的质感与动感。

北魏时期的佛造像较多地保留了中亚犍陀罗艺术的成分。大佛身材高大挺拔健硕，气韵雄放禅定，彰显出北方游牧民族的彪悍与威猛。这尊佛雕像是云冈石窟雕刻艺术的代表和象征，也是中国早期佛教雕刻艺术的空前杰作。

在他的足下，我的脑海里浮现出"天苍苍，野茫茫，风吹草低见牛羊……"的歌谣来，想到了这个马背上的民族的聪慧与果敢，马蹄踏倒的庄稼，他们用诗句扶起，曾经拿刀戈的手捧起经卷，用佛经抚慰被战火涂炭的大地。

大江南北，长城内外，多少刀光剑影暗淡，多少鼓角争鸣远去。大山深处，从北齐到隋、唐、宋、元、明，各代均有增凿。斧凿声声，穿越千年，时断时续……

历史是一条长河，在岁月的深处静静流淌，北魏之后一个多世纪，云冈石窟顺着时光的轨迹朝着龙门石窟蔓延，响堂山是它无法绕开的一个驿站。岁月在河北省邯郸的鼓山转了一个弯，精巧无比的响堂山石窟悄然诞生，屈指一算，从北魏到北齐，时间已过去了148年。响堂山石窟是北齐时期佛教石窟的代表，南、北响堂山石窟分别开凿于鼓山南部和西部，与元宝山隔河（滏阳河）相望。

历史在前进，政权在分化，很快，北魏政权分裂为东魏和西魏，东魏政权很快又落到了鲜卑化汉人、时任东魏大丞相的高欢父子三人的手里，高洋改东魏为北齐。

鼓山风景秀丽，石质细腻，传说上古时曾有凤凰栖落，山巅有一处凤凰台遗址。高氏父子把皇宫迁至邺城，为方便两地往来，命人在邺城西侧的鼓山修建行宫——娲皇宫，山下与山上都有建筑群，山上部分俗称"吊庙"，宛如镶嵌于山体峭壁之上的空中楼阁。同时在鼓山之腰开凿出了三个对应着高氏父子的佛造像洞窟和陵寝。

昏庸、荒淫的北齐诸帝——高欢、高澄、高洋、高演、高湛、高纬——一手拿着滴血的屠刀，一手捻着佛珠，想不透如此对立的两种行为，他们竟然能平衡、兼顾。

我曾拜访过云冈石窟、四川千佛崖石窟、炳灵寺石窟、嘉祥石刻博物馆，每一处都带给我别样的感受和惊叹，这次来到响堂山石窟，没想到它带给我的震撼不亚于云冈石窟。它们都兴起于北齐，同在中原大地，艺术风格和年代比较相近。虽然中国的五大石窟没有响堂山，但响堂山比它们更有特色，其石窟不仅传承着北魏的雕刻艺术，更是在丰富、创新着中国的文化艺术，它是隋唐雕刻艺术的典范，是中华文化艺术的精粹。

响堂山石窟就像精巧唯美的江南园林，小巧美雅又不失皇家的大气与厚重，从云冈石窟到响堂山，经过百年的洗练，雕刻技艺已炉火纯青。

随着人流涌入大佛洞，语言已是多余。那一尊尊高大华美的雕像瞬间镇住了南来北往的红尘过客，人们张口结舌顿时变成了泥塑木雕，出神地凝视着高高在上的佛祖。每尊佛都那么安详，姿态舒雅，笑容柔和，神情庄严。北齐初期的佛造像挺拔健硕，肌肉结实厚重，表现出游牧民族强有力的容貌特征；衣衫薄轻，延续着北魏云冈石窟曹衣出水的美感。

早期佛教雕塑艺术外来风格浓郁，北朝至唐，民族风格日益明显。唐代之后，又逐渐走向世俗化。北魏，是游牧文化与汉文化碰撞大融合的阶段，繁衍出粗犷、野性、桀骜不驯的艺术审美。北齐，是北魏民俗、文化、艺术大融合的沉淀，去其糟粕，提炼精华，是大刀阔斧之后的细致打磨，更加精美柔雅，是从写形到写意的禅悟。这一时期出现的各种佛像，包括塑像和画像，已经不再是单纯地模仿西方传来的佛像图样，而是融合了中国的民族风格，开始走上了独立的发展道路。演化的过程，形象地映射出异域的宗教与哲学，经过改造吸收，融入中国人的思想和生活。

云冈石窟石壁布满龛像，不留空隙，显得杂乱，佛龛只是简陋的长方框，少有装饰。但响堂山的石窟穴，整齐素净，柱额、斗拱、模仿当时的木构形状，雕饰华美的装饰，火焰纹的垂幕，忍冬纹的围框，佛像四周均刻满小千佛，倍增仙气。

虽然是外行，但心里还是忍不住将云冈石窟与响堂山石窟中的雕像做了对比。

响堂山石窟中后期的雕像，人物造型和衣饰有着吴道子"吴带当风"的飘逸，面相多丰硕圆润，庄严祥和，望之顿生慈悲。北魏佛造像一般不表现头发的纹路，多为印度流传过来，其发丝高束顶部光滑如球，俗称磨光肉髻，随着中西文化交流的频繁，到北齐出现了波纹式、螺发等，三种发式混合使用。佛发式中还有一种"髻珠"，《妙法莲华经》"安乐行品"中七种譬喻之一，就是名为顶珠喻，说髻珠为法轮王髻中之珠。髻珠珍贵，不能轻易示人。据考证，"髻珠"最早出现在北响堂石窟，第2、3石窟主尊佛像已饰有此物，"髻珠"大量出现在唐代，人物造型和服饰仿佛时光的履痕，由此可知，响堂山石窟是北魏走向隋唐的文化艺术的过渡。

云冈石窟造像纯朴、粗犷而又生硬，多用直平刀法，衣纹表现为阶梯式。响堂山在继承这种技法的同时，又创新了圆刀法，在衣纹褶皱处更为明显，使造像趋于圆润，富于真实。

响堂山石窟中的北齐佛造像的衣饰已由斜披袒肩变为通肩式宽袍大袖，衣着紧窄重叠，疏朗有致，简约又精美，水波般的衣褶从脖下渐次垂下，似乎能感知丝绸的柔软与顺滑。佛像的面部丰满，线条柔畅，目光柔和温暖，相比云冈石窟线条硬朗神情威严肃穆的佛像，响堂山石窟似乎离人间的烟火近了一些。你看洞窟深处那个姿态婀娜的菩萨像，跣足立于莲花之上，项戴珠链、肩披纱衣，坦露微鼓的腹部，从肩到腰斜挂一长串绞花佛珠，下着纱裙，左腿轻踮，扭动的腰身成 S 形，精美的宝珠腰链衬着洁白的肌肤，愈加圣洁美好。

这尊菩萨打破了云冈石窟北魏时期线条僵硬的造像风格，这种创举具有划时代的意义，人们从心灵的桎梏中挣扎出来，审美到达新的高度。人性的解放，激发了匠人心底潜在的灵感，给手中的刻刀注入了热血和灵魂，从而使佛造像拉近了人神的距离。这尊优雅静温的菩萨被尊为"东方的维纳斯"，她的出现，影响了隋唐及后世的造像风格，细腰斜躯三道弯的风格成为佛教造像的主流。

响堂山石窟充实并丰富了云冈石窟的雕刻技艺，工匠们在深山里叮叮当当地忙碌着，不断地抛弃，不断改进，不断完善着雕刻技艺。你看响堂山石窟佛像那丰富的姿态，站佛：直立、单腿立、跐脚、踢腿；坐佛：盘腿坐、菩提坐、单腿下垂；卧佛：躺卧、半卧。再看那手势：兰花指、作揖、双掌轻叩膝盖、一手扬起，一手平放。再看神态：沉思、观望、入定、皱眉、微笑。你看他们的笑容，各不相同：开怀大笑、会心一笑、莞尔一笑、羞涩的笑，神秘的笑，等等。

在响堂山石窟，与佛对视的那一刻，我慌了，那双眼睛，有着穿透灵魂的力量，内心的块垒与幽怨在消融……

在佛前，一次又一次心痛，内心被羞愧充盈。奇美独绝的佛啊，遍体鳞伤，缺头，残臂，断足，是谁容不下佛祖那暖如春阳的笑容，是谁残忍地斩断纤足和玉手？躲过天灾，避过战火，却躲不过人祸。十年动乱期间，被"文革"这条"疯狗"撕咬的人们，癫痫发作，刀劈斧砍，一轮又一轮地洗劫，那场面比火烧圆明园更加惨烈。"我不下地狱，谁下地狱？"如果佛的头尚在，他会哭吗？你看那尊只剩半个头的菩萨，腮旁挂着一滴泪，流了半个世纪，依然拭不去，擦不干。石窟后室，有一口小井，里面装了千年的苦泪，从生灵涂炭的朝代更迭到"文革"的癫狂岁月……

响堂石窟的匠人，该有着怎样唯美的工匠心啊！雕工的精细，技艺的纯熟，令人叹为观止。佛雕像的背光也叫佛光，其上的纹饰，足以写一部书。传说释迦牟尼在菩提树下得道成佛时，周身放光，每一道光线中都坐着一尊小佛，佛像大小相同，形态相近，排列整齐，庄严又华美。

云冈石窟佛雕像的背光以头光居多，纹饰少而简单，而响堂山石窟的背光却精妙绝伦。雕有头光，身光的佛造像数不胜数，以大佛洞为中心方柱三壁开龛，方柱、石壁布满佛龛，佛龛里外雕满佛像，大的约有 5 米，小的如拳头。主雕像是一佛二胁侍的"三世佛"组雕群，释迦牟尼佛周身都罩在舟形背光里，以头部为圆心，以七彩瑞光向周围外延，彩虹代表神圣的佛祖之光，彩虹外饰一圈蓝宝石，然后是一圈忍冬花纹与缠枝莲组成二纹饰，靠近佛祖头部、肩部、肘部的背光里浮雕了七条威龙穿游在火焰纹中，神秘而又威严。忍冬花纹与缠枝莲的外延被一圈蓝宝石隔开，最外端是湖蓝、靛蓝和锗红组成的火焰纹簇拥。背光采用镂雕和透雕，花纹简繁相宜，颜色绚丽却不杂乱。忍冬，也叫金银花，最初从波斯、印度等地传来，在云冈石窟里多有使用，在响堂山依然鲜活，卷草纹和变形荷叶，在这里使用较广，为石窟平添许多生趣与美雅。

火焰在佛教是吉祥与清净之物。火焰纹有一种向上的升腾感，不仅能衬托佛的高大和威严，更能说明佛的无边法力，是光明的使者。响堂山石窟背光上的火苗熊熊燃烧了千年，照亮历史，温暖着人世间。

响堂山石窟的浮雕花纹美到极致，仅窟门的花纹就绊住了无数的文人墨客，那二方连续的缠枝莲伸出一双双无形的小手，牵拽着人们，围着，看着，摸着，感叹着。忍冬与荷叶相缠，荷叶半开，忍冬的卵形叶依次叠开，张合相对，轻灵饱满，就像恩爱的两人相依相偎，有规律地间隔着佛手般半启的忍冬叶，有着琴的韵味。忍冬柔软的枝条把每幅图案挽起，组成妙不可言的二方连续纹样，其上涂有深绿、浅绿、锗红、深黄等颜色，艳而不俗，欲透石而出。

石窟墙壁上雕刻的宝相花，带给游客惊雷般的震撼。这种由宝珠、相轮、莲花组成的装饰是响堂山独有的，被考古界特意命名作"宝相花"。最上一层为三朵火焰宝珠，中间层层相叠的是相轮，相轮是塔刹上的一种装饰。相轮下圆形的是覆钵丘，是印度的一种佛教建筑覆钵塔的形式。专家们把这种佛龛的形式也叫作塔形龛，这种塔形龛也是响堂山独有的。宝相花寓意光明、吉祥、圣洁和美好。阳光透过上部的明窗倾泻在宝相花上，如同佛光普照，抚慰着沉睡千年的宝相花。少女般纯净的宝相花啊，在母亲的怀里静静地酣睡着，似乎在等待一声有温度的呼唤。

响堂山石窟，无处不飞花，无处不绚丽。柱子、墙壁，雕满佛像和花纹，藻井更是精美异常。藻井中部是一大朵盛开的莲花，中心散布着小莲子，仿佛历朝历代的通灵法眼，审视着尘世的人儿。花瓣舒展，微微拱起，仿佛还带着晨露呢。莲围绘有四朵宝相花，四角饰有忍冬花，藻井的外延雕了一圈小佛像。

还有一个藻井更是奇特，中部一朵宝相花，四周浮雕着四对飞天，两两相对，吹笙、弄笛、弹竖琴，衣袂飘飘，妩媚柔婉，婀娜多姿，玲珑轻盈，甚是传神……

响堂山石窟蜚声国内外，不仅仅因为众多精巧美雅的佛造像，更因珍贵的《唐邕写经碑》比《兰亭序》还要精美，足以奠定响堂山在中华文化中的地位。响堂山以刻经洞和释迦洞、大佛洞三大窟为中心，刻经洞为塔形窟，因内外甬道、石壁、内部刻满了大量的佛教经文而得名。其中著名的《唐邕写经碑》《维摩诘经》《胜鬘经》《孛经》《弥勒成佛经》是北齐特进骠骑大将军唐邕所刻。他以为"缣缃有坏，简策非久，金牒难求，皮纸易灭"，于是发愿把佛经镌刻在名山，以为保存之计。这些碑刻为研究中国佛经的刊刻史、刻经的缘由提供了重要的实物资料。同时它以其精湛的书法艺术，在我国书法史上占有重要的地位。

响堂山石窟刻经年代较早，规模宏大，并且保存完好，被誉为"中华第一刻经"。碑刻书法特点是以楷法写隶，并还有篆书的笔意，也有人把这种字体叫作"八分书"。魏碑体或豪放犀利，或婀娜细腻、流畅妍丽，用笔娴熟，不见刀斧气，秀逸舒展，旖旎顺和。细观碑刻上的"无"字，写法与现在的简体写法相同，说明简化字在一千四百年前便开始使用，目光久久地在这些字符上徘徊着，时间的沟壑瞬间消失，那些字仿佛前世的亲人，跨越时空的相逢令人倍感亲切。响堂山石窟的刻经为研究我国文字的演变、改革提供了重要的实物资料。

石窟中留下的乐舞和百戏杂技雕刻，也是当时佛教思想流行的体现，真实地反映了北齐社会生活。响堂山石窟佛像给人以"道俗瞻仰，忽若亲遇"之感。各种佛像、塑像、画像、瑞兽和花鸟等，不再单纯地模仿西方传来的图样，而是融合了中国的民族风格，开始走上了独立的发展道路。

云冈与响堂山均有建筑的趣味，都是从山里发展过来的。久居大山，人们喜欢上在石头上涂鸦，刻字图画，记录生活，祭奠膜拜，这是刻在石头上的语言，这是民族的遗传密码。走入石窟，时光凝固，触摸到有血有肉的生命，仿佛走入了生机盎然的春天，仿佛一切都在酣梦中，或许山脚下，长乐寺的晨钟暮鼓响起，他们就会走下莲花宝座，走出洞窟，走下响堂山，走入万家灯火。

真善美乃人类永恒的追求。宗教本虚幻，艺术却真实，千年的风霜，难以剥泐佛祖空灵的笑容，世道的变迁，无法磨灭悲悯的情怀。

2018 年 7 月

石不能言最可人

任何一个时代的艺术，都是这个时代心态的写照。汉代以文治武功成为当时世界上最强盛的国家，它以面向无垠、天人一体的开放与包容气概，把艺术推向一个后代难以企及的至高点，汉代的文化艺术相互影响，相互促进，形成了雄浑大气的唯美风格，汉代画像石刻、书法碑刻、印章、雕塑、汉赋、音乐等，都以其唯美而又霸气十足的艺术特征，展示着这个时代集体的审美意识。

初秋的炎阳并没有消减我的兴致，一步迈进山东嘉祥武氏祠的门槛，就像走进一座艺术的殿堂。触摸着石刻雕像就如同扣开了时空隧道的玄门。须臾之间，我已穿越千年，来到了国势强大文风鼎盛的汉代。

在武氏祠里，你难以躲避那双眼睛。近两千年了，它们冷峻地盯着，充满寒气的目光就像两把利剑，无情地挑去人们的假面具。在它们面前，人们似乎还原到了初始，那眼睛是一对无字碑上的圆孔。一对高大的石阙巍然而立，石阙由基座、阙身、栌斗、阙顶组成。重檐平伸，顶上刻有四坡瓦垄，傍依单檐子阙。通高约一丈三尺，基座各宽约九尺，厚四尺余，通体刻画有花边纹饰。两阙身正面有建和元年（公元 147 年）题铭 90 余字，记有立阙人武始公暨弟绥宗、景兴、开明及营造工匠姓名。石狮相对立于阙前两侧，巨口瞠目，昂首顾盼，浑朴端庄，一展仰天怒吼之势。这里，你似乎能听到那雄浑的吼声穿越千载时空，在耳畔回荡不息。石狮威武凶猛，悍然中透着一股神圣不可侵犯的尊严。西汉时崇尚儒教，石狮的威猛中带着几分儒雅，也是儒家思想对文化艺术的渗透，华美中带着几分烟火的味道。

这座东汉时期的家族祠堂，已超越了武氏人光宗耀祖的初衷，留给后人更多的是震撼。那些沉睡千年的冰冷石头依然保持着盎然的生命姿态，生动地再现了汉代卓越的文化艺术。那是一条走向远古文明的隧道，心灵在那一刻就像被时光的筛子滤过，尘世的争名逐利，人间的喜忧浮躁，不知不觉间会从身心剥蚀殆尽。此刻，陶醉在艺术的海洋里，人单纯得就像一滴水，或者一片叶子。

汉代乐舞有着"山陵为之震动，川谷为之荡波"的磅礴气象。一幅幅石雕画令人如痴如醉。朴拙、优美、动感的构图，简洁流畅的线条，惟妙惟肖的神情，疑惑、惊叹、感动，这些词汇在这里已变得单薄。三皇五帝、宫廷夜宴、盛大庆典、战场搏杀、狩猎、杂技、舞蹈，以及神话传说，众采纷呈，古人的生活场景在连绵不断的画面中再现。徜徉在连环画般的石雕画里，欣喜、崇敬的心绪交替着，也许是心的律动与画中的人儿对接，我也成了画中人，衣袂飘飘，优雅地行走舞蹈，呼吸着他们的呼吸，快乐着画中人的快乐。看那幅车马图，两个汉子乘上马车，骏马神驹风驰电掣般奔远了，送行的朋友还在招手。寥寥几笔刻画出马儿的强健、奔跑的疾迅，似闻嗒嗒蹄声在响。还有主人的自得、车夫的专注、友人的依依不舍。画面线条简洁流畅，耐人寻味。

第二个展室的石刻画风格独特，古代的雕刻大师展开了超人的想象，画面大多比较抽象，更多地带有神话色彩。一个扭曲变形站立的裸汉，头部竟然顶着七八个形象各异的人头。任凭我端详许久，仍不得其解。其中的故事和象征意义还需要我去考究。那个有着弯弯大犄角的山羊头造型，那双小眼睛安详地盯着游客，目光宁静中透着几分诡秘。这个造型很像远古时期部落里的图腾，甚或与外星人的某些画面有着几分相似，这神来之笔怎不令人深思。有的画面乐感尤甚，那些身着宽袍大袖的汉服的舞者，随着音乐翩翩起舞。那优美的旋律凝固进冷石的光盘，随着你心的颤动透石而出。艺术的美感充满了每个细节，画中人的举手投足，甚至衣袂的翻飞也都踩着节拍，随着音乐翩跹，每个线条，每个点面，似乎都在随着你的心跳而脉动，怎不令人感叹呢？

汉代的石雕画就像一个微缩的博物馆，展示了汉代音乐、绘画、舞蹈、书法、武术等成就。排箫是乐舞百戏中重要的管乐器，史书、典籍中都未涉及它的演奏法，但汉画石刻乐舞百戏图像中却可见到，它是一种上端整齐、下端参差不齐的管乐器。艺人一手举管鼓摇击，一手持排箫吹奏。由此可知，汉代的排箫应是现代口琴的始祖。

汉代的书法宽博大气、汪洋肆意，在古代书法史上有着不可小觑的重要地位。尤其汉隶，雄浑朴茂、清劲秀媚。嘉祥石雕上俊秀飘逸的书法作品，令历代文人墨客争相膜拜。宋代金石学家赵明诚的《金石录》中就有对武梁祠的记录。南宋金石学家洪适在《隶释》《隶续》中也摹刻有诸多武梁祠画像。鲁迅、郭沫若也是这些石头的知音，他们一生收藏了许多武氏祠的碑石拓片。

嘉祥石雕在岁月的流逝中提升着不可磨灭的价值。艺术赋予了这些沉默的石板不朽的生命。每一幅画，每一个字，似乎都有呼吸。徜徉其间，轻轻抚去几粒尘土，细细解读石的生命。时光似乎在倒转，我已置身其间。静静地感知着传统文化的神奇与博大，内心呼唤着那个气吞山河横扫匈奴的汉武帝，思绪已走在张骞出使西域的丝绸之路上。自豪充满着每一个细胞，仿佛汉朝并没有走远。

艺术本天成，妙手偶得之。艺术，只有植根民间，才能有不朽的生命，即使沉睡千年，依然焕发着无限生机。精美的石雕画，留下了遒劲的书法、炫美的舞蹈、婉转的演奏。唯有多彩的生活基础，唯有超凡脱俗的审美，才能创造如此神奇的艺术。虔诚的心让石头有了体温，才有了动人心魄的魅力。汉朝物质的繁华，带动了文化的发展。透过朴拙优美的画面，我似乎看到了那一双双神奇的手，随心勾勒出生活的速写，竟然给世界留下了巨大的惊叹。真正的美，就像无心素雪，历经岁月的打磨，修得灵魂的禅香。

国学大师南怀瑾先生曾有一句精辟的话："国家灭了不可怕，只要文化在，就有复国的那一天。但是如果文化断了，国家就真的灭了。"传统文化是我们中国人的精神家园，无论散落在世界的哪个角落，汉语、唐诗宋词、书法、国画等，总是不经意间唤醒心底的故园情结。汉朝，悠悠两千年已渐行渐远流进了历史的长河，但它的灵魂却一直安睡在嘉祥的碑刻里。这些载体传承着博大精深的传统文化，根植在中国人的精神家园。

高雅的审美艺术，无声地诉说着汉代奋进、强健、博大的时代精神。徜徉在嘉祥的石雕博物馆，总会让心灵有惊奇的满足，似乎推启了一扇门，打开了一扇窗，看到了遗失的珍宝。"花若解语还多事，石不能言最可人。"离开博物馆，回首凝视那对高大的石阙，精美的画面、神秘的符号又令我停住脚步。石碑上的那对眼睛，依然在冷冷地、深邃地注视着眼前的世界。

2014 年 10 月

仰望太行丰碑

秋日的太行山脉葱郁、绚丽、明媚。大山深处的庄稼和花草树木仿佛得到神的眷顾，高粱举着硕大饱满的火把，谷子弯着沉甸甸的穗头，树木粗壮遒劲，油亮的叶片擎着阳光，在微风里轻摇，仿佛熠熠生辉的佛光。鸟儿三三两两在枝叶间对着情歌，玉磬般脆生生的鸟鸣不时撞到心湖，荡起丝丝涟漪。

汽车轻快地在山路盘旋，窗外的风景走马灯似的转着，奇异的五指山忽近忽远，仿佛与游人捉迷藏，没等按动快门，它已跑出镜框，正当感叹的时候，它又羞答答地走来并掀开了面纱。趴在车窗上，目光锁定了那个神秘的五指山。

车终于泊在沙河市渡口村东南的一处开阔地，眼角的余光扫了一眼窗外，诡秘的五指山没有了踪影，却闪过一缕红绸。走出车门，舒展着折叠的身心，呼吸着山野里独有的清新空气，抬头眺望，人仿佛被定在那里。一座彩虹般的巨桥突兀地呈现在眼前，原来刚才看到的那缕红绸是对岸山坡上的五个红色大字"太行大渡槽"。第一次看到横跨大峡谷的渡槽，我有些不敢相信自己的眼睛，太行深处，竟然藏着如此雄伟壮观的建筑。

这是一座形似赵州桥的浆砌单拱渡槽，全长 220 米，101 米的跨度，高 53 米，主拱为空腹式变截面悬链线无铰拱，小拱 17 孔，单孔单跨 6 米。高入云端，美如长虹，没有支撑柱，没有钢缆牵引，既有泰山的稳固，又有彩虹的灵秀，如此独具匠心的设计，令人不由得感叹设计师卓越的智慧和建造者的才干。

20 世纪"文革"末期，国家正处于一穷二白的极度困难时期。太行渡槽是上游水库配套工程灌区最大的水利建筑。修建该水库和灌区，设想缘于1963 年河北邢台特大洪水后毛主席题词"一定要根治海河"。参加施工的有工人、农民、知青，还有各行各业抽调的干部等四千余人。

修建渡槽困难重重，渡槽主体为条石，但建造左桥台却找不到基石，经研究决定底层用毛石混凝土浇筑，中层用钢筋混凝土加毛石浇筑（施工中增加了三排架立道轨），上层用浆砌块石。虽是人工浇筑，却坚如磐石，与山崖凝为一体。

一条水龙在太行峡谷奔腾，风声、涛声、笑声交汇着，缓缓淌入干涸的田野，淌入庄稼的血管，淌入农民的心里……

遥想当年那充满革命激情的劳动场面，顿时身心都充满了力量。"为了人民，依靠人民。"工农兵全民总动员，每个村每个大队各家各户都要派出劳力，有木匠、石匠，还有铁匠，大家都以此为荣耀，争相报名。干一天水利的工分比种地挣得多，却更苦累危险。

他们成立了民兵排、民兵连、民兵营，扛着红旗，高唱革命歌曲汇聚到太行深处。党员、团员带头包工、包段，从山顶到峡谷到处是埋头苦干的身影，劳动号子在山谷此起彼伏。

"盖着天，铺着地，高粱玉米来充饥，采把野菜来调剂，生活赛过贵宾席"是真实的生活写照。正是困难时期，从国家到各个公社，自发动员大家从为数不多的口粮里省下粮食支援工地，隔三岔五派专人给工地送肥猪。民工们平时吃不上肉，偶尔改善，吃上猪肉炖粉条、白面馒头。都是壮劳力，干苦力活，非常能吃，一顿能吃七八个玉米面窝头，窝头在扁担上一字排开，成为一道独特的风景线。

工人住的是简易帐篷，夏天闷热憋气，蚊虫叮咬，雨天潮湿阴冷；冬天，天寒地冻，却没有取暖设备，裹紧三床被子，依然冻得像树叶抖动。"北风当电扇，飞沙当炒面。"

滴水成冰的日子，民工们裤管都挽到膝盖上，在桥下的冰水里劳作，当时称水兵，虽然刺骨寒冷，腿抖如筛糠，但他们都咬牙坚持下来。当年冬天回来的好多人落下关节炎、老寒腿、腰腿痛，却没有人喊一声苦累。淳朴的农民从来不讲条件，不向大队提要求，不像现在有的人张口就要报酬。

这就是革命激情，不怕苦，不怕累，无私奉献，毛泽东时代的大无畏精神。

奇迹，是干出来的。当时都是人工劳动，没有吊车、铲车、搅拌机、卷扬机等，拖拉机是当时最现代化的运输车辆，却很稀少，人们主要靠小推车、毛驴车，还有一些简陋的自主设计的机器和劳动工具。但人的潜力是无穷的，有信仰，有毅力，有干劲，就能创造奇迹。

施工采取满腹式 8 层木模架，拱圈施工。槽拱上约有 8900 块弧形条石，每块约重 1.2 吨，按层编号，主拱中线最大误差仅 5 毫米。仅看这几组数据，足以令人震撼，可见大渡槽工程的浩大、艰难与精确。

建造渡槽的石头不能用炮炸，否则影响石头的坚硬度，所有的石头都是靠着一锤，一钎，两只手，一钎一钎锤凿，启撬。采石场石屑飞溅，粉尘呛鼻，叮叮当当热闹非凡，如此单调乏味的噪声，却被建设者视为最悦耳的妙音。一块块巨石从山崖上开采下来，靠手搬肩扛小车推，运到工地，铺河床、砌桥墙、垒桥头堡，每一块条石，都带着体温和汗水，设备之落后，条件之艰苦实在令人唏嘘。

工地上红旗招展，民工干得热火朝天。那是激情燃烧的岁月，人们喊着战天斗地的革命口号：下定决心，不怕牺牲，排除万难，去争取胜利！他们以一种排山倒海的气势忘我拼搏，矫健有力的身姿，淳朴的脸庞，洋溢着幸福自豪的笑容，纯净的目光里充满自信和期待，这是那个时代共有的气质：真诚、淳朴、善良、勤劳。

那是充实的精神世界里开出的最美的花朵。攒动的人群中不时闪过青年女子的身影，本该坐在大都市窗明几净的办公室里看书写字，却远离父母亲人，投身到热火朝天的劳动中，打着补丁的衣着，手上的老茧，肩膀的水泡，脚上的血泡，无声地向世人证明：妇女能顶半边天！握笔的手拿起锤头、铁锹，也是呱呱叫。

你听，山谷里又回荡起激情澎湃的歌曲："嗨啦啦，嗨啦啦，天空出彩霞啊……"

是谁给了他们战胜艰难困苦的力量？是谁创造了天堑变通途的奇迹？毛泽东思想在激励他们勇于战胜一切困难，忠于党忠于人民的无私大爱涤去了内心的小我，这是信仰的力量。

那个时代，无论公共场合还是家里，都张贴着毛主席画像、工业学大庆、农业学大寨等红色的宣传画，天天看，那红色似乎化成有温度的血液涌向了脉管。我的父母是第一批支边人，年少时，常问父母为什么放弃留在北京的机会来支援大西北？为什么会有泪别亲人的插队知青？为什么要抛家舍业支援三线建设？

随着年龄的增长，不再问，不再怨。父辈们长在红旗下，是祖国的一块砖，哪里需要就往哪里搬。排除万难，人定胜天是那个时代的精神支柱，发扬愚公移山的艰苦奋斗精神是那个时代的符号，全心全意为人民服务是那个时代的最强音，精益求精是那个时代的工作作风。

如此，才有了这座气贯长虹的大渡槽，在风雨里挺立了近半个世纪，依然稳如泰山，没有开裂，没有下沉，没有挪移。

秋风徐来，大渡槽崖壁的野菊花轻轻摇动，似乎在向远客招手致意，又像依偎着大渡槽呢喃。游人燕子般来了又去，更多的孤寂岁月有蓝天、云朵、野花、碧草伴着。溪流哗啦啦地唱着歌奔来，大渡槽又恢复了曾经的青春……

大渡槽1973年动工，历时四年竣工，创下华北地区施工条件最差，施工时间最短，工程质量最高的奇迹，曾为中国第一单孔宽度浆砌石拱桥，现为华北第一。大渡槽改善了群众的生存条件，旱时灌溉、涝时泄洪，为下游丘陵区706万亩土地灌溉及工农业用水做出历史性贡献，彻底改变了以往旱魔肆虐，涝患猖獗的旧貌，润泽千万百姓的心田。

百业待兴的20世纪70年代，共和国举步维艰，团结一致、艰苦奋斗的革命精神激励着勤劳勇敢的中华民族走向新时代。当年的建造者已步入暮年或辞世，但是父辈们演绎的"艰苦奋斗、自力更生、群策群力，建成太行大渡槽"

惊天地泣鬼神的精神早已汇成热血，凝成铮铮傲骨，那就是民族魂，中华民族赖以生存和发展的精神支撑。

回望过去，如果没有这份力量，中华民族何以有今天？短短四十余年，我们的祖国大踏步前进，工业、农业、国防、教育、科技、医疗、交通等各行各业有了质的飞跃，高楼大厦如雨后春笋般冒出，高铁快如闪电，我们现在之所以能创造这样的辉煌，那是因为中华民族血液里的强大基因。

在太行深处，拂去历史的尘埃，寻回遗忘的珍宝，静默、反思，汲取前进的力量。我们要把它找出来，拧成一股绳，实现中国梦。

太行大渡槽巨人般稳稳地矗立在两山之间，历经了地震、山洪、泥石流、山岩崩坍等种种自然灾害，它却岿然不动，坚固如初、坚定如初、沉默如初。

大渡槽功在当代，利在千秋。它静默在岁月的河岸，岁岁增长，慢慢地高过山峦，高过蓝天，成为人们心上的一座丰碑。

"大海航行靠舵手，万物生长靠太阳……"

寂静的太行峡谷又回响起高亢的革命歌曲，歌子如蝶，慢慢地栖落在云间、心上……

2017 年 10 月

唤千古英雄梦醒

"万里山河通远檄，九边形胜抱神京"的坝上草原，是塞上的一颗璀璨的明珠，辽阔、静谧、青碧、洁净如禅。

遥想在天之边，云之故乡，有一块放牧心灵，寻找生命的律动和禅意的静美之地——承德的木兰围场，我想起《诗经·小雅·鹿鸣》中的诗句："呦呦鹿鸣，食野之苹。我有嘉宾，鼓瑟吹笙。吹笙鼓簧，承筐是将。人之好我，示我周行。"

翻阅《诗经》，书声犹如鹿鸣，已穿越久远的时光，遍地声声。

木兰，满语，汉译"哨鹿""哨鹿围"。古时，人们戴上假鹿头，用木制的长哨模仿公鹿求偶时的叫声，诱捕母鹿。木兰围场主要由塞罕坝、御道口草原和红松洼等三大景区组成，森林茂密，小河蜿蜒，水草丰美，野花繁多，野鹿、老虎、麋鹿、马牛羊等野生动物成群结队，自在繁衍，它们才是坝上的土著居民。

木兰围场历史悠久。春秋时期属燕领地，渔阳郡、鲜卑地、契丹属地、松山县辖地，羽林军、鞑靼人、蒙古族、满蒙八旗军驻围，热河管辖。民国元年建围场县，1989 年撤销围场。

公元 1677 年至 1681 年，康熙皇帝两次北巡塞外，以"喀喇沁、敖汉、翁牛特诸旗敬献牧场"的名义划定并建成了 14000 多平方公里的皇家猎苑，是世界上第一个也是迄今规模最大的皇家猎苑。从康熙到嘉庆，经过 140 多年的扩建和维护，木兰围场逐步界定为 72 个围，共举行木兰秋狝 105 次。

史学家把大量刻在石头上的碑文称为"石史"，它既是证史，补史和纠正文献记载舛误的珍贵资料，又能长久保存，所记载的历史事实和事件比较真实可靠。

木兰围场石碑众多，经历风雨依然"挺胸"伫立。尤其是乾隆、嘉庆等皇帝御笔的七通碑和摩崖石刻是极为珍贵的"石史"。七通碑在岁月里矗立三百余年，依旧演绎着皇家的神秘、气势与威严。

如今，他们在岁月的长河里静默，在思考什么？

《入崖口有作》碑最为完美精致，碑顶很像官帽的顶戴，顶端有颗宝珠，嵌在莲花宝座，被四个瑞兽守护，从碑顶到碑身雕有九层吉祥纹饰，每层各不相同，有着国泰民安的美好祈愿。碑顶下沿的斜面上雕有一对戏水金龙，浪花点点均匀地遍布其间，却不杂乱，神龙见首不见尾，平添几分神秘。碑身上端的正中雕有一对昂首相觑的盘龙，威猛又俊逸，周边饰有朵朵祥云。碑身周边雕刻着简洁的祥瑞连环宝花，中间刻着诗文。碑座为双层雕花宝座，沉稳坚固又大气。整座碑造型高大华贵，线条流畅优美，雕花精巧繁简适度，有着音乐的节奏和韵味，有着诗的情调和画的意境，无论从哪个角度欣赏，都能品到令人心醉的意趣。

一横一竖、一撇一捺，字字遒劲洒脱又飘逸，在风中诉说三百年的时光，可有谁能听得懂呢？

《虎神枪记》《永安莽喀》记述乾隆虽已花甲，仍亲率诸部狩猎，骑马奔驰，健硕灵敏，以及乾隆射杀老虎的事迹。《古长城说》碑，记载乾隆发现古长城的独到见解。《于木兰作》碑正面和两侧刻有《过卜客达坂即事成诗》《过卜客达坂叠旧岁韵》五言律诗，记录了乾隆平定大小和卓叛乱的伟大业绩。《入崖口有作》碑为乾隆感叹绮丽山川和木兰秋狝的壮观激情吟作。

《木兰记》碑是研究木兰围场历史的重要文献之一，为嘉庆皇帝御笔，用满、汉两种文字描写了木兰围场的地理特点、历史及康乾时代木兰秋狝的盛况，记述了少数民族王公到木兰围场"分班随猎"等重要史实，反映了民族团结的盛况，以及木兰秋狝的重要意义。

立在碑石间，寻问皇家鹿苑那窖藏的岁月，是否依旧燃烧、沉醉？抑或化成酒气，在天地间飘逸。

"呦呦鹿鸣，食野之蒿。我有嘉宾，德音孔昭。视民不恌，君子是则是效。我有旨酒，嘉宾式燕以敖。"置身美丽的大草原，此刻沉醉，天似穹庐，笼盖碧野，风吹草低，牛羊悠然自得与青草低语，走走停停，仿佛从天宇溜到地面的云朵，青草仿佛飘动的翠绸，从地面漫到云际，悠扬婉转的蒙古长调在碧草间荡漾着，抚慰着草原亘古的空阔。

酒，岁月的年轮，亦是粮食丰歉的晴雨表。

酒，被上帝赋予了神秘力量的魔液。

酒，有灵魂的河流，汲取日月和大地的精华，有着阳光的明媚，烈焰的炽热，山的厚重，水的柔婉。

酒，检验人品的试金石，饮下它，总会在不知不觉中显出原形，潜藏的本性在它面前无处遁形。

酒，给懦弱者以勇气，给善良者以美好，给聪慧者以智慧，它成事，亦败事。

酒中，找一个人，一代词人纳兰性德。

"西风乍起峭寒生，惊雁避移营。千里暮云平，休回首、长亭短亭……"纳兰性德词风清丽婉约，哀感顽艳，格高韵远，独具特色。他曾多次随康熙出巡木兰围场，写下许多脍炙人口的边塞诗词。

酒是融化的诗句，人生的五味杂陈，岁月的沧海桑田，融在纳兰性德酒中，饮下，骨骼多了几分硬度，血管里就会流淌着一股豪气。

纳兰性德不在，酒气飘逸，长风中可与云朵起舞吗？

放开嗓子纵情歌唱，歌至兴处，与风共舞，舞至情狂，眼睛、手足，被一种炽烈的情绪炙烤着，内心的火山奔突着，似乎一根火柴就能令岩浆喷发。此刻，如有美酒畅饮，给个神仙都不换呢。

中国是酒的故乡，酒与文化、政治并行，酒的发展史，与文化和政治的变迁同节律，它体现着社会文明和人们的精神面貌，是从物质到精神的升华。皇家猎苑酒，已超越了酒的含义。

品酒，亦是品木兰围场厚重的历史和灿烂的文化。

一杯酒，浓缩着世间万象；一杯酒，记录着木兰围场数百年的兴衰。形形色色的人是各种有温度、会行走的容器，不同的酒瓶，呈现不同的味道和度数。酒，有着水的包容与无私，甚至背负了冤屈与骂名，却从不申辩。那些酒后失德，借酒装疯卖傻的人，夜深人静的时候，是否沐浴熏香对酒叩头拜谢？

木兰围场沉静安逸。葱郁的古树，玉带般的河流，青碧的草场，静默的碑刻和寺庙，木兰围场在岁月里禅修着，在酒中回味着远去的鼓角铮鸣。

有着三百年历史的承德鹿苑酒的前身是"皇家御用酒坊"，用甘洌的涌盛泉之水酿造，是清朝塞外最早的皇家御酒，清朝皇帝用此酒犒赏"木兰秋狝"的王公贵族和将领。后来清朝皇帝在避暑山庄举办的御宴中也有此酒。

曾经誉满皇宫内外，香遍天上人间的皇家鹿苑酒，随着历史的更迭，亦几度兴衰沉浮，清朝灭亡，它流落民间数次更名："祈家烧锅""围场县国营制酒厂"，最终在当代恢复"承德鹿苑酒"这个老字号。鹿苑酒在历史的长河里跌宕，沉淀的是历史的厚重和岁月味道，人们在一壶老酒里品味湮灭的辉煌……

木兰围场对于中华民族的统一，国家的稳定和发展起了不可忽视的作用。1690 年，康熙在这里平定噶尔丹叛乱。"木兰秋狝"对于康乾盛世做出不可小觑的贡献，它不仅仅是一种皇家秋猎活动，更是实地练兵，没有硝烟的军事演习。清皇帝在教化子孙居安思危的生存意识，这是另一种形式的治国，这种齐家治国的思想，即使在当今社会，依然适用。

"呦呦鹿鸣，食野之芩。我有嘉宾，鼓瑟鼓琴。鼓瑟鼓琴，和乐且湛。我有旨酒，以燕乐嘉宾之心。"承德鹿苑酒流过岁月，汇入灵魂，在骨与肉之间，低吟浅唱，在真与虚之间，长吁短叹，在醒与醉之间，嬉笑怒骂。恍惚中，康熙、雍正、乾隆、嘉庆、纳兰性德从历史的烟尘里缓缓走来……

一壶鹿苑老酒，两阕呦呦鹿鸣，唤千古英雄梦醒！

2017 年 7 月

在春天邂逅欧阳宗祠

暮春时节的陈家坞宁静清雅，就像一帧唯美的江南绣品。碧绿的池塘倒映着蓝宝石般的天空，祥云朵朵，葱郁的古树林，红艳艳的杜鹃花，黛青的远山，仿佛天地间垂挂的仙境幕布。一望无际的油菜花田，虽然没有了醉人的油菜花，青黄的菜籽荚铺天盖地，依然有着强烈的视觉冲击力，瞬间点燃游人心底的激情。

陈家坞古称燕子窝，位于铅山县葛仙山脚下，青山怀抱，形似燕窝，八百年前宋代文豪欧阳修的后裔从庐陵迁此生活，已传至第 35 代。人们希望在此成家立业，取名"成家坞"，天长地久就写成了陈家坞。

江南雨后的田野清新怡人，清凉甜润的空气中夹杂着淡淡花香，走在油菜地湿软的田埂上，有着柏油马路所没有的惬意。小溪是村庄派出的迎客门童，叮叮咚咚地奏着迎宾曲从村子里跑来，时奔时停，很是喜人。地埂边有一些野生的油菜花，稀稀疏疏地开着，虽然没有整片怒放的壮观，玉屑般娇俏的黄色花瓣拢着翠绿的枝叶，在溪边揽镜梳妆，别样的美，依然令人心动。

走过一块块镜面般的漠漠水田，远远地一幢高大古朴的建筑撞入视线。没想到在这个春天邂逅"欧阳宗祠"，虽然知道此行要拜访，当它傲然地出现在视野中，心里还是猛地一动，脑海里浮现出"醉翁之意不在酒，在乎山水之间也"这个流传千年的名句，仿佛流浪的孩子终于找到母亲，迫不及待地奔至门前。

欧阳祠堂位于村中央，占地约 1.5 亩，徽派建筑风格，主体为木质结构，布局整齐，结构严谨，雕梁画栋，历经四百多年，依然傲然挺立在岁月里。

宅，所托居也。黛瓦粉墙的徽派建筑有着"千两银子七百门"之说，无论贫富，门面上都有精美的雕刻。欧阳宗祠的门高大威严，精美的木雕与石雕，有着说不出的美雅与古朴。门楣上方有一青石板，边框雕刻着连绵的祥云，每条边的中间是两朵祥云合抱组成的如意，正中镌刻着红色的"欧阳宗祠"，大门两旁刻有楹联："德传怀玉声著庐陵自昔人文蔚起，秀毓馀阳支绵陈坞於今俎豆馨香。"字体端庄厚重又雅致，带着三分威严，三分洒脱，还有四分亲和，仿佛悄然间退去了人们心底的火气、戾气和杂念。小小楹联，却有着金石的分量，悄然压在族人的心上，时时警示族人教育子孙严于律己，恪守族规，流芳后世。

门框内侧雕刻着道教的太极卦图，两边雕有向日葵等花卉。古人常用八卦图镇宅避邪，趋吉迎祥。

"门当"与"户对"是古代大门建筑中的重要组成部分。"户对"亦为门簪，是位于门楣上方的近似圆柱形的木雕，一尺左右，据说有四个门簪的是王爷宅邸，普通人家多为两个门簪。短圆柱门簪表达了古人对男性生殖器的崇拜，祈求男丁旺盛、绵延香火。

宗祠匾额下有四个门簪，雕有盛开的菊、荷等四季花卉，花瓣舒展，姿态优雅，似乎还带着晨露呢，有着花开富贵、四季平安、家庭和睦、子孙满堂的寓意。四个门簪中间插有三幅雕画，中间是松鹤和鹿，有着松鹤延年、鹤鹿同春的美好寓意。两边图案有些相似，两个如意吉祥结轻绕着宝扇和玉瓶，第一个玉瓶中插着三支戟，寓意平升三级，第三个的玉瓶里插着翠竹，取意竹报平安。画面似有"暗八仙"，刻有宝剑、笛子、扇子、玉板等八仙的法器，由于年代久远，加之位置较高，看得不是很真切，但古人在方寸之间对子孙佑护与吉祥的祈愿，点点滴滴都能感知，步步有玄妙，处处皆文化，古人的雅趣与智慧令人叹为观止。

古代建筑讲究对称和谐，有户对必有门当，两者遥相对应。祠堂的门当为一对长方形门枕石，一侧的正面刻有系着丝带的书卷，另一侧的图案已模糊，有着"耕读传家久，诗书济世长"的寓意。古时，门当有圆形与方形之分，圆形为武官，象征战鼓；方形为文官，形为砚台。

大门两侧有一对五尺多高的抱鼓石，石鼓上卧着一只可爱的小狮子，嘴中咬着一铜环，尊贵威严中透着几分亲和。石鼓在"文革"中被无知的造反派用铁锤砸为两半，在族人极力保护下，才得以保全。夕阳的余晖给宗祠镀上一层金光，佛光一般神圣，石鼓被卯楔紧紧箍住，斑斑伤痕却刺得人心痛。鼓，声巨，传音远，石狮子有着护家避邪镇宅户的寓意。户对的多少，以及抱鼓石大小与官品大小财富多少成正比，传统的"门第""门户""门派"等概念也由此演绎。抱鼓石并非"门当户对"中的门当，但作为联姻身份匹配的参照物，却有一定的道理，充分显示了古人的智慧。门当户对，是物化的礼制文化符号，植根于生活的深层结构，在时光的长河里，传承着中华传统的居住文化。

石雕画、门当、户对、楹联、抱鼓石，默默诉说着欧阳家世厚重的文化和良好家风，仅仅看到它的一角秀妍，就再也挪不开脚步。步入祠堂，浮躁的心绪突然变得沉静。古建筑有着神奇的魔力，犹如母亲温柔的手掌，抚慰着游子心上的沟沟坎坎，令心魂归位，一种无以言状的安适溪流般缓缓地漫过了内心。

祠堂上下十六进，两个天井。迎门是一个两层的戏楼，本村的业余小剧团经常在这里排练演出，每到年节或有婚庆寿辰等大事，族人在此聚会，看戏、摆宴、议事、祭祀。祠堂是历史的年轮，记录着或悲或喜、或雅或俗的红尘故事，它亦是凝聚亲情、承载乡情的容器，它是族人的精神庙宇，人们在这里释放着心灵的五味杂陈，同时亦享受着亲情给予的慰藉，得到一种力量。

前厅与二堂之间有一天井，地面用卵石镶砌，正中是一幅外圆内方的古钱币图案，围着这个图案向四周蔓延，或圆或方，规则却不呆板。石缝间长满青草和苔藓，给石子绣上嫩绿的花边，青草描画着石子的形，石子勾勒着草的筋骨，多像族人与祠堂的相依相伴。俏皮的石子和娇媚的青草舒缓了祠堂的肃穆，仿佛盛开的花朵，停歇的鸽子，如果有雨落下，更似那灵动的鱼儿，小石子天长日久浸染着欧阳家族厚重的文化，定然有了灵性，令凡俗的人儿艳羡不已。

欧阳修号六一居士，曾自言："集古录一千卷，藏书一万卷，有琴一张，棋一局，酒一壶，一翁老于其间，是岂不为六一乎？"由此可知，他是一个为文为官严谨自律，生活俭朴，情趣高雅之人。大堂正面的墙上悬挂着"六一堂"匾额，下面是"大宋欧阳文忠公造像"，两旁是小幅白描的欧阳忠宏公和欧阳祖善公肖像。堂内楹联众多，每一进的抱柱上都挂着赞扬欧阳修品格和功绩的对联，墙上的欧阳家训很是醒目："兄仁父义，父慈子孝；视叔如父，视侄如子；琴瑟静好，妯娌和谐；勤俭治家，公平处事；耕读为本，礼仪为门。"静立在家训前，细细品味每一字，感知着这个家族共有的品格与其释放出的精神力量，虽然历经千百年的风云变化，依然有着撼动人心的力量。

每一堂的屋顶与牌匾间都镶嵌着"福、禄、寿、喜"和"梅、兰、松、竹"等祈愿家族吉祥兴旺的瓷板画。画面古雅简洁，寥寥数笔，却透着一股清气。一幅画，一个祝福，一个祈愿，画里画外凝聚着前辈无尽的大爱与深情。原瓷板画已在"文革"中被破坏，这些是后来修补的。当年幸好有村民的舍命保护，祠堂主体建筑得以完好留存。岁月无声，悄然流逝，曾经的悲欢，一切过往，都被祠堂如实记录，它是一本无字之书，雕梁画栋都是其间的字符。

祠堂没有江南建筑里常有的潮湿与霉气。正堂左侧上方有一长方形的天井，黛青的瓦片裁出一角蓝天白云，几株青草在窗口探头探脑，仿佛月宫伸来的桂枝，给古老的祠堂平添一丝春意。天井的正下方有个石砌的水池，比天井略大，下雨时，雨水顺势纳入天井，名曰"四水归堂"，寓意财不外流。雨水汇聚小池，池底的排水系统非常科学，即使再大的暴雨，积水都不会溢出小池，旱天，小池里总聚着水。有月亮的晚上，天井上方的月亮与水池里的月亮遥遥相望，仿佛祖先与亲人的相逢，好似连接天堂的通道。

徽派建筑的雕花甚是讲究，有着无宅不雕花之说。砖雕、石雕、木雕有着巧夺天工的艺术魅力，尤其木雕技艺的精湛，比石雕和砖雕更胜一筹。祠堂屋檐下的檐条、雀替、窗扇、栏板、美人靠等都雕有精妙的花鸟、瑞兽、山水等图案。尤其是梁柱间那一个个雕花斜撑，极富装饰趣味，是力与美的完美结合。

祠堂就像一个宝库，总是出其不意地带给人惊喜。无意间，眼睛聚焦到一个貔貅斜撑，一只威猛中透着娇憨的小貔貅蹲在缠枝莲底，双脚牢牢地抵着柱子，张嘴吐舌，似乎在等着主人的爱宠，萌得让你的心都要融化呢。顶部的缠枝莲优雅绕在撑柱间，上下各有三片叶芽佛手般翻卷，顶部有一朵小花含苞欲放。貔貅斜撑为如意形，有着招财旺运的寓意，花纹繁简相间，动中有静，静中有禅，花的灵秀衬托着兽的威猛，带给人妙不可言的意趣。祠堂里的每件雕画都有着美好寓意，它们既是一幅独立的画，又是一大件完整的艺术品。

族必有祠，祠必有谱。祠堂里珍藏着一本发黄的宗谱，它是记录欧阳家族数百年兴衰的年轮。曾有民俗专家这样评价南方的祠堂文化："以血缘为基石，以亲情为纽带，穿越漫长的时空隧道，保持着后人与祖先心灵的沟通，是连接后人与母体文化的血缘脐带。"欧阳祠堂汇集了徽派建筑的精粹，潜移默化中凝聚并教化族人尊老爱幼、勤俭治家、扶危济困，传承优秀的中华文明，功不可没。

天井右下方有个门洞，直通后院，打开门，池塘、绿树、稻田、远山等景物尽收眼底，阳光、春风、鸟语、花香潮水般涌了进来，在博大精深的传统文化中神游的心魂归位了，静静地泊在那里，感叹、惆怅、惭愧、自豪，种种情感交织着。游人春燕般赶来，一番赏玩后，各自散去，被一种欲走还留的心绪纠结着。走过六一广场，在淳朴善良的村民中间徜徉着，暖暖的笑容，亲切的话语，那熟悉的感觉，真像回到了久违的老家。

穿过醉翁亭，再一次回望，夕阳给欧阳宗祠披上金色的袈裟。凝望着神圣安详的祠堂，大门上那四个花卉图案的户对，多像祖先的眼睛，深情地注视着子孙的活色生香，祈福平安，祈愿"和、义、孝、廉"。仿佛被一种神秘力量召唤着，再一次跑回祠堂，在六一居士的画像上，在一幅幅楹联上，在雕栏画栋上，在耕读诗书的家训上，细细品味着传统文化的独特魅力。

鸟瞰陈家村似有几分八卦图中阴阳鱼的味道，如果青山民居和田野古树水塘是两条阴阳鱼，欧阳祠堂就是正中的点，布局精妙，天人合一，集山川之灵气，融文化之精粹，点点滴滴诠释着家族的世界观、人生观、价值观。

传统建筑蕴含着超凡的美学价值和文化价值，人伦道德浓缩其间，它亦是中华的道德构架。上下五千年，多少古圣先贤给我们留下珍贵的教诲，化为亭台楼阁，化为雕栏画栋，无声地传承着文化的血脉。门楼、影壁、梁柱、牌匾上的字画是祖祖辈辈从生活中悟出的大智慧，更是祖先们留给后人修身齐家的优良传统。

随着科技的飞速发展，高楼大厦取代了传统建筑，千篇一律的城市模样，让城市失去了个性，行走在熟悉又陌生的城市，内心更多的是焦虑和惶恐。瓦当、鸱吻、梁托、爪柱、叉手、雀替、天井、照壁、漏窗等构件名称大多已生疏，但传统文化我们绝对不能陌生，它是我们共有的胎记，是看得见的乡愁。中华文化有着强大的生命力，千百年来中华民族遭受无数次侵略者的践踏，却无法撼动文化的基石。国灭，只要文化在，就有重建的那一天，如果文化断了，亡国也就不可避免。传统的古建筑有呼吸，有表情，有温度，能够与心灵对话，走近它，你会感到自己学识的浅薄，会为曾经盲目崇洋而惭愧，世界的文化在东方，东方的灿烂文化在中国。

在映山红盛开的时节，邂逅葛仙山脚下的欧阳祠堂，撞入传统文化的怀抱，找寻文化的根脉，苍白的灵魂注入了新鲜血液，文化的自信化作有温度的字符，石子般静默在时光里，与古宅一起沉沉地呼吸着。

2017 年 5 月

湮灭的辉煌

蓝天携着春意的手眷顾着西夏王陵，草坪泛起淡淡绿意，和着摇曳的柳枝组合成静中有动的景致。迎春花恣意地展示出如金的炫黄，杨树挺直着每一根树枝，那挂满的嫩绿仍不及松树绿色的沉稳和大气。远山层层，在蒙蒙雾霭里显露出神秘的情调。

神秘莫过西夏的党项族，人们也许有些陌生，二十四史里曾经找不到它的身影，历史上后朝定会给覆灭的前朝作传，西夏却是例外。但是说起成吉思汗的一生，却无法绕开神秘的西夏，铁蹄踏遍大半个欧洲的成吉思汗，却在征战西夏时画上生命的句号，美丽的西夏也因此覆灭，最终湮灭在历史的长河里。

步入西夏王陵，仿佛被催眠一般，被一种神秘的力量吸引着奔向那旷古的孤寂里。轻轻抚摸刻满西夏文的石碑，一个个形似汉文却又陌生的文字，内心滋生出些许感慨。这个王朝的灭亡，是从它的文化涅槃的那一刻开始的。文字是一个民族的血脉，守住本民族的文字，就是留住了根。成吉思汗征战西夏时病逝，他的儿子不惜一切代价终于灭了西夏。

城破前，一些西夏王族的子孙逃了出来，遁入乡野隐姓埋名存活下来。有的辗转到川南的甘孜州，有的到了安徽的合肥，还有的流落到青海省的河湟谷地。今天的河南泌阳、濮阳、南阳、信阳、方城等地也曾经留下过他们的足迹。散落各地的党项人不仅有族谱，还有碑文，现在的保定市中心还有两个古老的石雕经幢，上面刻着西夏文字。后来有专家经过考证，这些文字的雕刻者，包括康定的木雅人，他们的确是党项人的后裔。

西夏王陵博物馆带给人们更多的是震撼，精美绝伦的工艺品，已令人叹为观止，这个湮灭的民族曾经有过灿烂的辉煌。西夏人既笃信佛教，又骁勇善战。这是一个神奇的民族，它的艺术深受汉、回鹘、吐蕃及其他外族影响。那头鎏金的铜牛，造型优美，神情安详。它犄角高挺，敛尾平视，它静卧千年，看惯了人间的悲欢离合，看倦了朝代的兴衰更替，那双和善的大眼默默地凝视，若有所思，似乎在向人们传递着某种信息。世间没有永远，永恒的只有时间和寂寞。铜牛是博物馆的镇馆之宝，从它的身上可知西夏的冶炼技术已非常发达。沉默俊硕的铜牛是智慧勇敢的西夏人的化身，与所向披靡的成吉思汗的铁骑殊死搏斗，虽败犹荣。

橱窗里人首鸟身的迦陵频伽，非常奇特，是传说里的妙音鸟，和国外神话里带翼的小天使如出一辙。它头戴华冠，端庄的五官，沉静的神情，带着一丝神秘，双手合十叩于胸前，一双羽翅迎风舒展，尾巴高高翘起，虔诚地跪拜。这里出土的几件鸱吻格外精美，传说鸱是龙的九子之一，口润嗓粗而好吞，遂成殿脊两端的吞脊兽，取其灭火消灾。龙头鱼身的造型，巨口怒张，弯翘的鱼尾，威严中透着几分优雅，粗狂又柔美，和谐又大气，尽显皇家气派。馆里珍藏着各种别致的建筑构件，仅从迦陵频伽和鸱吻就可以想象当年西夏王宫的华丽。如此精湛的建筑，美轮美奂，却没能逃过被破坏殆尽的悲惨命运。抢掠、刀劈斧砍，最后在烈焰中灰飞烟灭，在历史的版图上被无情地抹去。

西夏的壁画与敦煌壁画风格相似，在精致的石窟壁画里，还残留着西夏曾经的辉煌。佛教、盛典、生活场景，再现于惟妙惟肖的色彩里。线条舒展又流畅，丰富的表情、优雅的舞蹈，在昔日艺术家手中活灵活现。壁画用它独特的语言，向人们诉说着消失的辉煌。沉浸在艺术的瑰苑里，似乎走入时空的隧道，穿越西夏这个盛衰突变的王朝。

春阳给陵园几座高大的夯土堆爱意地披上了金色的袈裟，雄伟、孤傲、威严。虽然只剩一抔黄土，被岁月的风雨侵蚀得满目疮痍，残垣断壁却难掩骨子里的皇家气势。整座陵园从南到北的遗存有碑亭、阙台、陵台、陵城、神墙、门阙、角台、月城，大部布局清晰可辨。陵园里，时光似乎凝固了，走在通往王陵的神道上，神情不由自主变得庄严肃穆。西夏人的脸谱图腾在导引牌上随处可见，甚至桶、木柜等日用品都是脸谱造型。由远及近，高大的王陵，这些沉默千年的坟丘令人崇敬。遥想着千百年的沧桑巨变，耳畔似乎回响着激烈的战鼓和厮杀，国破家亡，生灵涂炭，曾经的繁华如风卷残云。如果没有战争，如果没有灭顶之灾，也许史册里会有西夏王国的一席之地，那样中华将是57个民族。

凭吊王陵，调试着心的波长，渴望穿越远古，破译西夏王国的密码。无边的静吞没了我，我只是偶尔的闯入者，静静感知着西夏人千古的遗恨。繁华不再，孤寂永恒，在岁月面前都轻若微尘。看惯了刀光剑影，听倦了鼓角争鸣，终于远去，只有这云卷云舒，从古演绎至今。

墨子在《兼爱》篇里劝导天下："若使天下兼相爱，国与国不相攻，家与家不相乱，盗贼无有，君臣父子皆能孝慈，若此则天下治。故天下兼相爱则治，交相恶则乱。"如果墨子的思想能够影响成吉思汗的时代，也许西夏能避过灭顶之灾。只是历史没有假如，一切自有定数。人类吊古怀今，是否会反思如何维护世界和平，避免悲剧的重演。

在高大的西夏王陵废墟前，诗在心中流淌而出，给这个远去的王朝的背影，寄去一曲哀歌。你听，幽怨的羌笛从云间飘来，诉说着无边的寂寞；你听，墨子那深长的感慨，饱含着历史的呼唤声。或许化作春风，化作春雨，润泽天地，滋润你我。

夕阳的余晖在林径上画上一道道树影的横斑，给陵园里稀稀落落的骆驼刺绣上了一道金边，那是谁前世遗落的梦想，仍像钉子般钉住沙海，刺痛了谁的心事。一曲曲清清浅浅的胡笳，拉长大漠的落日，沙海泛起柔波，绿芽拱破料峭的春寒和沉寂。驼铃的忧叹，穿越千年的尘埃，在深深浅浅的岁月里跋涉，采撷心灵的落叶。

2015 年 9 月 20 日

静听千年斧凿声

嘉陵江东岸，千佛崖静静地矗立，与皇泽寺隔江相望。穿过景区的大门，踏着树木森郁绿草如茵的古蜀道前行，时间似乎被滤过，一切突然慢下来，一种沁透心脾的静谧悄然漫过身心。一段残破的石板路突兀地撞入视线，青灰色的条石、栏杆、石板，安卧泥土里，上面车辙印痕清晰可见。这就是三国时期的金牛道，进入蜀国的咽喉要冲。残破的石桥、石路仿佛冬眠的蛙虫，昏昏沉沉地睡着。脚步轻轻，不忍惊醒它们的沉梦，让它们在梦里修复战火与岁月的风霜留下的满目疮痍。

有文学家认为，历史和自然都参与了北魏石窟艺术的创造，神奇且神秘的石佛景观，散发着一种撼人心魄的艺术魅力。我国石窟分布广泛，反映了魏晋南北朝和隋唐时期的佛教艺术。站在广元千佛崖石窟群下仰望，我心中只是无尽的震撼。摩崖石窟我并不陌生，曾观赏过云冈石窟，那次给我的是耳目一新和惊叹。云冈石窟有着皇家造像的恢宏气势，千佛崖石窟则更多了几分烟火气息，与平凡的民间生活更近一些。

千佛崖造像始于1500多年前的北魏时期，兴盛于初唐，唐朝之后，五代和清代也有少量开凿。这段峭壁高45米，长200多米，星罗棋布的龛窟重重叠叠布满崖壁，数来竟有13层，纵横交错密如蜂房。历史上人们对文物的保护意识不强，1935年修筑川陕公路时，一半以上的造像被毁。现存龛窟400多个，大小造像7000余尊，自唐至清各代题刻118条，历代名人题咏千佛崖诗歌30余首，这是四川境内规模最为宏伟的石窟群。精美的造像令人赞叹，那些被毁的造像更是令人扼腕叹息，面对祖辈留下的珍贵遗产，应为之羞愧和反思。

置身于这片神奇的龛窟崖壁，有了短暂的恍惚，耳畔似乎响起了叮当的斧凿声。遥想那风格各异的 17000 多尊造像，是无数能工巧匠从北魏到盛唐叮叮当当地打磨出来的。一代人走远，又一代人走来，他们用手中的钢凿锤斧雕刻了一页页厚重的历史。细细解读着这些无韵的诗篇、立体的文字，随着文字的脉搏呼吸着。

石窟艺术与佛教的关系非常密切，是真实生活的升华，反映了当时的佛教信仰及生活。北魏佛教盛行，正是鲜卑文化与汉文化的融合期。鲜卑民族刚从游牧生活安定下来，文化艺术尚带有鲜明的民族气质。粗犷、豪放、朴拙中依然透着几分桀骜不驯的野性之美，成就了它独特的艺术魅力。

石窟是艺术的博物馆，千佛崖以大云洞为中心，龛窟分南北两段。南有大佛洞、莲花洞、牟尼阁、千佛洞、睡佛龛、多宝佛龛、接引佛龛等；北有三世佛龛、无忧花树窟、弥勒佛龛、三身佛龛、节行僧龛、菩提像窟、伎乐天人窟等。

大佛洞和三圣龛是千佛崖最早的造像，人物的五官、服饰和莲台、佛龛等造型明显带有南北朝时期的特点。洞窟内一佛二菩萨，佛祖神态安详，面容清秀，眼小唇薄，佛衣折痕清晰，线条流畅，轻柔薄软而有质感。侍者带有鲜卑族人特点，突额高鼻，唇沟深陷，表情恭敬。那尊两髻高耸的雕像吸引了我，佛像大多单发髻，唯有这尊菩萨与众不同。两耳悬挂着飘带似迎风摇曳，兰花指轻挽着胸前的披肩，面容如秋水般沉静，与飘飘的衣袂一动一静，端雅又生动，似乎在昭示人们：繁华只是虚幻，努力守住心底的沉静。

千佛崖最大的洞窟当属大云洞。大云洞居千佛崖中心，有造像 234 尊，左右两壁雕有 148 尊莲花观音像，窟正中有一尊弥勒佛立像。据说武则天登基时，白马寺薛怀义等和尚撰写《大云经》，称武则天是弥勒佛降生，应代替李唐做皇帝。武则天则欣然亲笔作序，颁布于天下。武则天生于利州，当地人用五年时间在千佛崖开凿大云洞石窟，雕刻武则天佛像于洞中。洞内后壁并列两龛为"二圣"像，即高宗李治和女皇武则天，女左男右，佛龛男高女低。石刻构思独特，雕刻精巧，庄严肃穆又典雅华贵，唯此一见。

"释迦多宝佛窟"内是一尊无与伦比的"东方美神"，只见那佛像秀发高束，披薄如蝉翼的披肩，精美的项圈、小巧的珠链、别致的臂钏、精致的手镯熠熠生辉。璎珞系结轻垂腹前，合体的长裙更显体态的修长与飘逸，身子微微前倾立于莲台，双手一上一下分捏莲花的两端。身材丰满又匀称，袅袅婷婷，面如皓月，眉眼细长，鼻如悬胆，微垂着眼眸，嘴角的那丝神秘的笑容堪比蒙娜丽莎。婀娜的体态，从发丝到裙裾，流动着无声的乐律；神秘的微笑，端雅中透着几分妩媚，可亲可信却不可近。似曾相识，令人心动，却又不敢有丝毫的杂念。恰在神与人之间，因而独具魅力。这是盛唐时期的雕像，唐朝的文化艺术已经规范，文雅端庄浪漫，更多一些贵族气质。

以"牟尼阁"为代表的镂空雕刻造像，是千佛崖石刻艺术的精华。立体的镂空雕刻造像是广元的独创，技艺要求严苛。菩提树下天龙八部栩栩如生的造型，龙柱上的龙爪、龙须、鳞片，菩提树层层叠叠的叶片，衣衫的飘带等，全是剪纸般的透雕。工匠们不能有丝毫的马虎，一处断裂则前功尽弃。虔诚的玲珑心，矢志不渝的信念，令他们长年累月地在悬崖峭壁上忘我劳作，在汗水与血水中开出灵魂的花朵。这片镂雕龛窟是盛唐时的作品，悬于峭壁之上，只能远观，也幸运地保存了古朴而光彩的风貌。在一个龛窟的角落里，很意外地看到一个单腿下跪虔诚作揖的小人儿，那是供养人的自雕像，借机沾沾菩萨的香火。好一个诙谐又机敏的供养人，为肃穆的佛雕像增添了几分生趣，也不失为独到的景观。

随着陡窄的栈道穿行在错落有致的龛窟间，龛窟无数，佛影层叠，仿佛穿越到北魏和盛唐。那时社会安定，建庙造佛，修身祈福，即成景观。如此礼佛敬佛，在潜移默化中规范人们的思想与行为，也在净化着社会风气。今人看来，石窟文化又是美学、乐律、绘画、雕刻、建筑的综合艺术，价值不可估量。

仰望石窟，多像一个个张着的口，在诉说着曾经的繁华与衰落；更像无数双深邃的眼，看倦无数朝代的兴替，看厌了无数刀光剑雨。历经千年的风雨，万物终将老去，唯有这弯江水陪它消磨旷世的孤寂。岁月的淫雨不断地侵蚀着佛像日渐模糊的容颜，我默默地在心底祝愿，愿它们像时间一般走向永恒。

2015 年 6 月 25 日

空留一片石

"空留一片石，万古在燕山。"这是唐朝诗人刘长卿五言绝句《平蕃曲》中的两句，诗中提到的一片石，有些人也许会感到茫然，它位于辽宁与河北的分界处，地处山海关附近，是明长城中最重要的关隘之一，有"京东首关"之誉。

如果说山海关是北京的门户，那一片石就是山海关的咽喉。明崇祯十七年（1644 年）四月十三日至二十日，没落的明朝、新兴的大清还有李自成三方政治势力三十万大军曾在这里展开角逐，一场恶战下来，鹬蚌相争，渔翁得利，结果是李自成败走，吴三桂把山海关拱手相让，大清经此一战而得天下。可以说，一片石之战改写了中国的历史。自此华夏文明一蹶不振几个世纪，翻看这段历史，总有一种难言的苦涩。

如今的一片石，也许只有荒野的风记得当年的辉煌。我，一个古迹爱好者，对寻古问源有着浓烈的兴趣，期盼着触摸这段尘封的历史。

周末，与朋友相约去山海关的九门关寻找一片石。从城市来到这荒野长城，一首蔓延在崇山峻岭的人类之歌。路上我们一再讨论那场鏖战，历史上的一片石今何在？还有迹可寻吗？

汽车渐渐远离了都市的繁华，葱郁的青山，棋盘状的梯田，稀稀落落的农庄，就像一幅连绵不断的画卷，从眼前一闪而逝。远远地看到一处群山怀抱的大山坳，朋友说，前面就是九门关长城。

刚入景区，静静流淌的九江河就吸引了我的视线，青碧的河水丝绸般柔软，如果不仔细看几乎看不到它在流淌。九江河宽达百米，前方那座高大壮观的过河城桥就是著名的九门水关。修筑长城历来是遇山而断，遇水而绝，因为凭山水之势可以阻兵，在九门口长城，可见遇山而断的景观，更可见遇水而不绝的奇观。上有长城九门，下有九江河水，跨河墙长 100 米，"城在水上走，水在城中流"，可谓别具一格。

这些影像在我们的眼前徐徐回放，我还是无法忘记，"塞上长城空自许，镜中衰鬓已先斑"，陆游那一声叹息，何日让华夏这片土地上的人远离战争，长城是横亘在历史中的和平之歌。

当你真实地站立在这里，感觉脚下踩着的是一声声叹息，一砖一砖垒砌起来的奇迹。如果，当年的长城魂还在，我想，他们和她们，都会跟着孟姜女的哭声，升腾到这片土地的上空，在或近或远的星空中，不时地凝望着。回首的眼眸里，怀念、渴望、期许交织起来的星光，照拂起这里。

走进景区，我们多方打听一片石的所在，人们大多随手一指，九门关就是一片石。这更让我们充满疑惑，到底何为一片石呢？后来咨询导游才明白，九门口城桥下的宽阔河床全部用二尺见方的整块花岗岩条石铺成，石板之间用燕尾铁咬合，形成规整的石铺河床，望去犹如一片石，所以九门口长城又被称为"一片石关"。

咬合石块的燕尾铁是用铁水浇铸而成的，这让我更加渴求一见，在导游的指点下，我终于看到了水底那锈迹斑斑的燕尾铁，岁月流逝，时光消磨，有些石块只剩石槽，历经三百多年河水的浸泡，有些铸铁已锈蚀不堪，逐水而去。

导游说，这些石床是为了加固城桥的地基，防止城桥的水土流失。据老人们讲，在这片巨石下，还铺着一层枕木，也是为了防止泥沙泛起，石床挪位。铺石面积 7000 平方米，用条石 1.2 万多块，如此浩大的工程，如此巧妙的匠心，需要何等的人力、血汗和智慧啊！站在桥洞下，扶着冰冷的城墙，踩着巨大的条石，望着沉默在碧水下的一片石，我不由陷入了沉思。

冷兵器时代早已走远，如果不是刻意搜寻，已经找不到和那惊心动魄的战争有关的痕迹。但我的耳畔似乎响起金戈铁马厮杀声，眼前又浮现出吴三桂、李自成、多尔衮那场惨烈的厮杀，多少人倒在了刀光剑影下，多少生灵涂炭，多少家园毁于一旦。史载，战后的一片石"暴骨横野，三年拾之未尽"。

那么，我所眼见的每一块砖，每一寸土地都当被血水浸泡过，每一片石板若张开嘴，都可诉说曾经的荣光、惨烈与悲怆。

穿过水关桥洞，就进入关内，仿佛也翻越了历史的沟坎。城门洞前的河床上，有搁浅的游船，有划着橡胶筏子捕鱼的人们，还有举着网兜，握着鱼竿钓鱼的孩童，到处是快乐的现代人。九江河岸边东岸是刀削斧劈般的悬崖峭壁，就像半扇高大的山门，佑护一侧。

河对岸的土坡上支起一座座漂亮的蒙古包，在阳光下白得刺眼，总给人怪怪的感觉，就像土布衣衫上打了几块锦缎补丁。不远的山崖上还能看到星星落落残存的城墙，我猜这里曾经是高大的城墙，为何拆除了？何时拆除的？可惜导游也难以说清。

看过九江河和九门关，我们就拾级而上开始登长城了。这段长城依山而建，山势比较平缓，每隔一段就有一个四方敌楼，共有 10 余座，里面四处通风，入内很是惬意。这段长城城砖较新，大概因为在景区，能得到名正言顺的养护。但是在狭窄的关口有些城砖磨损严重，露出了褐红色的砖粉。仔细打量那些凹陷的方砖，原来是现代工艺，景区后来修补的。后来烧制的城砖却不能持久，古人传统技艺的精湛，让现代技术汗颜。

这段长城的两旁是成片的果园，正是樱桃成熟的时节，不时有缀满红宝石的树枝伸过城墙，在微风里眨着红圆的眼睛，冲淡了长城的肃杀气。我们游兴正浓，就像一首激昂的旋律突然戛然而止，绕过一块游客止步的牌子，一段破烂不堪的残垣断壁呈现在眼前。

望着这条伤痕累累的蜿蜒巨龙，心底蓦然升起一股悲凉。它就像被母亲遗弃的流浪儿，衣不遮体，肢体残破，可残缺的墙体仍傲然挺立，那是龙的脊梁！它没有倒在枪林弹雨里，没有被岁月湮灭，却被它日夜护佑的儿女剥食了。那些历经四百多年的条石和城砖，而今都去了哪里？能扒的都扒了，能拿的都拿了，我不由得想起了八国联军在圆明园的罪行，但这里的长城绝对不是敌寇所为。

这里本来归属河北，后来被辽宁要走。也许保护面太长导致花费巨大，就把峭壁上残破的它给舍弃了，任凭它在风雨里飘摇。我想，这段长城或许会修葺，只是那时不再是这些历经风雨的一砖一石。

顺着这段墙基的残痕，我们一直攀到绝壁处。举目四望层峦叠嶂的燕山山脉，看着关内关外的锦绣河山，"雄关漫道真如铁，而今迈步从头越"，心情大抵如此。如今长城已无险可守，但它依然屹立在我们心里，以中华民族脊梁的名义。

下山时，我们和一个卖矿泉水的大娘闲聊，大娘虽年过六旬，脸色黑红，却步态稳健，且非常健谈，她就是山下关内这个村子的，说起一片石非常自豪，给我们讲了几个关于一片石大战的传说。说起山下的两个村子，分属辽宁和河北两省，这里的村民都是往日守关兵将的后人，曾经不共戴天的两个阵营，而今早已亲如一家。

关内关外说着一样的乡音，保持着相同的风俗习惯，两种文化早已融为一体。当我们问起两个村子是否通婚，老人笑了，她说，她的女儿就嫁给了邻村，几乎每天都往来于娘家和婆家。

与老人一番闲聊，得到一种莫名的安慰。看看巍峨的九门关，再摸摸一片石，想到那些远去的刀光剑影，那些抛头颅洒热血的将士们，如果地下有知，他们会作何感想呢？

夕阳西下，我们又把山脚下的这两个村浏览一遍。两个村子的建筑风格差不多，依然是典型的20世纪80年代北方农村低矮的砖瓦房，简陋的小木门，矮矮的土墙，华北农村消失多年的猪圈，在这里依然能看到。突然猪圈墙基的条石和院墙上的大青砖紧紧地抓住了我的目光，不由得倒吸一口凉气。我的心里咯噔一下，张张口，却硬把到嘴边的话咽了下去。规整的条石，青灰的城砖，就像落难民间的王子和公主，即使穿着再破旧的衣衫，依然难掩骨子里的端庄大气。

守城人的后代带头扒长城，这是莫大的讽刺啊。无知者无畏，珍贵的文物就这样被随随便便地破坏了，岂不是守着金饭碗讨饭？那是他们的祖先背井离乡用生命护卫的，那是神圣不可侵犯的国家之魂啊。如果他们的祖先地下有知，又会作怎样的感想呢？

就要离开一片石了，我们又绕道至关城西部的点将台，它是一座圆形敌台，相传为明代边将检阅兵马之处。远远地看到点将台上那株苍翠的古松，遒劲不减。这个点将台建在一片开阔的场地，全部用条石青砖合筑，通高 9.75 米，直径 9.5 米，外形和日本人建的炮楼差不多。最奇的是楼顶有一棵迎客松，历经二百多年，树冠罩满整个楼顶，就像气宇轩昂的大将军正在威武地检阅兵将。

我围着点将台走了一圈，巨石地基很是扎实，敌楼里面还有一个小院，四周分设几个瞭望口和射击孔。当转到点将台的东面时，我愣住了，外墙自上而下坍塌了两米多宽，墙基上垒砌的两米多高的沙石袋（人们维修的），依然没能阻挡住滚落的砖石，墙角横躺竖卧着许多大条石，白色的条石在阳光下散发出玉石般的光泽，刺得人眼睛生疼。

好一个撕裂的伤痕，就像仰天呐喊的巨口，就要离开了，它让我眼含热泪，不住地回头眺望，眺望那夕阳里安详的一片石关……

2014 年 5 月

第二章 · 古村

石寨无墨千秋画

深秋的南国，依然万木葱茏，繁花似锦。在广东省陆丰公交上颠簸半小时，就到了大安石寨的路口。由一幢高大的石牌坊走进，这条通村的马路平整寂静，偶尔有三两个村民骑着摩托或电动车经过，一条小河紧贴着马路蜿蜒而去，田间地头，不时能看到劳作的老人和中年妇女。伴着放学的铃声，一群群学童背着书包，蹦蹦跳跳地由学校走出来。打听古寨的位置，儿童们微笑着随手一指，原来已近在咫尺，就在学校的旁边。

大安石寨古民居沿寨墙环形而建，村内三街六巷次第相连，是典型的闽南特色围寨，鲜明地体现了强调长幼、尊卑、礼制、名分的民居建筑形制特点和儒家文化。古寨依山而建，面朝小河，十分符合古人讲究的风水学说，安全向阳，生活很是方便。整个村寨的格局就像古钱币，外圆内方。外面是石头砌成的两尺多宽的围墙，呈环抱之势。寨内小巷曲折幽深又狭窄，最窄之处，需要两个人错身而过。街巷从正门沿着围墙环行，里外各一圈，青石板铺街，宅院门户相对。闽南的民居精美小巧，就像这里的人，门户矮小，房屋精巧。地形的奇特，民居的建筑布局与装饰、地下排水系统设计别具匠心，徜徉其间，就像走入了一部神秘的古书。

石寨建于清康熙三十年，三百多年过去，沧桑的气息扑面而来，黛青色的飞檐，白色墙壁被雨水侵蚀，狂风剥食，古宅已是伤痕累累。但当你转换视角，以艺术家的眼光再打量这一切，你会品到一种独特的味道。石寨的建筑物无论在水平方向上或者垂直方向上，都有它的节奏和韵律，青色的翘檐优雅地舒展着，挑开了交响乐的开篇。白墙被时光晕染成一幅淡雅的江南水墨画，剥蚀出红砖的墙体别有风韵，白网红格就像岁月织造的木棉袈裟。音符在墙壁上欢快地弹跳着小步舞曲，惹得老宅也随之深深呼吸。夕阳柔和的光线静静地倾泻在深巷里，在多彩的墙壁上慢慢地挪移着。一个人缓缓穿行在这样静谧的民居小巷里，时间在这一刻静止了，只能听见自己的呼吸。音乐的旋律秋水般沉静舒缓，缓缓漫过我的身心，漫过庭院、门窗，汇聚到青瓦上，又一次蹦着跳着，最后又回到雕花的翘檐，蔓延开去。

寨中的房屋非常紧凑，随着地势鳞次栉比蔓延开去。有的傍依着山坡立体建造，十多级的高台阶上安居着一个小庭院，那台阶真像天宇里垂下的仙梯，注视着那半掩的宅门，不由得联想起月光仙子的美好传说。小巷里有几个大岩石，最大的在寨子中心，就像道家阴阳鱼交会的点。大石头静静地在那里卧了几个世纪，冷冷地注视着红尘儿女们的悲欢，一代人离去，一代人重生。慢慢地，曾经热闹温馨的古宅，渐渐寂寞了，只有石头还在不离不弃守候着这方家园，等待着远方游子的归来。轻轻抚摸着大石，一种冰凉下的温热，正在默默向我传递着一种能量。陆丰，是澎湃的故乡，是红色革命的摇篮。这块石头，一定被无数仁人志士抚摸过，我想，澎湃也曾从这块石头上获得启发和能量。

随着时代的发展，古寨已装不下年轻人的豪情斗志，他们纷纷走向都市，走进钢筋水泥的城堡里构筑自己的梦想。一年又一年，古寨终于成了一座空城。有的门窗紧闭，用一根木棍斜斜地别住，有的门窗半掩，里面圈养着鸡鸭鹅，小猫小狗慵懒自在地蹿上跳下，似乎连它们也感觉到生活的乏味。步入冒着炊烟的一所庭院，一对耄耋老人看到我，脸上闪过一丝欣喜，热情地打着招呼，浓郁的闽南口音，虽然听不太懂，但话语中的温度与亲热，我自能感知。老人拉着我的手，非要让我到屋里喝茶，仿佛招呼外出归来的女儿。想到还得赶晚班车，我微笑着摆摆手，恋恋不舍地离去。夕阳暗了下来，小巷里有了薄纱般的蓝色雾气，轻轻地行走在石板上，就像用脚在触摸石板上的文字，仿佛与远古的人们对话，有着说不出的惬意。拐弯处，回眸，竟然看到那对阿公阿婆倚着门还在眺望着走远的我，蓦然地，心头升起一股暖意。突然间，我的脚步迟疑了，老人眼中无言的惆怅，仿佛是无声的挽留。

耳畔隐约传来母亲的呼唤："回来吧，回来哟，浪迹天涯的游子。"这扇门为你敞开，这盏灯等你点亮。关于小巷，徐迟先生曾说过这样一段话："极静极静的古宅，也是一本寂寞的书，一本孤独的书，它只是一本一个人的书，如果你的心没有安静下来，恐怕你很难融入其中。"置身于被古建筑簇拥的小巷，难言的孤寂悄然袭上心头，似乎触摸到古寨心之褶皱上的坎坷与悲欢，目光软软抚慰着这里的一石一瓦，在温柔与冰冷里感知着岁月的冷暖与沧桑。

法国艺术理论家丹纳认为："人类的物质文明和精神文明取决于三大因素，即种族、环境、时代。"大安石寨的古民居是一种环抱的格局，居住其间，就像被家族拥抱着，给人一种温暖与安适，心灵似乎少了一分孤单。这种房屋格局大多是家族围居，加强家族的团聚与领导，族人们在潜移默化中受到道德规范的熏陶，有所敬仰，有所追求，有所畏惧。崇尚诗书耕读、勤俭持家、忠孝传世，一家有难，全族支援，倡导并重奖读书成才之家。崇文尚学、诗礼传家这种家族文化在当地形成一种风尚，自然有着对社会的贡献。如果把红色革命之乡与之相联，你就会发现，这里出了那么多革命者，也是一种自然中的必然。

古建筑是文化符号，是史书，是生命的年轮，更是醇厚的普洱茶。时光把岁月的记忆执着地窖藏，发酵成散发着神秘地域文化气息的普洱茶，让散落天涯的游子在温润的茶水里，找到情感上的回归与心灵的慰藉。徜徉其间，不知不觉中，热热的思乡泪悄然垂下脸庞。

2015 年 11 月

大楼古宅几度秋

秋阳明媚的日子，走进陆丰大楼村古民居，看着满目斑驳的墙体、古朴的雕花门窗、青石铺就的庭院、独特的建筑造型，你会有一种穿越时空隧道的感觉。一些远去的破碎记忆在这里拼接，莫名地陷入一种心绪难以自拔。我翻开了大楼村古村落这部用石头写成的史书。

大楼村史称善庆楼，始建于明弘治五年，已有 520 多年历史，现有 2000 多人口，林姓。建筑风格呈"五马拖车"造型，子午正线分金。大门推启的刹那，心门也随之洞开，眼前是独具儒家文化内涵的五马拖车风格的古建筑群。这处民居建于明万历二十一年，乃林家七世祖举人可盛公所建，历九年建成；八世祖进士林呈祥之妻王氏（当朝王宰相之女，称"京奶"）及其子林长春不断完善，距今已度过 400 余年的时光。

闽南民居和北方汉族四合院住宅布局相似，左右均齐配置，还有屋顶人斜面皆成凹曲线，两端为燕尾脊，翘起的飞檐有着说不出的优雅韵味。大楼村主建筑是包围式的整体，从正门前厅进入，正厅两边各有巷道直通后面，共有三进，每进之间有小天井。一进是正厅，二进是客厅，三进是祭祀先祖的"襟德堂"。祠堂的后面是一座二层楼，楼前的天井与四巷道相通，楼后背靠山，巷内有精致小巧的民居，70 间房屋 119 个门户，整个村庄四面相通，遥相呼应。正门进出，四面展开，围绕中心，左右相照，分合对称，中庸大度。

这处楼房雄伟高大，有点承德小布达拉宫的气势，这在闽南的古民居里亦是少见。楼房设计科学，结构巧妙，令人叹为观止的是主门上端设有消防用的螺旋下水口。楼上开启水门，各个门框上端立时有四五个水口喷淋而下，最为神奇的是水道都隐藏在墙体内，历经数百年风雨，循环水道依然通畅。因而大楼村历史上就没有火灾、水灾、失盗等事故，这不能不说是古代建筑史上的一个奇迹。房子都有后窗，南北通透，便于通风。南方多雨潮湿，但这里的房屋却没有古宅常有的那股霉气。庭院里、巷道边，贴着墙壁在石板路边凿了一条细小的排水道，一直蜿蜒到村旁的河沟里。虽是一个不起眼的设施，却体现了人性化的设计，减轻了妇女家务劳动的辛劳，并及时排除雨水，减轻房屋的潮湿。

古宅多为木、砖、石等建筑构件，装修装饰花样繁多又精致；其建筑着色配以五行而为五色。院墙系用溪沙、红泥、糯米、红糖合成夯墙体，至今尚坚硬完好。阳光照在墙体的沙粒上发出绚丽的光泽，仿佛岁月里积淀的精华，又像无数的精灵在朝你眨着眼睛，让这座古宅焕发出勃勃生机。墙体上有规律地分布着一些手腕大小的圆孔，那是当时砌筑墙体时搭起的夯柱。这些小孔就像一只只岁月的眼睛，这些眼睛见证了古宅内外的兴衰与冷暖。夯筑墙体时为了增强黏性竟然添加了红糖，可见当时这个家族雄厚的物质基础，抚摸着墙体轻轻地嗅着，似乎嗅到了香甜味，那是暖暖的家的味道。庭院之间的墙体上掏出椭圆形的园门，简洁又古朴，远远看去，重门相叠，仿佛穿越一个个岁月之门，在前世今生里徜徉着。

南方多雨，植物生长茂盛。巷子里，庭院中，到处是郁郁葱葱的花草，青苔给石墙砖缝绣上了绿色的花边，俏丽又别致。几户庭院里，云霄花从墙头瀑布般倾泻而下。门前须发如雪的古稀老人静静注视着我们，见是外地文人特意来此采风，老人热情地把我们让到屋里坐下，招呼着泡茶。打量着那套宽敞明亮的三居室，似乎回到久违的家。屋里的摆设很俭朴，除去生活必需的床、桌、椅子，再没有什么家具。老人用闽南话讲述，他们祖辈在这套房子里生活了三百多年，那套茶褐色的木质家具也有百年的历史了。他们培养了三个大学生，如今儿孙们都搬到城里生活，多次接他们去城里生活，可是他和老伴离不开古宅，只有在这里才睡得安稳。谈起古宅里曾经的人丁兴旺，说到家族里人才辈出，老人饱经风霜的脸上有了光泽，眼中流露出自豪与不舍。像他们这样的留守老人，还有七八户，古宅因他们而生动留彩。

古宅里三分之二的庭院闲置着，木质的大门绘着精美的门神，虽然漆画已有些斑驳，但那流畅的线条，传神的造型，依然栩栩如生。每个门框边都有一个小佛龛，里面斜斜插着令箭样的彩镖，那是用来祭祖的神物。空屋台阶上撒落着鞭炮的碎屑，炮皮的红色尚未褪去，似乎还沉浸在昨日的热闹中。

穿行在空落落的庭院里，感到一种从未有过的踏实与静谧，曾经纠结于内心的琐事，不知何时已尽数涤去。似乎又回到童年的天真无邪，静静地坐在庭门前，就像依偎在母亲的怀抱里。屋内传出煎炒声，仿佛童年里奶奶倚着大锅的炒菜声，此刻，那锅铲与铁锅的摩擦声乐曲般令人陶醉。朦胧中，似乎看到我们兄妹正围着爸爸大快朵颐。内心涌动莫名的感动，五味杂陈齐聚心头。

中国古建筑是凝固的艺术，有着中华民族共有的艺术品格，那些伟岸而俊秀、端庄而亲切、神秘而浪漫、宽博而优雅的特征，蕴含着天人合一丰富而深刻的哲学思想。建筑是首哲理诗，大楼村古民居有一种洗尽铅华、匠心独具的古意，细腻地再现了祖辈们的生活轨迹，让远古的意趣纠结在古典气息的光芒里。

恋恋不舍地走出大楼古宅院，在村后边看到了一棵龙眼树，虽已六百余年，依然根深叶茂果实累累，在旷野里守望那份孤寂，村民把它奉为神树。五年前一场台风摧折了树右侧的枝干，大树就像被劈去右臂的维纳斯，努力寻找平衡点顽强生长，终于挺过了那场劫难，如今依然树冠如盖郁郁葱葱，如此顽强的生命力着实令人敬畏。劈下的枝干巨龙一般卧在原地，就像孩儿守望着母亲，村民不忍再把它们母子分离，就让它默默地伴在母亲身边。龙眼树见证着古宅内外的沧桑巨变，它是大楼村坚强、勇敢、智慧、博爱的化身，它的豁达淡定乐观，还有那无言的骨肉深情，潜移默化中已融入村民的灵魂。

古宅的沧桑，惊艳了时光，在这里，我找到了都市钢筋水泥建筑中所没有的静谧。在这片宁静的时光里，在古宅深深的呼吸里，我沉沉地醉着，仿佛婴儿依偎在母亲的怀抱里，风一样的自在，云朵般轻盈着、流连着。

2015 年 12 月

杏花春雨查济村

杏花绽放的时节，点点春雨亲和地在花伞上弹奏出甜美的音符，踏着濡湿的街路走进了查济村，走进皖南这个秀美的小山村。古诗有"十里查村九里烟，三溪汇流万户间。祠庙亭台塔影下，小桥流水杏花天"。查村、济阳两村依河而建，小桥流水，绵延十里。古村之美，如今犹在。

从钟秀门踏入小村，就像推启了一扇穿越时光隧道的门。徜徉在丹青水墨画里，语言，在这里似乎有些多余。叫醒你的心灵、眼睛和耳朵，随着碧波逆流而上。白壁黛瓦的马头墙，古朴典雅的庭院，庄严肃穆的祠堂，依着崎岖的地势，错落有致地蔓延开去。

查济人把他们的聪明才智发挥得淋漓尽致，他们充分运用古代园林建筑艺术的借景、对景等手法，形成"门外青山如屋里，东家流水入西邻"的天人合一格局。查济人"以商贾起家，而以诗书传后"。典雅精美的古建筑，无声地诉说着徽商兴衰。也许是徽派建筑融入了京剧的艺术特点，清爽的色调，柔美的线条，有着一唱三叹的韵味。轻舒水袖，柔声吟唱，琴韵尚在悠悠，帷幕已落，只留余音缠绕心梁。徽派建筑的雕梁画栋、飞檐木雕、柱础石雕与高大的门头砖雕，优雅却不张扬，简洁中却有一种无言的韵致。

江南的梅雨就像顽皮的孩子，走到哪里，总忍不住涂涂画画，白墙上斑驳的痕迹就是它的杰作，再被青苔细致地勾勒。于是，古朴的房屋成了一桢别致的画卷，一部无字的诗书，引领着我走向岁月的深处，品读它那独特的沧桑之美。

时光在这里似乎慢了下来，小溪的奔流，让这幅水墨画多了几分灵动。查济河把两个村子从中间切开，形成两丈来深的峡谷，条石垒砌的堤坝，鳞次栉比的庭院隔河相对。想那皎月初升的晚上，一对恋人默默凝望，溪流传递着深深浅浅的情意，那是怎样婉约缠绵的画面啊。幻想着，心里就不由自主地滋生出一种诗意。

河谷隔开了人们的距离，石桥却又让人们靠得更近。石桥在这里很是寻常，简洁又坚固的石桥历经千年。触摸着桥头精美的雕花，默念着《石桥禅》里的那句话："我愿化身石桥，受那五百年风吹，五百年日晒，五百年雨淋，只求她从桥上经过。"不禁问道：前世我是谁，谁在等我？

诗意、优雅、人性化，让查济的古建筑多了几分温度。看似普通的石子路，并不简单。街道一米来宽，中间是一尺见方的青石板，两边嵌着大小不一的鹅卵石，石板是专为古代缠足的女子铺就的。女人缠足虽是不幸，但石板路让女人走出了逼仄的深深庭院，走出与世隔绝的心灵重门。在阳光里，在微风里，在杏花春雨里，美丽或者忧伤着。

走在墨玉般亮闪的石板路上，就像走在琴键上，内心荡起一丝柔婉的颤音。我似乎看到从唐诗宋词里走出的苏小小、李清照，我们同行，踏着春雨的节拍。

渭河的源头，是我出生之地，童年时每天看着大人们在清浅的河水里浣衣洗菜，多年后那清凉温馨的画面总是重现在午夜梦回里。今天在查济，邂逅了多年来萦绕梦里的画面，眼睛有了些许的潮湿。

查济河就像仙子的一缕秀发，时而从高处飞泻而下，时而又柔婉地从村庄蜿蜒远去。江南女子身材苗条，衣着艳丽，或三三两两站在水中洗菜，或蹲石块上用木槌轻轻捶洗着衣服，欢声笑语伴着有节奏的捶衣声不时地从河谷飘上来。

小桥旁，院门口，不时看到白发阿婆一边择菜，一边哄着摇篮里的小宝宝。吴侬软语就像孩提时母亲的摇篮曲，蓦然地撞入我的心里。于是，心里那压抑许久的思念蔓延开来。那些远去的记忆，在激滟的水波里缓缓影现。"摇啊摇，摇到外婆桥"，景相似，歌依旧，只是我那白发阿婆早已不知去向了何处。

画家是查济村最斑斓的色彩，他们是这里的第二类村民，似乎比原著居民还要多呢。各大美院的学生候鸟般汇聚在这里，桥边、水畔、树下、路旁、祠堂、庭院，到处是他们的身影。

青砖黛瓦、朱门白墙、翘角飞檐、宝塔凉亭、小桥流水、悠然的村民，在他们的画板上惬意地呼吸着。金灿灿的油菜花这一丛，那一簇，惹得画家和蜜蜂叹之、围之、采之。

游人就像闯入网中的小鱼，心儿被这方山水捕获，爱着，恋着，纠结着，欲走还留。

查济村依然保持着传统的生活习惯，人们沿袭着千百年来的劳作方式，时光仿佛停滞在几百年前。沉默千年的小村如同世外桃源，人们在这里悠然地生活。没有汽车，没有高楼大厦。我的心灵在这里就像得到一次洗礼，那些心里的芜杂悄然剥离沉淀，似乎又找回最初的自己。

徜徉在杏花春雨的查济村，醉着，醒着，走着，也是舞着。感觉自己就是这里的一弯溪流、一块花石子、一朵春花、一抹阳光，每一步都走在云端，走在时光的脉动里。我在轻轻呼唤自己，我在何处？碧溪、柳梢、花间、云际，缓缓地落在画家的笔尖，我与那撑着油纸伞的紫衣女子渐渐重合在一起。

2014 年 4 月

杏花春里问涿鹿

春日的涿鹿如同一帧江南的水墨丹青画卷，远山静默，梯田葱绿鹅黄，农家庭院掩映在烂漫的杏花间，古朴、温馨，宁静得似乎能听到它的呼吸声。汽车在山路上盘旋，我的心也随着车轮起伏，耳旁不时传来山村里的鸡鸣狗吠，心里涌起莫名的欣喜。

原以为涿鹿的春天来得晚，现在只有浩浩黄土和寒意依然的风，哪知涿鹿的杏花如云如烟如雾，亦如翻腾的海潮。仿佛被谁放了一把火，从山顶一路燃烧到山脚，粉红、半白半粉、洁白，花朵娇小柔美，迎风翩舞。又如女孩的盈盈笑脸，让人不由得心生怜爱。春日的风，吹在脸上仿佛砂纸的打磨，有一种火辣辣的痛。可这里的杏花却开得酣畅淋漓，娇媚得不似凡间之物。

放眼望去，漫山遍野的葡萄阵，粗壮的枝干在架子上旁逸斜出，仿佛一条条从地下钻出的乌龙，更像远古时穿着铠甲在战场厮杀的将士，以一种势不可当的气势肆意生长着。这是被郭沫若誉为"北国明珠"的涿鹿葡萄，著名的沙城长城葡萄酒的产地。清明之后，果农才把冬眠的葡萄藤从地里架起。

涿鹿县治因山得名，地处河北西北、桑干河下游。据《读史方舆纪要》载："涿鹿山，州（保安州）西南九十里，一名独鹿山，涿水生焉，相传黄帝破蚩尤于此。"

三祖帝都庄园，依山而建，广场开阔，湖水清幽，绿树葱郁，四周是平整的田园。小园就像孩子的简笔画，线条简洁，色彩浓郁。小鸟啾啾，孔雀翩跹，真乃放牧心灵的世外桃源。

《史记·五帝本纪》载：黄帝战蚩尤与炎帝之后，四方征战，以消除战争隐患。尔后"合符釜山，而邑于涿鹿之阿"。走过山野里的沟壑，穿过娇俏迷人的杏花林，站在一处高坡上遥望黄帝城。这里曾是黄帝开基立业的根基，炎黄二帝合符釜山后中国历史上第一个都城。城墙下层为叠土层，上层为夯土层，南、西、北城墙比较完整，东城墙南段已浸于轩辕湖中。

说起涿鹿，定绕不开中华民族的三个祖先——黄帝、炎帝、蚩尤，还有逐鹿中原的故事。皇帝号轩辕氏，居于西北，后迁徙至涿鹿一带。炎帝传说为神农氏，姜姓，号烈山氏或历山氏。享誉史书的战神蚩尤是南方强悍的九黎族领，传说蚩尤铜头铁额有犄角、三头六臂，人身牛蹄，刀枪不入。他擅长使用刀、斧、戈，不死不休，勇猛无比。蚩尤和炎帝争夺黄河下游地区，炎帝失败，向黄帝求救并结为联盟。炎黄二帝联手与蚩尤鏖战，久攻不胜，于是请来九天玄女布阵做法。蚩尤重伤被俘，坚强不屈，被砍头，黄帝厚葬他，怕他复活，头与身子分葬两处。他戴着的枷项刑具扔在一个山坡上，后来长出一片红枫林，每一片枫叶都像是蚩尤的热血染成。后来黄帝建了蚩尤祠，《龙鱼河图》说："灵尤没后，天下复扰乱不宁。黄帝遂画蚩尤形象以威天下，天下咸谓蚩尤不死，八方万邦皆为珍状。"

涿鹿之战是中国古代历史上记载最早、最宏大、最惨烈的战争，死伤无数，尸体堆积如山。这场战争对于古代华夏族由野蛮时代向文明时代的转变产生过重大的影响。皇帝灭了蚩尤，炎、黄两部落融合成华夏民族，故也称为"炎黄子孙"。

在黄帝城上，眺望四周，农田、果园、杨树林，尤其是次第绽放的杏花，如诗如画，柔美着脚下这块曾经生灵涂炭的土地，只有林间那块"黄帝城"石碑无声地诉说着曾经的血雨腥风。让人感到一种力量，一种直抵心魄的力量，似乎打通了一条走向远古文明的隧道。这种神秘的力量牵引着我，走向华夏民族的起点，那是我们的根。一枚枚民族的绿叶，无论飘多远，落叶归根，最终回归这里。

黄帝城下的影视基地，茅草屋、篱笆墙、巨大的石柱、耕作的男人、哺育孩子的女人们，穿着树叶和兽皮缝制的衣服，生活由茹毛饮血到钻木取火。战争、杀戮、融合、发展，社会文明每前进一步，都充满血腥。我们憎恨战争，却又渴望着文明与进步。"战，是为止战。"墨子的观点，怎不让后人凝望着黄土大地陷入沉思。"胜者王侯，败者寇。"历史的偏见把蚩尤写成了凶恶贪婪残忍的统领。据考证，真实的蚩尤懂天文历法，善造弓箭、铜器、陶器，最早使用文字和礼乐文化，建立礼器、宫室和埋葬制度，是人类文明的先导者。当代历史终于给予蚩尤公正客观的评价，黄帝、炎帝、蚩尤，都是中华文明的创始者，他们的丰功伟绩值得千秋万代景仰。

影视城里正在录制唐僧师徒与白骨精的故事，演员们在人鬼之间幻化着。我们在远古与现代之间穿越着，两个时空不断切换，我竟渴望着跨越时空，与远去的轩辕黄帝、神农炎帝，还有战神蚩尤相遇。那时，我或是身披树叶钻木取火的女子，或是鏖战拼杀的汉子。我，更愿意是那迎风斗寒、娇俏孤傲的杏仙，守住心底的火热与纯美，把娇妍与甘甜献给世间，却把苦涩留给自己。

黄帝城下，轩辕湖畔绿树成荫，有的树干半沉在水，枝叶婆娑，飘飘悠悠，犹如湖边浣纱的仙子。波光潋滟，如同仙子遗落的宝镜。湖水由上游的黄帝泉的水汇聚而成，泉水冬不凝，夏不腐，久旱不竭，四季常温，传说是黄帝饮水沐浴沉思的地方。清清湖水流溢了五千年，清纯甘甜温柔，流走了远古的悲欢离合，留下这旷古的孤寂与荣耀。

三祖堂、中华合符坛和博物馆，大气壮观。更令我心动的是博物馆门前的那棵千年杨树，它是历史的见证者，粗壮的树干挺拔威武，粗糙的树皮仿佛岁月的鳞片，见证着三祖大地的沧桑巨变。树干直插云霄，如天上人间的神梯，默默传递着天地间的生命密码。叶片油亮碧绿，哗哗作响，似乎在风中诉说着那些远去的战鼓雷鸣……

千年的杨树已是古老，但比之流淌了万千年的桑干河，比之耸立了亿万年的巍巍群山，它还只是个稚嫩的灵木，是它们见证着天地间的沧桑巨变。在古树下，抚摸着在古城捡到的一个青灰色绳纹瓦片，我的目光在岁月的褶皱里搜寻着，渴望着触摸历史的根脉……

2016 年 5 月 14 日

何人不起故园情

"日暮乡关何处是，烟波江上使人愁。"这是崔颢写的一句与乡愁有关的诗句，雨夜读来，总有惆怅萦绕心怀。故乡的分量唯有游子最懂，它重重地压在游子的心头，卸不下，丢不开。老城、老街、老屋、老友总是化成盐粒揉搓着游子的心，就连月的圆缺也在撩拨着游子的心魂。乡愁是故乡给游子施的蛊啊，一旦走出故乡，就再也找不到解药，周而复始地随着月圆缺而悲欢……

馆陶县在华北平原南部，古为冀州地，春秋时为冠氏邑（即今山东省冠县东古城），后属赵国，秦时属东郡。馆陶是河北省的农业大县，土地广袤又肥沃，人口密集，民风淳朴友善，宁静、祥和、温馨。特色产业有"一白二黑一黄"，"一白"是鸡蛋，"二黑"是黑小麦和黑陶，"一黄"是指黄瓜。

馆陶是中国史上最负盛名的谏臣魏徵的故里，其刚正不阿的品质已渗透这方水土。在馆陶，如果你想找到一种静，有着风吹露珠的韵味，首选是粮画小镇。粮画小镇没有都市的喧闹，小镇的时钟似乎被拨慢了，街道上轻易看不到机动车，行人没有都市里的步履匆匆，神情悠然，不紧不慢地徜徉着。轻轻走在青石板铺就的街道上，听着脚下有节奏的嗒嗒声，别有情趣。古香古色的农家院不时有杏花探出院墙，微笑着注视着远方的游人，故宅杏花把小镇装扮得古老而又年轻。

春天的粮画小镇美得如同童话世界，让人不时惊叹，一个小村庄怎么可以这样美。小镇入选"中国十大最美乡村"，经过统一规划打造，原有的街道院落，添加了许多文化的元素，原本单调呆板的土墙被漆画得美轮美奂。这里的建筑有温度，有表情，房前屋后依据房型和环境，漆上了各种图画，有孩子喜欢的卡通人物，有神话传说，有诗词歌赋，有目前最流行的多维立体画，游人流连其间与画互动，有着说不出的意趣。

记忆里农村的街道墙壁从来就没有寂寞过，它是人们交流的平台，也是向外界传递信息的窗口。古人"讷于言，敏于行"，虽然不善言辞，但很重视对墙壁的装点，最有代表性的是北方庭院的影壁墙，上至皇家的琉璃九龙壁，达官贵人的石雕、砖雕影壁墙，下至农家的夯土墙，或写、或刻，总是鸟语花香，惹人驻足。影壁作为中国建筑中重要的单元，它与房屋、院落建筑相辅相成，组合成一个不可分割的整体。雕刻精美的影壁具有建筑学和人文学的重要意义，有很高的建筑与审美价值。明清时期，山西晋商的兴起，推动了影壁等中国建筑艺术的发展。古时的影壁墙文化在院子里，人们怀着一种内敛低调平和的心态，墙壁上大多镌刻告诫子女的励志家训。

"五四"新文化运动以后，人们冲出了封闭的自我，院门敞开，虽然老祖宗的话依然在影壁上，却挡不住心内澎湃的激情，于是，一幅幅标语楔入大院外墙上："抵制日货。""宁肯玉碎，勿为瓦全。""外争国权，内惩国贼。"

五四之前，人们时时铭记古训，克勤克俭，内外兼修。五四之后，人们似乎走出了禁锢千年的圈子，勇敢地呐喊出心底的爱与恨，院墙随着时代大潮不断更迭着容颜，无声地传递着那个时代的最强音。土改时："没收反动派的财产分给工农贫民！"抗战时的鼓动宣传："停止内战，共同抗日！""动员全国人力物力财力参加抗战！"解放战争时，墙壁成了中共舆论战的一种特有形式。"中国共产党万岁！毛主席万岁！""抗美援朝，保家卫国！""大炼钢铁，超英赶美！""亿万人民亿万兵，万里江山万里营！""打倒'四人帮'，人民喜洋洋。""小平，您好！""一胎生，二胎扎，三胎四胎刮又刮""少生孩子多种树，少生孩子多养猪！""一人当兵，全家光荣！""党群共携手，同圆'中国梦'"……

在一些闭塞的山沟里，一些具有时代特色的斑驳标语依然随处可见，它代表了一个时代的变迁，墙壁就像岁月的年轮，默默记录着逝去的光阴。

粮画小镇依然保留着农耕文化的乡土特色，土墙、瓦房、石板路，与其他小镇不同的是，它更多了人文因素，墙画紧跟时代，贴近生活，无论是医疗卫生还是指导读书学习，甚至村规家训，都是有温度的字符，柔柔暖暖地淌入人们的心里。它把村民视如自己的孩子，引导人们遵纪守法，养老孝亲，那柔和礼让的提示，即使再野蛮的人，也会收敛。父母官，只有把村民当子民，才称得上"父母"啊。

小镇的墙壁少有空白，总有星星点点的装饰，夏日荷塘、柳丝，抑或墙角斜出的蜡梅，不时令人眼前一亮。农村的院墙难免有一些管线和丁橛，这些本是建筑的败笔，哪知它们竟然被绘成小乌龟、小水杯、水龙头，俏皮地躲在那里，似乎在和游人捉迷藏呢，游人们围观感叹拍照，瑕疵成了点睛之笔。

粮画小镇，顾名思义，它因粮画而得名，这里的粮画驰名中外。大到瓜子黄豆，小到草籽芝麻，都能入画。街巷两旁挂满了粮画，精巧美雅又大气，有人物、山水、花草、文字等，只要你能想到的，都能入画。馆陶人心怀世界，万物都被收入画里，馆陶人心很细，恭恭敬敬把一颗颗草籽一粒粒芝麻嵌在画里，供奉在岁月的圣坛上。农人恋田爱庄稼，馆陶人却是爱到极致，是他们的巧手让庄稼修得不灭的灵魂。

一粒庄稼就像人的一生，从生到亡漫长又短暂，这粒庄稼栖息在画里，虽然不能走入人的生命，却嵌入了人的灵魂。人每天侍弄庄稼，天长地久就有了庄稼的品性，朴实坚韧地活着，走过人生的四季，人又变回庄稼，回归泥土。

小镇的墙有了这些粮画做伴，再漫长的冬季都不会寂寞。一粒米挨着一粒米，亲亲热热，就像相爱的人相依相偎。在粮画前，我突然羡慕起一粒粮食。

记得小时候的墙画都是顺应时代的伟人像、计划生育等，最近几年的墙上是无处不在的广告，看一眼乌七八糟的墙，心里实在添堵。可是粮画小镇的墙文化，清新柔婉有声有色，让人忍不住想随着它歌唱呢。不信吗？你看村电视塔附近的墙壁上有一幅村歌《我在小镇等着你》的五线谱，黑色的五线谱上栖息着小燕子般的音符，春风吹来，小燕子轻扑翅膀，在呢喃歌唱呢。

在一街角，摞着几组一人多高的石磨盘，石磨见证了古村兴衰，看着人们一代代老去，又一代代新生。人恋着石磨，磨亦离不开人，而今，工业机器取代了石磨，磨终于退休，人们就像爱着家里的牛马一般，即使磨老了，没有用途，依然不离不弃，铺路抑或垒成风景。这组石磨旁边的墙上写着"记得住乡愁"，当你默念着这一行字，你的眼前是否滑过老屋、奶奶和童年？……

传承千年的石磨似乎有了人的体温，摸着它那粗糙的纹理，你会感觉到一股直抵心扉的力量。清明时节，在石磨旁静坐或抽袋烟，会得到一种安适，如果有一天，你离开了故乡，那石磨将重重地压在你的心上。

在街角，在墙根下，不时能看到三三两两蹲着晒暖聊天的老人。20 世纪六七十年代电影里典型的北方山区老汉形象在这里随处可见，棉衣棉裤，家做的黑条绒棉鞋，最有趣的是白羊肚手巾朝后系着，虽然有些滑稽，却和老村老街老屋很和谐。走近他们，你会发现他们的眼神非常干净，真诚质朴，就像脚下的土地。

传统的粮画小镇也在与时俱进，古朴的农舍里不时闪出酒吧、咖啡屋、歌厅，不光是刺激游客消费，更主要的是吸引年轻人留下来。街上不时跑过咿呀学语的孩童，白发的爷爷奶奶在后面紧追慢跑，徜徉许久，却没看到多少年轻人。或许他们去田野劳作，去工厂打工，多希望掌灯时分，孩子们欢笑着扑向下班归来的爸爸妈妈。如果小孩子每天都能得到父母怀抱的温暖，他的身上就不会沾上戾气，家庭多了和气，村庄就变得祥和，才有了国泰民安！

守住家园，让留守的老人、青年妇女和儿童不再泪眼苦盼打工的亲人。回归家园，建设美丽乡村，不再是梦。馆陶的粮画小镇也许能解除游子思乡的蛊，你是否已启程？

2017 年 7 月

水墨越溪

行走在万年的古村落，我时常迷惑，以为在画里徜徉。徽派黛瓦白墙的小楼房，花田、果园、稻田，各种绚丽的色彩明亮地照耀着你的眼睛，清风携着花香不断地挽留着，令人忘记归程。

在珠田乡越溪村前那弯水塘，我突然羡慕起这里的游鱼，碧玉般的池水，清透得让人情不自禁地扑到它的怀里。水塘边的参天古香樟树的叶片在清风里轻摇，仿佛在诉说着这个村子的悲欢往事。

海子曾写下一句至美的诗句：我愿，面朝大海，春暖花开！海子的诗句仿佛是特意写给越溪村的。越溪村是大地的宠儿，被越溪河环抱着，朝听涛语，午读云朵，夕挽落霞，夜枕星梦，村因水而柔媚，水因村而多情。

越溪旁，不时闪过古树的身影，枝干粗壮，葱郁。尤其是一对百年香樟树，仿佛亲密爱侣，相依相偎，粗壮的树身需要五六个人合抱，枝条上挂着一些红丝带，乡民们把古树当家仙一样恭敬着，不时有人来树下烧香祈福。这对古树历经百年沧桑，看尽世间风云，在岁月里，站成一株爱情树。参天的树干好似天梯，直插云际，默默传递着天地间的情语与玄妙。

百年香樟已修成世间的灵物，龟裂的树皮仿佛鱼鳞，黝黑粗糙丑陋，丑到极致便是美，那是岁月赐予的大美。古树在岁月里挺秀百余年，根深叶茂，汲取日月的精华，却比其他香樟更馨香，清透心脾的清香，有着穿透灵魂的力量，唤醒人们疲惫的心神，发热的头脑有了几分清醒。

江南盛夏酷暑难熬，有香樟醒神，江南人就多了几分灵秀；江南美景、美食、美女众多，有香樟醒魂，江南人就不易迷失方向；江南人善做生意，算盘打得精细，账目清晰，利益面前，守住良心，那是有香樟醒心。

围着树，轻轻走了一圈，此刻，古树已是我心里的佛，敬畏，更是祈愿。在树下，我看到自己的无知和渺小，多想像古树一样，傲然挺立在岁月的河岸，任世间云卷云舒。

远远地飘来酒香，情不自禁地奔至农家酒坊。端起一杯刚酿好的纯粮白酒，注视着杯中那清冽的玉液，轻啜一口，清香绵软柔滑，滑润似油，从咽喉一路奔突着燃烧下去，胃里漾出一丝暖，有着说不出的惬意。

这是民间酒作坊，有着百年的酿造史，一直沿袭着传统做法。酒，也是文化的一支血脉，在人们的血管里流淌，传承着古老的文明，它就像一个村庄的家谱，捋清酒作坊的历史，也就基本弄清了这个村庄的经济和文化。

越溪河畔有一个红褐色的六角石柱经幢，两米左右，每个棱面刻着南无阿弥陀佛，四面雕有坐着莲花宝座的佛像，佛像面容安详，似乎能听到他的诵经声，令人沉静安适。不知这个经幢在此站立了多少岁月，精美的花纹在风雨的侵袭下已渐模糊，但经幢传递出的威严与华贵，依然令人肃然起敬。

越溪河、古樟树、古经幢仿佛岁寒三友，从远古相依相伴。有月亮的晚上，樟树仙打一壶上好的古酒，约着石经幢和越溪水神，吟诗诵经，喝酒品茶，醇厚的酒香在越溪村飘荡，酣睡的乡民在梦里品着酒香幸福地呓语。

越溪河丝绸般静静流淌，仿佛仙子的碧罗裙，宛在村畔。村民们在河边淘米、洗菜、捶洗衣服，用木槌捶洗衣服在北方比较罕见，在越溪村却是村民自古沿袭而来的日常劳作。村妇们身着鲜艳的衣服，蹲在水畔，一边开心地聊天，一边有节奏地捶打着，那温馨的画面让人艳羡不已，忍不住奔过去，也拿起棒槌轻轻敲打。

春日江南的村野水墨画般秀美，池塘清波潋滟，水田里，银光粼粼，看一眼，那清凌凌的水波唰地从心头漫过，寂寞的心田随之生动起来。黛青的远山，青碧的竹林，油绿的春茶，嫩绿的稻田，再加上地埂上几簇嫣红的杏花做点缀，如此清新的田园画卷只有在江南，在万年的田野，唯美怡心。竹林、茶园、稻田，深绿浅绿汇成一条小溪，缓缓地淌进人的血脉，就连呼吸都是绿色，带着翠竹和清茶的馨香。

远处的水田里农人在忙着插秧，银亮的水面倒映着蓝天和云朵，农人仿佛在耕种云朵。抬脚，水面摇晃，云朵碎成鱼儿钻入水底，溅起的水花，化成鸟雀飞到蓝天上。

晨光下的稻田有着剪纸画的妙趣，明晃晃的水田宛如撒了一池碎银，倒映着农人黑色的身影，时飞时落的水鸟，线条流畅又凝练，画面朴拙又灵动。田野里不时飞出淳朴的插秧歌，田野里有了劳动的歌声，唯美的田园画多了几分禅意。

越溪村精致的楼房周围是诗画般的水田，农夫河塘，有点田，越溪村现代与传统并存。人们的生活水平提高了，却依然不忘农民的本分，见缝插针般种植果树和水田，农村有劳动的身影，它就拥有了不老的青春。

2017 年 6 月

第三章・古城

广府古城香如海

邯郸市永年县，被誉为"北国小江南"的广府古城已有 2600 年的历史，集古城、水城、太极城为一体。史载："广郡古城创自李唐以前，元时始扩而大之，明自成化后迭加增修，规模益具。"

碧玉般的河水静得看不到它在流动，依偎着古城，更多的是柔情蜜意。石桥精巧大气，桥板上雕刻着的二龙戏珠，呼之欲出。起早的广府人也在晨风里往来，电动车、自行车悠悠地越桥而过。古城也称卧牛城，桥头那卧着的石牛，默默地护佑着古城，石牛栩栩如生，似乎能听到它在哞哞叫呢。脑海里浮现出石牛护城的动人传说。

古城史上名称多变，曾为曲梁县、广平郡、武安郡、广年县、永年县、洺州、广平路、广平府治所。城有四门，由东至北有阳和门、保和门、阳明门、贞元门。城墙与西安的风格接近，青砖垒砌，白灰勾缝，外墙规整又沉郁。每一块砖都是一部书，一张口，在诉说着千百年的沧桑。东城门雄伟壮观，城门上方镌刻着"广府城"金色大字。内城门是两扇对开的大铁门，上面布满拳头大的圆铁钉，仿佛岁月的眼睛，见证着古城盛衰。铁门下部多处锈蚀，被历史的淫雨撕咬得遍体鳞伤，却依然坚守着古城，不离不弃。

步入城门洞，阴凉静谧，仿佛被一双大手推入了远古。风在耳畔低语，隐隐听到古琴声，仿佛千年的幽叹，循着琴音，在古城的前世今生里穿越。椭圆的瓮城，也叫卫城，是护佑城门的关口，即使攻克瓮城的城门，关门捉鳖，也能把敌人消灭在这里。其不仅有防御敌兵的功能，还可防洪护城。内城的灰砖墙风化严重，被雨水冲刷成一条条的，像被时光蚕食的瘦骨嶙峋的老人，却依然硬朗地挺立着，在历史的风雨里淬炼成钢筋铁骨。摸摸那铸铁般坚硬的残砖，内心无言地感慨，古城的风骨，默默传递着广府的精魂。城墙缝里生长着几株粗壮挺秀的椿树，枝繁叶茂，遮天蔽日。正是椿树开花的季节，清风拂过，米粒大的金黄花朵细雨般飘洒。椿树静静陪伴着古城，像这方土地上的男人女人，苦也无言，累也无言，风风雨雨，相濡以沫。

穿过狭窄小巷，到了城墙口。城墙设计很科学，不同于其他地方的长城，它的两边是供人行走的台阶，中间是铺着青石板的马道，已斑驳坑洼。上面雕刻着花纹，不光为美观，也起防滑的作用。城墙宽阔平整，两驾马车可以相错而过。举目四望，城墙蜿蜒环抱着古城，城门楼和角楼在晨光里静默着。

护城河上的滏阳桥与滏阳河上的弘济桥遥遥相望，"双水绕城"景观独特。滏阳河是邯郸的母亲河，《广平府志》载："又赖滏水，上达磁邯，下通津卫。"弘济桥是明代石桥，已有600年历史，结构同赵州桥，古来二桥素有姊妹桥的美称，传说是鲁班之妹建造。儿歌有传："七个狮子八个猴子，九桃十石榴。三十四块兰板石，中间一个地牤牛。"桥栏石柱上雕有狮子、猴子、桃和石榴。栏板浮雕有巨龙，张牙舞爪，两眼圆睁，威慑着滏阳河，威严与霸气历经六百余年，依然锋芒逼人。

地牤牛是龙头上方桥面上的一个铜钱大小的小孔，遇到发大水漫过了小孔，它就会发出响亮的口哨声，传递险情。光可鉴人的青石板有两道深深的车辙印痕，还有大大小小的坑坑洼洼，无数次脚踩，无数牛马蹄踏，让石桥修炼成一部天书。车辙足迹是它上面的文字，还有古生代奥陶纪时期的角石类、三叶虫等化石也是古老又神奇的文字，这座古桥独具了文化意义上的深远和壮丽。

东望，那香烟缭绕建于北魏时期的甘露寺，传为隋炀帝的三公主的道场，曾易名百草寺、莲花庵。甘露寺历尽劫难，隋朝焚毁，唐代、明代重修，最终在民国时毁于战乱，近年又得复建。灾难深重的甘露寺，沉淀着千年的文化，也记录着历史的风云变幻。

不知不觉行至角楼，砖木结构，三层飞檐雕栏，精巧优雅大气。南门外面有个小广场，许多穿着红红绿绿的人们在打太极拳，拳脚舒展，悠然自得。

广府也叫太极城，男女老少练太极拳蔚然成风，杨式、武式太极拳在此发祥。杨玉禅是陈氏太极拳传授的第一个外姓高徒，杨玉禅后来去京给身体羸弱的八旗子弟教授武术，创编了"杨式太极拳"。

武禹襄曾拜杨玉禅为师，勤学苦练，又去河南拜陈清平学赵堡架。高尚的武德与远大抱负感动了师父，学成离别时陈师父把一个拳谱秘籍相送与他。他细致研究、融入创新，创建武式太极拳。杨式太极舒展缓慢，武式太极小巧紧凑，两种拳式均以柔中带刚、刚柔相济见长，被誉为"立体的画，流动的音乐"。杨式、武式太极拳弟子遍及海内外。永年被国家体委命名为"太极拳之乡"，杨玉禅、武禹襄的故居都保存完好。古城优美的自然景观与水至柔至刚的灵气，使得太极文化在这里发扬光大，潜移默化中形成了广府人内柔外刚的性情。

西门券内尚存明嘉靖年石匾一方。眺望西南方，那里有毛遂墓，"毛遂自荐"的典故仍然鲜活如初。毛遂靠三寸之舌，强于百万之师。广府被赐为他的封地，他也深受百姓爱戴。隋末窦建德在此创建大夏国，出于战略防御，他把广府城进行改造，使其初具了城池的规模，还在城内修建了直通城外的地下藏兵洞，原夯土城六里十三步，元朝增为九里十三步。窦建德至今是广府的骄傲，当地流传着他勤政爱民，行侠仗义，艰苦朴素等美好传说。明嘉靖年知府陈俎调集民工，历时13年，将土城砌为砖城，城高12米、宽8米，筑有4个城楼、4角楼、876个垛墙，城门外有护城河。后知府崔大德在四门外建瓮城，防兵患、水患，躲过史上几次大洪灾。

勇敢智慧创造了历史，才有了这个具有传奇色彩的千年古城。古城设计巧妙，可谓固若金汤，历经朝代变迁，战火烽烟，傲然挺立。在没有天险可依的大平原上，堪称奇迹。广府古城易守难攻，是北方最后解放的一个古城，北门附近的一段城墙有水泥修筑的痕迹，那是当年攻城时用炸药撕开的口子，这些历史的伤口被几株粗壮的椿树抚慰着，淡化了曾经的血雨腥风。

古城四四方方，宁静祥和，街道规整，城内灰砖垒砌的小屋子错落有致，鳞次栉比的灰瓦排列着，在鲜嫩的枣树叶映衬下，更多了一种古朴与苍凉。街巷里不时传出鸡鸣狗吠，偶尔也夹杂几声牛羊的叫声，顿感亲切。城中每个方位都有水塘，方便居民取用，水给这个城带来了生机与灵性，让古城有了别样的味道。这是个有生命力的古城，浓郁的生活气息让这个城古老而年轻。

细雨里亦观亦行，不知不觉回到东门。眺望着葱郁的蒜田，玉带似的护城河，还有那挂满红灯的广府新村，就像一幅迷人的巨画。目光聚焦在民俗博物馆，那里陈列的展品大到房屋构建、劳动工具，小到生活用品，衣食住行，无所不有。种类全、数量多、品相好。民间收藏如此丰富的展品，令人感叹、感动、感慨。展品反映了当地古老的文化、经济与生活，记录着古城的变迁，是广府这部书上独特的字符。赵海京倾囊收藏的宝贝，如此无私大爱，注定会感动天下人。

史载，"黄帝筑城邑，造五城"。城是重要的文化载体，在潜移默化中规范着人们的行为，影响着民风、民俗，并逐渐形成共性的精神与品格。古城不仅是物质的建筑，更是人们精神殿堂的椽柱。读懂一座城，你就懂了这里的人，随着古城砖走入历史的深处，聆听它那悠长的呼吸。北京拆除古城墙令梁思成和林徽因无比痛苦，"拆掉一座城楼像挖去我一块肉，剥去了外城的城砖像剥去我一层皮"。真想呐喊：请穿越时空到广府古城，这是一座不让你们流泪的古城。

细雨淋湿了飘远的思绪，抚摸着冰冷的城砖，我却感到丝丝暖意，一股力量直抵心脉。醉人的枣花与椿树花香缠绵着，这风、这雨、这城都被染香了。清总督方观承为广府赋诗甚佳："稻引千畦苇岸通，行来襟袖满荷风。曲梁城下香如海，初日楼边水近东。拟放扁舟尘影外，便安一榻露光中。帷堂患气全消处，清兴鸥鱼得暂同。"我已半梦半真，亦痴亦醉。

2016 年 6 月 12 日

梦里梦外是水乡

冀中大平原上有一颗璀璨的明珠——白洋淀，俗称"西淀"，美丽富饶的胜芳则是它的姊妹淀——"东淀"。历史上的胜芳"水则帆樯林立，陆则车马喧阗"。自小生活在黄土高原的我怎么都没有想到，我的脚步会在胜芳古镇停下，像一棵花草生根开花结果。

胜芳是爸爸的姥姥家，我的最初印象是美丽喧闹祥和，河水清清，荷香萦萦，小桥流水人家。五岁那年入夏，我跟随奶奶在舅爷家小住。20世纪70年代的胜芳地少人多，人们的生活还很贫困，住房的紧张不亚于天津，一个小四合院里总是挤满人家。孩子们亲如一家，常常是成帮结队上学、游戏。除去冬季，大多时间各家都是坐在院子里吃饭，各种饭菜的清香混杂着大人的说笑声，孩子们的吵闹声像小鸟喧腾飘出小巷。闭上眼睛，那欢乐的画面又缓缓地在记忆的河流里重现。

舅奶去世早，舅爷忙于生计无暇顾及两个孩子，于是我奶奶作为亲姑姑就悄然揽起舅爷家的针线活，好在奶奶家与舅爷家住得不是很远。舅爷家街道都是青石板铺就，临街店铺古香古色，一条清澈的小河穿城而过。东桥、北桥、西桥、南浮桥、胜利桥、解放桥，众多的木桥、石桥、铁桥，让我着迷让我迷路，到底也没有数清有多少座桥。东桥是一座形似赵州桥的钢架桥，据说最初的石桥建于明永乐年间，明清两次扩建成中有活孔、能开放过彩船的永久性桥梁，定名为永济桥。民国二十五年和1972年两次改建成钢筋混凝土结构的钢架桥。那座桥成了颐养天年的老爷子们聚会聊天的集散地。每天晨曦微露，他们早已坐在桥膀子上拉家常、谈新闻。阳光从地面慢慢爬上他们的膝盖，儿孙般坐在老人的怀里，爬上肩头戏耍。浓郁的水乡口音夹杂呛人的旱烟味在河面悠来荡去。

东桥最热闹的时候是在夜幕降临时。那时这里聚集的人更多了，各年龄段、各个阶层也都无须分辨，是戏曲的爱好聚合了他们。自带乐器有二胡、板胡、京胡、笛子、琵琶、古琴，节目丰富多彩：样板戏、京剧、河北梆子、京韵大鼓……演奏者兴致勃勃，表演者有板有眼，字正腔圆，那一招一式还真像科班出身的行家里手呢。石桥成了人们寻找自我、展示自我、倾泻情感的大舞台。表演者都是小城里的普通人，有的是父子、母子、夫妻。真是无巧不成书，表叔的媳妇就是在那里被舅爷选中的。那时舅爷在这里拉胡琴，多才多艺的表婶在剧团里表演铁梅，最终被表叔金屋藏娇演奏起锅碗盆勺的交响曲。这道奇特的风景一直持续下来，三十多年过去了，那座石桥早在 20 世纪 90 年代坍塌，取而代之的是新的钢架桥。桥上纳凉的老人，如痴如醉的歌者也不知道更新了多少人。桥下的流水清了又浊，浊了又清，碧荷红了又谢，鱼儿聚了又散。歌声依旧婉转悱恻，琴声依旧悠扬缠绵，只是我那梦一样的童年一去不复返了。

"南游苏杭，北游胜芳"，小城古朴美丽，街道窄窄，小巷幽幽，石路、石桥、石屋很像精雕细琢的苏州园林。胜芳最美的时节是春雨绵绵的日子，小街空荡荡的，撑一把油纸伞，缓缓行走在悠长的雨巷。那时的我是一个五龄稚童，没有丁香般的幽怨，更不懂雨滴弹奏青石板的韵致，只是为这个泼墨水乡画般的景致陶醉。一个人徜徉在微雨里，聆听雨滴在伞面的呢喃，似乎听懂了那童话般的语言，有时会情不自禁地笑出声来，常常忘记回家吃饭。

雨中的小城宁静祥和温馨，黛青色的石板路油光可鉴，上面的斑纹清晰灵秀，让人不忍踩踏。灰白色的房屋，青灰的瓦，有点像徽式建筑的风格。房前屋后，小街路旁，星星点点的翠草让雨中静默的小城多了几分生机，增了几分色彩。黄昏，路灯从沉睡中睁开惺忪的眼睛，深情地注视着小城里的喜怒悲欢。当袅袅的炊烟飘动，小城渐渐活跃，每个窗口都溢出了橘色的灯光，蛙鼓、犬吠、鸡鸣、儿啼，小城一天的生活似乎才开始呢。

那时的小城很少看到汽车、马车，孩子们无所顾忌地在大街小巷穿梭。穿心河里种满了莲藕，令我很向往。当表叔、表姑不忙的时候，就带我去采摘莲蓬。满池青碧半池嫣红，我忘乎所以地喊叫着扑向小河。那时也许是为了保护莲藕，河上很少能找到小船，更多的时候是望河兴叹。夏日的荷花含苞怒放，姹紫嫣红，一朵有一朵的风韵，一朵比一朵妖娆。盛开的荷端庄大方，半开的荷俏皮可爱，更像捉迷藏的顽童。凋谢的荷也有着说不出的韵味，有着诗画般独特的美。有的枝头只剩一两片花瓣在风中摇曳，却嫣红依旧，多像无韵的诗。荷花让人爱怜，孕育中的莲蓬更令我爱不释手。枝头擎起了拳头般的小莲蓬，就像宣誓示人："给我一个微笑，让我还你一个奇迹。"莲蓬多像母亲的怀抱，莲子在母亲的怀里睡得多么踏实、多么香甜。

那时一向爱花的我很少让表姑采摘荷花，却磨着让她给我折一枝莲蓬。每次捧着青莲，泪眼婆娑。表姑诧异："雅尼，你怎么哭了，是因为莲蓬籽没成熟吗？""表姑，莲蓬籽都有莲蓬妈妈的呵护，我却多年没有听到妈妈的呼唤与爱抚！"两岁起我一直在奶奶身边孤独地生活，直到七岁，是荷让我想起远方的父母。我的话惹得五岁就失去了母亲的表姑泪如雨下。那天奶奶训了我，从此，我不再闹着让表姑带我去采荷。

周末了，表叔就有时间带我去城外游玩。我最喜欢去芦苇荡里捉水鸟、捡鸟蛋、摸小鱼。大清河从城西的郊外流过，鱼蟹肥美，碧草连天，盛产闻名遐迩的胜芳河蟹，比江南的大闸蟹醇厚肥美。"七上八下"写出了胜芳河蟹这一独特的生长特点，淡水成长海水孵化。"文革"时期根治海河，切断了大清河与渤海湾的河道，人为改变了河蟹的生活环境，这一个尤物从此绝种。听奶奶讲，爸爸小时候常来这里捉螃蟹，闹大水的时候，不光河里有，连田地里到处都是鱼蟹。一顿饭的工夫，虾篓盈满，集市上卖了就够爸爸上中学一周的生活费。

水鸟此起彼伏的鸣叫声拉回我飘远的思绪。表叔划着小船在芦苇荡里穿梭，青纱帐般的芦苇，忽起忽落的水鸟，自在游弋的青蛙、小鱼，肆意歌唱的知了，起舞翩翩的蝴蝶，深情恋恋的红蜻蜓。我欢快地和每一个小动物打招呼，惟妙惟肖地模仿着蝴蝶的舞蹈，笨手笨脚地和小鱼、水鸟斗智。贪玩的我常常筋疲力尽一无所获，好多次还差点被鱼儿诱惑到河里去。

玩累了，安静地趴在船舷上缄口闭目。表叔连忙问："雅尼，你怎么了，被水鸟咬住小嘴了吗？""我听奶奶讲，天下的河流都是通着的，爸爸说兰州城里有一条很大的黄河。我在心里和爸爸说着悄悄话，河水不就把我的思念带给兰州的爸妈了吗？""唉！不是他们不爱雅尼，更不是忘记了可怜的雅尼，爸妈也想念着雅尼呢。"表叔默默地把我搂在怀里，一行热泪流淌在我的脸上。表叔一定也想起了天堂里的母亲。

后来表叔结婚了，连续生了两个儿子，对我更是疼爱有加。每次我和奶奶去胜芳，他总给我买螃蟹和大虾，他总是笑着问我："雅尼，你看我们这里多好，有你爱吃的螃蟹、大虾，有你喜欢的荷塘、小桥、芦苇荡，别去兰州找爸妈了，给我做女儿吧。"那时，我总是脸红红地跑开了。做梦也没有想到童年时的一句戏言竟然成真，成年后在表叔的穿针引线下，我还真在这方热土上扎了根。

回梦三十余年，三尺讲台上站立了二十个春秋，"桃李不言，下自成蹊"，收起翱翔的羽翅，相夫教子，默默耕耘。"世间哪得双全法，不负如来不负卿？"

微雨里小荷还在轻舒腰肢，听得到悠扬的蛙鸣声，于是梦里梦外的水乡重临我的笔端。

2010 年 9 月

天边，有我最美的歌

飞机平稳地在蓝天翱翔，久久地注视着舷窗外的云海，一朵朵，一层层，仿佛盛开的雪莲花，铺在我要去的路上。

看到了，看到了，那相思三世的恋人——巍巍天山，张开博大的怀抱，等待千年的相约；近了，近了，云海渐渐散去，山川、戈壁、绿洲、河流，欢笑着，歌唱着，朝我走来……

乌鲁木齐

走下飞机，终于踏上我深爱的新疆。明澈湛蓝的天空，就像情人的眸子，深情地凝望着、凝望着，目光如手，心门不由自主被它轻轻地推启。

坐到白俊小妹的车里，眼睛被窗外的朵朵白云吸引，白得揪心的云朵，一直割舍不下，不能不看。小妹忍不住笑了，她说乌鲁木齐除去阴天，几乎每天都是蓝天白云。奢侈，奢侈得令人妒忌，上帝偏爱新疆，把新疆当作它的后花园，也就毫不吝啬地把大把大把的风景种植在花园里……

乌鲁木齐准噶尔语为"优美的牧场"，在准噶尔盆地南部，是古丝绸之路上的重镇，东西方及中原与西域的经济文化在此交会融合。

乌鲁木齐是个包容性很强的城市，以汉族、维吾尔族、回族、哈萨克族居多，外来人口众多。城市喧嚣嘈杂，交通发达便捷，立交桥、过街天桥、地道桥，桥桥繁忙。记得刀郎的歌中有一句"停靠在八楼的二路汽车，带走了最后一片飘落的黄叶……"朋友告知八楼是个地名，曾经的困惑终于得解。

好友望月和爱人请假专程来看望我，他们顶着酷暑开车一个多小时。车穿行于乌鲁木齐的大街小巷，心绪依旧飞扬：现代建筑和各种民族风格的建筑交相辉映，形成恢宏包容的城市表情，置身其间，让人不由自主心生爱恋。我和望月牵手走在二道桥维吾尔族集聚区的街头，美不胜收，似乎无须语言，真诚友善的笑脸，明闪闪的大眼睛，翘翘的嘴角，微笑是共有的表情符号，无论男女老少，都有着亲和的笑容，一眼，仅仅一眼，就拉近了两颗心。望月虽小却像姐姐似的细致入微地呵护我，总想给我买零食，买饰品，在我试穿亚麻裤子的时候，她竟然悄悄给我买单。傍晚，在穆斯林餐厅吃烤肉串，我们看着彼此甜甜地笑着，认识十年，总是感慨相隔天涯，相见遥遥无期，而今真的坐在对面，竟然幸福得手足无措。

沉醉乌鲁木齐，我的心写下了这样的诗行：

> 一眼看出，你站在门旁，
>
> 一盏暖暖的灯。
>
> 不能再等了，
>
> 打点行李，
>
> 向你的方向匆匆赶来。
>
> 白天花完了，
>
> 就从季节的四个鼓鼓的口袋，
>
> 掏出满天星星。
>
> 热爱我们的风，
>
> 已经吹亮了叶子，
>
> 以及火焰样的花朵。
>
> 可是不敢抬头，
>
> 怕那些果实，
>
> 不落大地，

而落入两个人悲伤的心里。

谁都知道，

在这个忧愁云样低垂的天空下，

牵起你的手，

吻你的额头。

不安的暴雨，

就会很快逃离我们居住的大陆。

——《灯，或方向》

阿克苏

素有"塞外江南"之美誉的阿克苏，一个远在天边的小城，宁静祥和，就像一个憨厚倔强的乖孩子，温顺时，似乎感觉不到他的存在，闹起脾气来，不是一两个甜枣能哄好的。

"阿克苏"系维吾尔语。"阿克"意为白色，"苏"水也。这里位于天山南麓，塔里木河上游，因水得名，古为秦汉之际西域三十六国的姑墨、温宿两国属地，是古丝绸之路上的重要驿站，也是龟兹文化和多浪文化的发源地。

阿克苏名胜古迹众多，常常吸引着天南海北的文人墨客潮水般涌来。库车大峡谷、塔里木河、克孜尔尕哈土塔、克孜尔尕哈千佛洞、天山神秘大峡谷、怪树园、阿克苏库车大寺、克孜尔魔鬼城等，一听这些名字，就让你心生向往，不由得背起行包，双脚踏在奔向天边的路上……

到阿克苏已是黄昏，夕阳懒洋洋地拥吻着小城，抑或因太久的别离，竟然落下大颗大颗的雨滴，走在太阳雨里，走在西域风情的街头，眼睛亦潮湿地要下雨。

"这里，我来过。"我喃喃自语。

"何时？我咋不知？"朋友吃惊地看着我。

"前世，我骑着骆驼从这里走过。"

……

雨瓣里啪啦地落了半个小时，终于隐去。

"真是贵人驾到，净水泼街。"朋友与我打趣，我微笑着走在阿克苏的怀里。阿克苏是一个有灵性的城市，懂我风尘仆仆赴约的渴盼，就像我懂他千年期待的沉默。

阿克苏的夜晚是吃货的天堂，别的店铺已打烊，饭店、大排档还有众多小货摊却是热闹非凡。车声、歌声、叫卖声此起彼伏，仿佛这才是一天的开始，这里的生活节奏比较慢，没有内地经济发达地区特有的那种行色匆匆，人们三三两两地散步，或围坐街边拉家常，就像内地公园里的晨练。

维吾尔族女人无论老少都穿着鲜艳的艾德莱斯绸长裙，裹着五彩的头巾，不时能看到两三个女人在街边拉着手，旁若无人地聊着，虽然听不懂叽叽喳喳的维语，从她们满脸的微笑里，我能感觉到那是有温度的语言。

各种小吃的诱惑让你忘记走路，烤包子、烤鱼、羊肉串、拌面、手抓饭……我们选了一处烧烤摊，新鲜的草鱼从肚子剖开，插在铁棍上烤，就像一个个圆溜溜的飞鱼。摊主把我们选好的鱼剁去鱼头称重，垃圾桶里已攒了半桶，我问鱼头是否有别的用途。

"鱼头没肉，扔掉。"摊主说。

这，多么让人心生敬意和感动。

刚坐下，就过来了一位古稀之年须发洁白的乞丐，满脸刀刻火烙般的核桃纹，给了他几元零钱，看着老人那弯成问号的背影，我忍不住叫住他，搬了一个凳子放在附近的桌子旁，给他分了半块烤鱼和一个尺把长的羊肉串，又倒了一杯热茶，并给他筷子、餐巾纸，每给他一次东西，他都把手放在胸口恭敬地点头。"来者都是客"的原因吧，老板不但没有赶走他，还很客气地给他加水。

老人坐在那里慢慢吃着，既没有狼吞虎咽，也没有畏畏缩缩。我们吃好，结账要走，我朝他微笑着摆手，他又一次把手放在心口，虽然我看不清他脸上的笑意，但能感知他的虔诚。

离开的时候，烧烤的烟火飘了过来，熏得眼睛涩涩的，转过身，揉揉有些潮湿的眼睛。这是我见过最安静，最有礼貌的乞丐。

走出一段距离，看到他还坐在那里慢慢吃着，让人心酸又温暖。

我想起了很多……

梦里看见两朵云，

一朵伏在另一朵的肩上，

幸福地，绵密的雨天。

梦里好，梦里看见两条河，

一条挽起另一条，

用浪花的形式，轻轻歌唱。

梦里好，梦里看见两朵花，

一朵走向另一朵，

手拉手，所有的日子就是春天。

——《梦里好》

阿克苏之泪

石窟画是建筑、浮雕、壁画和文字等艺术的综合，历史悠久、内容丰富、构图精美，它记录了当时的政治、宗教、文化和生活，具有极高的历史文化和艺术价值。库车县的克孜尔千佛洞是我国开凿最早、规模最大的石窟群，大小洞窟 236 个，保存完整的有 135 个，石窟画艺术水平可与同时代敦煌壁画相媲美，保留着较完整又丰富的汉文化，在古西域地区数百座石窟中很是罕见，见证了古龟兹文化和佛教文化的融合，反映了维汉人民政治、经济和文化交流的历史。

我喜欢游览名胜古迹，对富有地域特色的古村落、古民居，尤其是长城和石窟画，更是如痴如醉。我已看过多处的石窟画，云冈石窟、广元千佛崖、甘肃的炳灵寺石窟、山东嘉祥武氏祠石雕画、银川西夏王陵博物馆壁画等，看着惟妙惟肖的石窟画，灵魂似乎随之飞升，走入永恒。

艺术赋予石窟画不朽的生命。每一幅画，每一个线条，都有呼吸有韵律，虽然不语，却无声地讲述着天地的玄妙，这是刻在石头上的史书，这是渡你过河的苇。我想把国内的石窟画和长城逐一考察，每当听到石窟画和长城，我都像打了鸡血般精神，想尽办法飞奔而去。

我想去库车看峡谷、古村落和克孜尔尕哈千佛洞。朋友告诉我相距市区二百里地，没有直达的公交车。找了两个旅行社，因为游客太少，竟然没有一日游散客团。

"我去公交车站，自己租车去。"

"那里好远，你独自跑那么远，谁负责你的安全？"

"没有问题，不会有事。"

"你这个人难缠得很，怎么就给你讲不明白呢。"

……

我的话还没有说完，朋友一把抢过我的相机，紧紧拉住了我。磨破嘴皮也无用，不知是我固执，还是朋友太保守，就是不答应。朋友嘟嘟囔囔地说着，要不回相机，我赌气跑开了，没有方向，没有目的地朝前跑，泪水一串串地涌出来。我想看古迹，看文化，看风土人情，想用文字与新疆亲热，却是无缘。全身心地痴迷着石窟画，痴迷到站在阿克苏的风中，忘记回家的路。

朋友的阻拦使我没能幽会神秘的库车，很是遗憾。想想库车大峡谷，还有那神秘的千佛洞，心里就猫抓般地难受。

谁能懂我？有谁甘愿陪我走进荒凉，走进时光的核里……

在阿克苏，我写下了这样的诗行：

这个世界很小，我见到了叶紫；

这个世界很大，

叶紫将要走向茫茫人海。

相遇，已是前世修来的缘，

走一生，是否再能走到你面前？

谁也不知道。

即使风吹动白发，

我依旧在当初相识的那条河边等你。

心，颤抖着，

欲雨的天空，低低的。

落叶阵阵，

那是我破碎的心。

你像是把我弄丢了的样子，

无视我的存在，匆匆而过。

——《你怎么把我弄丢了》

胡杨林

如果来生可以化成树，我愿是那胡杨。在大雨背面，依旧站在高高的山岗。枝条参天，像挽起你的手臂，从日出唱到日落。

胡杨是有呼吸的三生石，静立在荒原里，仿佛前世恋人们植下的诺言，走入时间的深处。

干旱、风暴、酷暑、严寒和岁月的轮番淬炼，终雕成铮铮风骨，傲然挺秀，仰望苍穹，根深扎大地，千年不死，千年不倒，千年不朽，修得不灭的魂灵。

每年深秋，塔克拉玛干沙漠北边的阿克苏原始胡杨林一片金黄，在蓝天和湖水的映照下，肆意地释放着生命的绚丽。胡杨，大地内心喷发的岩浆，窖藏千年的情诗，终于喷涌而出，绚丽的金黄，向蓝天无声地倾诉着亘古的相思。金叶在湛蓝里融化，做他唯一的新娘。

淳朴野性的枝干，圣洁又热烈的色彩，让你的心，你的魂，你的热泪，茫然无措，脑海里迸发不尽的灵感，也许你会停住笔，不知从何写起，也许你找不到赞美之语。也许你会空手而归，把它的神秘，永远留在心底。

望着胡杨林，我那么地渴望……

渴望倚在你肩头，

看一次高原闪亮的星星。

猛地，一场雨来，

去为你遮挡，

朦朦胧胧中，看到小鸟依人的传说。

渴望你白皙修长的手臂，

河流一样，

环绕我的脖颈。

然后呼吸，

你芬芳的嘴唇。

冬天封闭所有的道路后，

渴望你在梦中。

从此，让我生命的天空中，

没有黎明。

——《渴望》

乌苏

回眸一笑，即使万千人丛中，

一眼就看出你。

如温馨的风，一路穿过河西、金城关、黄土塬……

沿大河来看你，

洁白的浪花中，你可端坐水中央。

携清风来看，

芳香如云，你可在花海中央。

为了走进你的心田，

从此，沿着高高的屋脊，

一只相思鸟，

栖息在你窗前，夜夜如泣如诉。

那刻，月光如潮涌着万里关山，

进入你的梦想，

你睡意中推开窗户，还无视它的存在吗？

——《回眸》

乌苏，原名"库尔喀拉乌苏"，蒙古语意为"积雪之地的黑水"，古代曾是蒙古族和硕特部落的领地，早在西汉就有记载，唐、宋、元、明、清各朝均在这里驻军设防。

奎屯河位于天山北麓，发源于依连哈比尔尕山，蒙语意为"冷的河"。水势散漫，滩石错乱，阳光照射水波似有落叶，古称叶叶河，又叫扎尔玛图水。

依连哈比尔尕山女神爱恋着远方情人，却不能相见，伤心泪日夜流淌，汇聚成奎屯河，河水冰冷刺骨，水面粼粼波纹是她破碎的心。

奎屯河流淌亿万年，仿佛一把利刃在大地切割出长达几十公里的奇特沟蚀大峡谷，峡谷两侧是刀劈斧砍一般的断崖绝壁。河流、雨水和风将谷壁雕凿成石林，它们定是李白、杜甫、苏轼等诗人的前世，在谷壁上题诗作赋，纹沟、细沟、切沟、冲沟等，就是他们写给大地的情诗。

乌苏大峡谷是一部打开的史书，一页页，一行行，记录着自然界的生命密码，涅槃与轮回，万语千言，却又空无一字。站在这部书前，我的心在千沟万壑里徜徉，宏大与渺小同在，永恒与空无共存。

前世今生的恩怨似乎轻了，远了。

这是大地心上的伤痕，痛至骨髓，亿万年的时光都无法缝合它心上的伤口。奎屯河还在静静流淌，依连哈比尔尕山女神的泪从远古流淌至今，峡谷愈加幽深绵长，就像那扯不断的相思。

汽车在草原上静静奔驰，看着碧草间悠然吃草的牛羊，莫名地羡慕起它们，安然的神情，淡定又欢欣。山坡上不时闪现出玛尼堆和经幡，给无边的静增添了一丝禅意。空气清爽得让人不忍说话，总怕错过那一口清润的空气。

突然一场雨不期而至，雨中的草原仿佛印象派的巨画，又似画家打翻的绿色颜料渲染，无边的绿荡漾着，渐渐漫到我们的心上，真想此刻去草原上打滚，染成绿脚丫。

那雨仿佛很懂我们的心思，瞬间变小，太阳跃出了云层，天地间架起一道双彩虹，美丽的圆弧，仿佛仙子多情的眼眸，令人怦然心动，瞬间焕发春心。泊车拍照，何大哥和卫疆抱着相机跑向彩虹，我和艳萍姐拉着手在彩虹下喊着，叫着，舞着，那一刻，我们回到了童年，久久不愿归去……

依连哈比尔尕山女神终于和她的情人在彩虹上相会，愿她的相思泪在今天打结。

天山草原

穿行草原，
前朝的大雁，
一只只落在你身旁，
吐露今朝的思念。

沿着风的方向看到，
石头早已开花。
就是找不到，
任何一条心径，
去你如画的额头蜿蜒。

——《如画》

敖包毡房是草原上盛开的白莲花，更像情人的怀抱，收藏着甜美和幸福。热情的草原民歌，还有哈萨克姑娘灿烂的笑容，吸引着我走入毡房。

奶茶已倒满，奶豆腐端来了，还有香喷喷的手抓饭、羊肉串，各种特色小吃，让你欲罢不能。与天南地北的文友同坐哈萨克毡房，啃着新鲜的羊肉串，饮着醇香的马奶酒，欣赏着仙女般的哈萨克姑娘曼妙的舞蹈，今夕何夕，如此良辰美景，怎能不醉？

热情的主人一遍又一遍地斟茶倒酒，歌不断，酒不停，欢歌笑语是此刻的主旋律。哈萨克歌手深情地弹唱，歌声如羽毛一般，抚慰着红尘里疲惫的身心，撩拨起一丝的渴望，走远的青春在此刻重回枝头。

毡包前的草地上，快乐的人群越聚越多，天籁般的音乐奏响了，仿佛无声的号令，人们纷纷投入翩舞的队伍。音乐让我卸下矜持，与娇俏的哈萨克小姑娘翩然对舞，舞蹈是最真实的心灵写照。

"旋鼓一声双袖举，回雪飘飖转蓬舞。"婀娜飘逸的舞蹈动作就像书法里的顿挫搓擦，有形又无形。舞蹈，是肢体的语言，是灵魂的歌唱，给淤积内心的喜忧一个宣泄的出口。善舞的民族，定会拥有快乐、智慧和文明。仓颉创造文字，许是受到舞蹈的启发。

午后的草原成了快乐的海洋，哈萨克骑手表演的姑娘追、叼羊和赛马，精彩的演出把气氛不断推向高潮。草原沸腾了，欢呼声、呐喊声、赞叹声海潮般涌动着，置身于这种境界里，人与人之间没有了距离，每个人都回到了年少时光，与英俊潇洒的骑手合影，与美丽可爱的盛装姑娘牵手，在草地上匍匐、打滚，久违的孩子终于回到母亲的怀抱。

达坂城

达坂城既无名胜古迹，也没有醉人的民俗风情和动人传说，王洛宾的《达坂城的姑娘》却让这个塞外边城蜚声国内外。

博格达峰脚下的达坂城，荒凉又寂寞，古城的残垣断壁于时光深处昏昏欲睡，如同耄耋老人守望着家园，等待远行孩子的归来。形形色色的游客从四面八方赶来，寻找生命里的悸动，触摸一段风化了的情歌。带来寂寞，却留下更深的寂寞，又如风一般散去。

达坂城弥漫着疼痛，满目疮痍，风是这里的居民，在每个角落游走，寻找。王洛宾、三毛、民歌，都是疼痛，民歌来源于爱，也来源于痛，民歌是爱的呼唤，是寂寞的灵魂开出的花朵。

走进高大的古城门，我有些迟疑，渴望着邂逅情歌王子，又怕触痛他的悲伤，站在空空的古城里，聆听风在耳畔低语，脑海里不断闪现着王洛宾那双睿智又多情的眼睛。

"大西北有最动人的歌谣，在天边有我最美的歌"。民歌让王洛宾走近这座城，他在天山遗忘了自己，匍匐在歌神的脚下，虔诚地把自己敬献给民歌。他的灵魂大地一样铺展，紧贴生命的核，化作音符，化作安抚灵魂的良药。

王洛宾给民歌插上翅膀，让新疆飞过万水千山，让世界认识了中国，恋上新疆，婉转悠扬的歌声亦拨动了三毛的心弦，风尘仆仆地赶来，短暂地相遇，让她无法承受生命的沉重，烟花般凋零。三毛的逝去，是他心上无法愈合的伤口。

半个多世纪的时光从墙缝里溜走，达坂城几度兴衰，渐渐走向沉寂。残破的城墙依然固执地挺立在荒原里，只有风和云朵与他朝夕相伴，他在日日凝望远方的雪山，守望着心中的女神。雨，在弹唱《达坂城的姑娘》，风随着节奏在舞动着地上的影子。总想站在天山顶上高唱《在那遥远的地方》，唤醒天国的王洛宾，穿着天山白云剪裁的霓裳，为他跳一支舞。然后与他并坐在土城墙，凝望夕阳里的博格达雪峰。

久久地徜徉在达坂城的忧伤里，思绪在它的前世今生里徘徊，在街角买了一只手鼓，我坐在石桥上静静地敲打，鼓点时缓时急，渐渐敲出一首深情的诗，随着溪水缓缓流到王洛宾的身旁……

> 风在吹，吹着我的思恋，
> 一个人孤独地走在街头。
> 道路尽头，
> 依旧是下一个行程的孤独，
> 让我不停地跋涉。
>
> 风在吹，吹不走绵绵细雨，

吹不走满目苍茫。

纵有许诺，

也越不过万水千山，

依旧望着各自的日落日出。

风在吹，这个世界很快空空荡荡，

风吹走春天，

也吹走秋天。

一腔悲凉，怎么吹不走，

伴我今生来世，

谁都知道，却没说出口。

——《风在吹》

2016 年 7 月

麦香时节话永清

诗人荷尔德林说："人生充满劳绩，但诗意地栖居在这块大地之上。"永清很适合诗意的栖居，它和霸州近邻，也是去廊坊的必经之地。这里留给我的印象用一个字形容，那就是"绿"。葱郁的树林、碧绿的田野、绿波翻腾的溪流，各种绿汇聚在一起从地面漫到天空，引得云朵恋在这里，忘记了回家。永清的田野是用绿宝石镶嵌的童话世界，置身其间，让你的眼睛、你的呼吸、你的心灵，都被渲染得青翠。

古老的土地泛着久远的辉光。春秋时属燕国封疆之地，先秦属广阳郡，从汉朝起又以益昌侯国、安次县、通泽县、武隆县、惠昌县命名，唐天宝元年取"沙漠永清"之意，从此永清之名沿用千年。

离首都不过百里的京畿之地，永定河从城边切过，肥沃的淤泥铺垫了膏壤良田，自古农耕兴旺。永清是无污染的绿色蔬菜种植基地，新鲜的果蔬源源不断供给着京津和四面八方。时代发展，与时俱进，永清人没有被经济大潮冲昏头脑，他们坚守着家园，守住农人的本分，过着日出而作日落而息的简单生活。京城脚下，永清那一望无际的青纱帐，依然能触摸到童年时的田园风光，不由得滋生些许感慨，到家了。似乎看到老宅上空袅袅的炊烟，听到老祖母悠长的呼唤：妮妮，回家吃饭喽！

周边的乡村热火朝天地做生意奔小康，永清的农民还在土地上勤勤恳恳地劳作，辛劳一年，不及在外打工半年的收入。长远来看，永清人是智者，他们牢记"但留半分土地，给子孙耕种""莫让你的眼泪成为最后一滴水"。永清人真诚地爱着土地，敬畏土地，把土地视为母亲。土地在勤劳朴实的永清人手里永葆青春活力，尽着自己的本分，献出自己的所有。"大道至简""天不言自高，地不言自厚"，每天侍弄土地，慢慢地土地的品格渗透到人的灵魂里，形成真诚质朴谦和勤劳的共有品质。

受永定河文化的影响，永清至今还保留着水乡的生活风俗。这里的传统小吃甚多，街上的百年传统小店鳞次栉比，无论是后奕的灌肠，还是宁家熏肉，总有一款合你的口味。水乡人善做河鱼，鱼的做法有很多种，煎炒蒸煮，只有你没有见过的，没有他们做不出来的。什么二八席、三八宴，光听名字就能让你垂涎欲滴。

在这里，度假庄园和农家乐已成规模，公路边各种风味小店雨后春笋般蔓延开来。周末约几个好友，选一处绿树掩映的农家院，盘腿坐在宽大的土炕上，吃着农家小炒，啃着红烧小土鸡，一杯浊酒，聊过天南地北，听着风吹窗户发出的吱咯声。累了，倒在土炕上眯一会儿，疲惫的身心歇下来，嗅着土炕散发出的淡淡柴草味，内心涌起莫名的感动。走远的故乡，坍塌的老宅，走失的亲人，在这一刻鲜活了。心门被一双手推开，心里的纠结在这里排解。

在田野里行走，很是惬意。田野像画家在大地上的巨作，蓝宝石般的天空、白莲花似的云朵、挺拔的白杨、金黄的麦浪。还有大片红色、粉色、黄色、绿色的瓜蔬田园，远远望去真像梵高的油画。劳作的人们蜜蜂般忙碌着，偶尔飞来几缕欢快的笑声。一望无际的麦田，如同黄金铺就的地毯，风吹麦浪此起彼伏，美得令人震撼，曾是华北平原特有的景象，而今已是少见。永清景色美，却不空洞，庄稼是最美的花朵，歌声是劳动的韵律，让这块土地有了灵魂。在希望的田野上，释放自己在钢筋水泥间的压抑。走在软软的青草间，你会找到一种踏实，贴近大地，贴近了梦想，激活了无限的灵感。蹲下身，扶握一下沉甸甸的麦穗，或者端详一朵豆花，再把耳朵贴在牵牛花上，它会带你找到来时的路。

古迹众多的永清，总会让你目不暇接。曾经的寺院林立，唐代的金轮石幢，元代史氏墓古地碑，唐代的三塔寺、龙泉寺，辽代的隆庆寺、内兴寺。大佛寺里的汉白玉白塔，塔高 6 米，塔身上端有 13 层的八角飞檐，清风徐来，铜铃叮当，在向众生开示着天地间的奥秘。塔身上武士门神、佛像、花卉、走兽，雕工精美古雅。它是北方仅存的两座辽代石塔之一，无论从哪个方向看，它都朝相反的方向倾斜，堪称"古塔四面斜的东方奇观"。

永清是一座有故事的城，据明嘉靖二十六年编撰的《霸州志》记载："引马洞，为杨延昭所治，始自州城中，通雄县，每遇虏至，必以出师。"这里有300平方公里的辽宋时期的古战道，结构复杂，规模宏大，被专家誉为"地下长城""古今奇观"。民间流传着杨家将守三关御辽的传奇，"三关"即瓦桥关（也称雄关，雄县境内）、益津关（霸州境内）、草桥关（或淤口关，在霸州信安镇）。这里还有磨齿地迷魂阵、狼城寨遗址、六郎台，穆桂英大破迷魂阵、降龙木来自彩木营、韩昌误陷泥塘、韩村血战、血口突围的精彩故事，村民耳熟能详。

宋辽两军搏杀的场面非常惨烈，史载"利镞穿骨，惊沙入面。主客相搏，山川震眩……尸蹐巨港之岸，血满长城之窟，无贵无贱，同为枯骨……"古战道具有较高的军事历史研究价值，它就像一条历史的隧道，在时光的深处，向人们默默地讲述着曾经的刀光剑影、铁马金戈。置身于昏暗的古战道，熙熙攘攘被挡在外面，融入无边的静，触摸着历史的脉搏，慢慢梳理着。如果把田地比作永清的肌肤，古战道就是它的骨骼，在岁月的凄风苦雨里，它已修成英勇顽强的铮铮铁骨，这亦是永清人的风骨。

永清的杰出人物数不胜数，历史上，廊坊一带灾难频仍，一遇浑河（永定河）泛滥，则"春燕归来无栖处，赤地千里无人烟"。相传乾隆帝多次来永清督查灾情，并留下御诗碑刻。几任廉政爱民、治水有方的清官，尤其清代名臣方观承和他主修的"方官堤"至今被人们念及。出将入相死后封王的史天泽、散家资救民于水火之刘源灏、名画家司马绣谷、抗日英雄胡春航、史学大师雷海宗、武生泰斗李兰亭等光耀史册。

永清人在文化树下喝茶，繁衍生息，实在幸福。永清历史上的苇编和柳编很有名气，如今更精细的手工艺制作已成规模，徐艳丰的秸秆扎刻是国家级的非遗项目，并走入大学课堂。看着那些巧夺天工的亭台楼阁，尤其是按比例缩小的天安门，实难相信这精美绝伦的艺术品出自这个朴实的农民之手。听着老人讲述种铁秆高粱的乐趣与艰辛，做天安门竟然种了三年才凑够高粱秆。老人戴着老花镜一刀刀雕刻，一节节卯合，一丝不苟，堪比精心绣花的大姑娘。艺术大师来自民间，是多彩的生活给了他们灵气，是自然的风采给了他们智慧。

在冀廊艺宝文玩市场里，欣赏着"伟派"微雕艺术。王千星、王千月那妙不可言的橄榄核微雕作品，令人惊叹。轻轻捧在手上细细端详，弹珠般的小橄榄核竟然雕成金刚脸谱，惟妙惟肖，似乎能听到它们的呼吸。他们兄弟刚二十岁出头，却已独挡一方，精湛的手艺在京津冀广小有名气。他们事业有成，还广收徒弟，十里八乡刚毕业的学生娃纷纷来此拜师学艺。永清人淳朴的家教和艺术的熏陶，在潜移默化中规范着孩子的品行。有事做，做有意义的事，这方水土多了和谐和安宁。安居乐业，看似平常的生活，却是平凡人的终极追求，民安国泰，怎不是我们最大的祈望。

永清是永定河文化的活化石，这里是研究古城文化、古村落文化、交通文化、水文化、军事文化、宗教文化和民俗文化的基地。

永清，一个可以触摸乡愁的地方；永清，一个令人沉静，令人忘忧，生长诗意的地方。永清，愿你永远田野如绸，碧水长流。

2016 年 7 月 4 日

恋上昭化古城

恋上昭化古城，和某个人无关，因为整座城。

古称葭萌的昭化，是唯一保存完好的三国文化古城，已有4000年的历史和2240多年建县史，令人感叹。古城饱受战火洗礼，乃明朝重建，坐落在剑门蜀道上，白龙江、嘉陵江、清江三江交汇，依山傍水、人杰地灵、遗迹众多，宜居古镇，又不可多得。

进入桔柏渡街，一座高大雄伟的葭萌石牌坊迎面而来。东面柱联"蜀道三国重镇，天下第一太极"，正面刻有"蜀汉兴于葭萌"和"桔柏古渡""山水太极"图案。牌坊西面楹联为"巴蜀第一县，蜀国第二都"。牌楼飞檐拱顶，典型的川南建筑风格，远看就像威猛的张飞挺立，让人心生敬畏。

古城始建于汉朝，夯土城，明正德年间包筑以石，设四门：东瞻凤，西临清，南临江，北拱极。四道门各有功用，百姓迎亲走东门，官员出城走东西，嫁女走南门，出殡走北门。南门于清代被毁，其他三门完好。古城设计严谨，奇怪规矩诸多，不光城门有讲究，在街上行走也不能随心所欲。汉朝时交通管制，青石铺街，中间的方石板走官员，轿夫走竖条石，百姓走两旁，靠右行走。如乱行，则会遭到衙役的鞭刑。虽然有规矩能成方圆，但如此以人事分门路，实属古板和不够人性化。如今这些规矩也已远去，人们自可随意穿行。

穿过古朴的瞻凤门进城，一条太守街，几乎将古城分为南北两部分，北有县衙街、衙门巷，南有吐费街、剑刀巷。城内呈"丁"字形布局，且街道互不直通，城门亦不相对，体现出军事重镇的防御功能。街巷里满目青翠，古老的银杏树随处可见，千百年来庇佑着居民和行人。

街旁店铺鳞次栉比，明清风格的木质结构，精美的雕花门窗虽已古旧，却更显厚重。蜀绣、竹编、川南特色的小商品小巧精致、琳琅满目，小吃、土特产吸引着来客。就连地摊上各色的蔬菜米面，都被打理得干净整齐，就像这里的女子，干净利索，大方得体。

通往县衙的路中有一复建的贞节牌坊，上面饰精致的雕花，浮雕、镂雕，古雅大气。是道光皇帝御批建立的吴梅氏石牌坊。吴梅氏三十多岁守寡，没有听从丈夫允她改嫁的遗言，赡养双亲，培养孩子成才。其行为虽被古代上层倡导，为大众赞许，但其一生少甘甜，多苦难，艰涩自知。古来多少女人，背着贞洁这个沉重的十字架，身前凄苦，死后荣光。穿过牌坊，仿佛穿过她凄苦孤寂的一生，回眸所见坊上的"冰清、玉洁""竹香、兰馨"的美好赞誉，似有兰香盈袖，当今女子挣脱了封建观念的束缚，但冰清玉洁的品性定要传承。

古城的衙门巷，有县衙、考棚、文庙集聚。昭化地势险要，自古以来都是兵家必争之地，县衙多次毁于战火，明清两次复建。可叹的是，虽然躲过了日寇的"围剿"和解放战争的炮火，却在"文革"中轰然倒下。衙门口一对威猛的石狮居然保存完好，庄严中不失活泼，强悍中多了灵气。它们默然肃立，似在回顾久远的过去，凭吊消失在刀光剑影中的生灵。

昭化考棚是一道供"鲤鱼"跳向仕途的"龙门"，本县及邻县学子在此应试岁考参加科举。壁垒森严的逼仄的单人考棚，让人感觉压抑得透不过气。十年寒窗求功名，一张试卷定终身，古人实在不易，今人又何能免却。一张复制的明朝赵秉忠的状元卷，官阁体小楷书写，共 2460 字，一气呵成，极其端正漂亮，无一个错别字，经两位大学士和吏部、礼部、户部多位尚书、侍郎的审阅，最后经皇帝御批。这张试卷令我久久不能平静，赵秉忠和那些金榜题名的学子真是一朝闻名天下知，由此走上仕途。古老的教育体系历经千年传承，自有借鉴之处，深入挖掘传统文化的精粹，古为今用，也值得当代人深思。

文庙，专门祭祀孔子。昭化文庙始建于宋代，多次被毁，2008 年复建。此刻，在殿堂前，在阳光下，在夫子的目光里，站一会儿，读一段经书，感悟历史的沧桑，心自会沉静如水。该写一首禅诗，给湮灭的辉煌，或者给自己。

文庙或是我们的精神殿堂，每个人心里都有一所砸不毁的文庙。衙门巷与太守街交会处，是复建的城隍庙，始建于唐朝，"文革"中被毁，先后5次复建。这里是管理阴间亡魂之地，古人对生死都看得较重。无论在文庙祈祷，还是城隍庙烧香，都是为了求个心安，心之宁静，才是莫大的福分。

感受过衙门巷的肃穆，可去太守街散心。太守街正中座有葭萌亭，又称过街亭，木质结构，亭子雕花挑檐，像展翅的雨燕，优雅轻巧，有一种韵律的美。街巷里随处可见三三两两下棋打牌聊天的人，悠然自得的神情，慢条斯理的语调，与匆匆来去的游客形成鲜明的对比。街道旁、店铺前、花池里，碗口大小的鹅卵石比比皆是，象形石、文字石、肉石、水墨画石应有尽有。看看这块，摸摸那块，爱不释手。花石头懒洋洋地卧在那里，无论独处还是聚集，都有一种独特的恬静之美。店主人悠然地打着麻将，任凭游人把这些石头抚摸摆弄。我询问价格，店主笑答：妹子，看着给吧，无所谓的。我端着相机不住地在窗台、柜台、椅子、门旁拍照，要带走美石的倩影。居民们对美的追求既细微，又随心随性随缘。

"到了昭化，不想爹妈"，这是流传的宋朝儿歌，听来令人一笑，但细想却也有理。昭化是一座儒城，更像是儒家文化的博物馆。"世间由来轻两翼，天下何苦重连城。"走进这里，你一定会慢下来，沿着古城的脉络探寻古城的神韵，倾听古城的心跳和声音。不知不觉，你已忘了自己，爱上了这座城。

2015 年 6 月 30 日

微雨曲水亭街

　　说到济南，自然会想到泉水。"一舟游城桨声灯影"，这是我到过的最奢侈、最洁净的城市。护城河里竟然流淌着甘甜的泉水，从城南门坐船，一直可以划到趵突泉公园。在城一隅，有一条保持着"家家泉水，户户垂杨"古城风貌的曲水亭街。

　　曲水亭街北靠大明湖，南接西更道，东望德王府北门，西邻文庙。从珍珠泉和王府池子而来的泉水汇成河，与曲水亭街相依。一边是鳞次栉比的灰砖老屋，一边是翠萍摇曳的清泉。傍晚的曲水街宁静祥和，夕阳西下，杨柳依依，小桥流水人家，不时能看到女人们在泉边捶洗衣衫。人们沿袭着古老的生活方式，慢生活，纯手工的劳作，竟然让我心生羡慕。游客三三两两，走走停停，呼朋引伴，仿佛迁徙中的候鸟。

　　雾霭迷蒙，垂柳揽影。泉水淙淙，仿佛深巷里弹奏的丝弦，一下，又一下，空灵着，却又沉沉地，流淌着。缓缓地，静静地，流过我躁动的心。夜色越来越浓，渐渐地，曲柳的影子愈加模糊，五彩的霓虹在水面明明灭灭、此沉彼浮地摇动着，犹如无数双眼睛在观望着人间的烟火。小巷愈加曲折幽深，葱茏的烟柳，清幽的泉流，伴在它们的身边，亦步亦趋，浪花般追逐着清泉的行履。

　　石板路在雨中变得莹润如玉，走在其间，似乎回归远古，优雅地享受着慢生活。这条路无数人走过，深深浅浅的脚印，不断地叠印着、更替着。每个脚印都是一部书，在自己的故事里或悲或喜地消逝……今夜，留下与邂逅的，仅仅是脚印，淡淡的缘，擦肩而过，微笑着点头。浅浅的暖意，无声地流淌。相机抓拍着雨中的景色，隐约听到呢喃的诵经声，洗涤着心灵的大悲咒。循着佛号，加快脚步，嗅到若有若无的檀香。门庭旁的石狮拦住了脚步，细看原来是关公祠。静立关公塑像前，双手合十，深深叩拜，侠义之气顿时充盈心田，淡淡的，也暖暖的。

缓缓行走在曲水河畔，静谧安然，不由得想起"曲水流觞"的美妙传说。北魏时，济南士大夫在曲水亭街近旁建起"曲水流杯池"，池水北出为曲水河。由此每年三月三，文人在此雅聚，把盛满美酒的杯子置于托盘上，托盘顺水漂流，拐弯处如搁停，坐在水边的人须得端杯一饮而尽，然后即兴吟诗一首，如诗作不佳则会被罚酒。这种曲水流觞盛会一直流行到清代。

想到这些湮灭在历史烟尘里的往事，蓦然间心生惆怅。细品古诗古画，总有一种超凡脱俗的味道，禅意的静美与高洁，令当代艺术难以企及。是古人聪慧吗？非也，应是当代人太聪明，一颗躁动的心不能平静，如何能听到自己与自然的对话。现代科技的发达，急功近利的心驱使着烦躁的行色，许多文化艺术缺少时间的酝酿，往往走味，失之精美。

上千年积累下来的诗意生活，被时间的快车丢弃了。于是，更多的人成了当代的纤夫。凡心失之淡泊，艺术失之境界。"曲水流觞"是一种形式，一种令无数文人雅士追忆的游戏。我们怀念的，不仅仅是这个游戏，更多的是慨叹，我们难以停下匆忙的脚步，渴求着水月天心的静美。雨轻轻默默地滴落，泉水静静缓缓地流淌。

今夜的雨如黛色的夜空静谧又缠绵，仿佛与往日无异。细细品来，却是那淡淡的檀香，让雨有了几分禅意。雨静静地滴着、落着，打开心灵，总会有几滴飘进你的心里。纤纤细雨，给灯火迷蒙的曲水亭街罩上了曼妙的轻纱。恍惚中，曲水河边又漂过一盘美酒，待我端起一盏，抑或能与尔同消千年流来的愁绪。

2014 年 11 月

轻寒细雨问琴心

诗意在夜色中滋生，一位伫立窗前的女子，端望着远处的灯火。裹着轻纱的肩膀上，一截雪白的肌肤，让一袭素雅的布裙，流露出新鲜的琴味。几许风儿在月色中，滑入了窗内，青丝在耳畔轻动。无声着，却又让心情在呼吸之间不由自主飘出了眼眸。仿佛自己便在这时，执起着油布伞，散步在天河中央。

春日里踏着细雨的节拍，我来到衡水湖畔的闾里琴瑟园度假村（汉魏公馆）。五月是多情的季节，雨下个不停，走在这条清凉的街上，透过烟雨，朦胧中看到远方那处雄伟气派的别墅群，心头有了一丝的震撼。步入高大庄严的宫门，似乎穿越了千年时光。回眸微笑，红尘已远，恍惚间，自己已是那衣袂飘飘步态婀娜的汉代宫女，在微雨里婉转莲步，那首《归风送远之曲》的古琴曲在耳边响起，仿佛身轻若燕的赵飞燕在水晶盘上扬袖飘舞，乘风从汉代穿越而来。

《诗序》："咏歌之不足，不如手之舞之，足之蹈之，盖乐心内发，感物而动，不觉手足自运，欢之至也，此舞之所由起也。"汉魏之际，音乐的发展对舞蹈艺术产生了深刻的影响。说到汉魏的文化艺术，就让人不由自主地联想到它的音乐、舞蹈和服饰。随着梦幻般的琴曲踏着盈盈的步伐，举目看去，眼前是一处汉魏建筑风格的别墅区，对着大门的是一口四羊方尊，两人多高的青石巨鼎里不断喷涌的水花溅起一阵阵的水雾，轻轻缭绕着，柔化了亭台楼阁冰冷坚硬的棱角，旅途的疲惫也随之消散几分。鼎里喷出的水花聚成小溪汇到小池，再次组成一连串的小喷泉，一路跌宕起伏地喷涌着，仿佛次第绽放的花朵。这组喷泉由南到北贯穿了整个园区，把琴瑟园分为东西两大区域。东面是餐饮、会议、展馆等服务区，北面是度假的别墅区。别墅区又分为四个城区，每个城区都是一个小巧的城郭，高大城楼，整齐的街道，每个城区都有东西4条街，每个城街院都有一个雅致的名字如：尚景、弘文、荣院、长信阁、长秋阁、永宁阁等。

这里的别墅独门独院，门前喷泉热烈地喷涌，似乎在热情地欢迎远方的客人。翠竹依依，月季娇羞，两扇木门就像轻掩的大氅衣襟，手扶门环，我有些迟疑了，不知它会给我什么样的惊喜。稳稳神，我轻轻推开了荣院的大门，一个别致的小花园展现在我的眼前，园子虽然只有半个屋子那么大，但是小巧精美，翠竹依窗轻舒兰指，雏菊仰着笑脸与微雨耳语，就连花下那几粒莹润的石子，都像沾了灵气的小宠物，眨着眼睛对我微笑呢。

暂时告别院里的小可爱们，我又轻解罗衫般推启了楼门。眼前顿时一亮，华丽、优雅、唯美。首先映入眼帘的是一间方正的会客厅，古朴典雅的装饰，酱紫色的仿红木家具，锦缎的褐中带金的落地帷幕，让人感觉有些过于庄严沉闷，似乎踱着方步，说着之乎者也，才与之相符。正襟危坐在太师椅上，品味着墙上那幅写意墨荷，学着优雅，还真有了几分端庄。新茶散发的清香，合着书画的墨香不时撩拨着我的心。一杯清茶洗去大半浮躁，细读墨语，雅韵沁衣。在雨滴的呼唤下，我挪步玻璃做成的阳光房，轻晃摇椅，目光追随着雨滴从东、南、北及顶部旋舞，心底的宣纸也缓缓铺开……

这栋别墅设备完善：客厅、书房、厨房、餐厅、温泉浴室、卧室、独卫等一应俱全，共三层，五个客房，分别在二楼、三楼。我选了二楼朝南的卧室，只因它的名字叫"听竹"，雅致诗意，静谧中有一种无法言说的韵味，还没有步入卧室，我已喜欢上了这个小窝。轻叩屋门，就像解开了仙子的小衣。屋门合上的瞬间，我的心门也随之开启。从步入琴瑟园的大门开始便惊喜连连，对于房间的华丽与优雅，我早已有了一些美好的幻想。置身于皇宫般的客房，我的心依然为之惊叹。宽阔的落地景观窗，把窗外的风景剪切成一幅幅朦胧的水墨画，光线透过细密的竹帘在床边桌角安卧，轻纱帐簇拥着舒软宽大的席梦思，让人慵懒得只想化作云朵。

放下行李，解去包裹严实的衣裙，鱼儿般沐浴着温泉，想到大门前在雨中微笑的小雏菊，我情不自禁地笑了，也许在小雏菊的眼里，我也是一朵会走动的小花。肌肤喝足了水分，身心也有了几分滋润。沏杯清明前毛尖茶，懒洋洋地卧在被子里，就像午后歇在书本上的羽毛。拿过随身携带的《瓦尔登湖》看了几页，跟随着梭罗的笔触，将整个自己，安放进远离城市的自然深处，从鸟儿划过树梢的月光中，聆听到超越人类语言的语言，感受到了融化时空隔膜的心灵波长，与陶渊明的田园诗句。而我，习惯深深呼吸，来往于无形中，调整着最佳的张力，等待着临来的风景，让所有琴弦都颤抖起来，共鸣出大地深处的惊澜。

昏黄的宫灯，低垂的帷帐，雕花的窗栏，让我有了瞬间的恍惚，仿佛置身于汉朝。汉朝，对，就是那个高唱《大风歌》雄霸天下的汉朝，那个击灭匈奴，攻灭朝鲜，遣使团出使西域的汉朝，那个功业辉煌的汉朝，还有给后人留下了"建安风骨"的曹操时代。那是个盛产血性汉子的时代，那时的阳光充足，营养丰富，那时的男儿不缺钙，那是男儿如狼似虎驰骋于疆场，英雄辈出的时代。"但使龙城飞将在，不教胡马度阴山。"想到眼下让人闹心的南海，想到我们的钓鱼岛，心里忍不住呐喊：李广、霍去病、卫青，魂兮归来。不驱倭寇，誓不还乡的汉子们，你们在何处？

渴望梦回汉魏，步入竹林七贤和建安七子文学圈里，沉醉在司马相如与卓文君的故事中，放逐灵魂在司马相如美妙的琴音中沐浴。那时的文人落魄吗？应该也有，但那时的文人最有骨气，诗词歌赋流自心泉，写出流传千古的华章。

窗外时疏时密的雨声，再一次抓住了我的耳朵。于是，丢开手中的书，细细聆听春雨的欢歌。雨珠滴滴答答不时地轻叩窗子，就像顽皮的孩子在呼朋唤友，相约去外面淘气。敲着敲着，也许是不耐烦了，没有了规律，猛击几下就没有了动静，也许约到了伙伴，一边玩耍去了。稍稍停歇了几分钟，嗒嗒嗒，又开始有节奏轻弹玻璃，雨滴落在窗外的竹叶上，沙沙沙，雨时缓时急。

远处隐约传来悠长的编钟声，伴着滴答滴答的雨声，轻烟般缭绕着，沉醉在美妙的仙乐里，我感觉自己在一点点地融化，激越着想要迸发出火山一样的情怀，或舒缓着仿佛仲夏夜里的郁金香。

思绪随着细雨在前世今生里游走，迷迷糊糊地入梦了。清脆的门铃唤醒沉睡的我，前台提醒该吃饭了。小睡之后，每个毛孔都透着惬意。刚走出大院的门，门口守着的两个汉代宫女打扮的小姑娘忙为我撑起雨伞，心头猛地一暖。椭圆的大红宫灯挂满了大街小巷，静谧的琴瑟园在氤氲雨雾里，更多了一份喜气和神秘。

隐隐传来委婉缠绵的琴箫声，驻足聆听原来是《忆故人》，缓慢沉稳地弹拨着我的心弦。夜幕里的琴瑟园像是从沉睡中被琴箫声唤醒。一个宫女打着红灯笼在前面引路，另一个宫女举着小伞为我遮雨。我们携着烟雨慢慢走入这幽远悠长的琴箫里。

2014 年 5 月

最忆是吴桥

吴桥，母亲的故乡。

"摇啊摇，摇到外婆桥"，那桥即是我心中的吴桥，一曲美丽的童谣时常唤醒我对运河畔外婆家的思念。对吴桥有最初的记忆是五岁时，印象中的吴桥整洁、宁静。

悠悠运河古道，孕育了吴桥千年的物华天宝。在这片肥田沃野上，今天的吴桥已经成为著名的"杂技之乡"和国家重要的粮棉基地县。人常说，万里长城万里长，杂技吴桥是故乡，吴桥已成为杂技的代名词。历经岁月的沧海桑田，杂技文化，已成为这座城市的符号和印记，这里是中国杂技的发祥地，世界杂技的摇篮。"吴桥有桥通天下、杂技为媒连五洲。""上至九十九、下至刚会走，吴桥耍杂技，人人有一手。"吴桥人用精湛的杂技艺术打造了闻名遐迩的吴桥。20 世纪 50 年代初，我的父母积极响应国家的号召支援大西北建设，远离父母家园，在甘肃默默奉献了三十年。年少时父母带我们回吴桥，每次都是来去匆匆，不及细观吴桥杂技。每次在甘肃看杂技表演，母亲都会说起家乡吴桥，母亲的眼里含着泪花，脸上都有了光泽。那时我并不理解故乡在母亲心里的分量，只觉得吴桥令母亲眷恋不已，因为这里有慈祥的外婆、知冷知热的舅舅。我觉得吴桥太远和自己没有太多的联系，上中学时看了电影《红牡丹》后，才知道那是一个令人自豪的故乡。

当年，台湾著名散文家、诗人、画家席慕蓉在踏上故乡的土地时，无限感怀"站在这芬芳的草原上我泪落如雨"。而我，浴着夏日的热浪炽风，身处静默美丽的大运河畔，则有了与席慕蓉相似的感受。吴桥，是否记得我这个把心系在您怀里的风筝？大运河，是流淌在广袤、富饶的河北大地上的河，是一条养育了吴桥 30 万儿女的河。这条河，也是在母亲心中流淌了 50 个春秋的母亲河。

以前看吴桥的杂技只是看个热闹。这次，吴桥的杂技让我领悟了其真正的价值和内涵。"世界杂技在中国，中国杂技在河北。"千百年来，吴桥艺人沿着运河走南闯北，直至走出国门，在扎根与闯荡中，悄然演绎了"没有吴桥不成班"的神话。2009 年，历经 22 年风雨的吴桥国际杂技节盛会召开之际我回归故里，终解思乡之情。今天，当我身上背着昨天的故事，脚下踏着岁月的尘埃，走在吴桥这片充满生机和活力的热土上，心情难以言表。

吴桥历代杂技人以苦为乐，在杂技中展现着他们热爱生活、热爱家乡的朴素情感。对吴桥艺人而言，生产生活中的一砖一瓦、一草一木、盘碟碗筷、桌椅凳梯、杆子、绳索、缸盆等，皆可信手拈来，都可以成为杂技的道具，变成杂技艺术的一个组成部分。

在吴桥观看杂技表演，近距离感受异彩纷呈的表演，近距离领略惊险奇绝的技艺，近距离听取杂技文化学者的演讲，心灵颇受震撼。大幕拉开，炫目的灯光亮起，随着欢快的音乐，一群英姿勃勃的姑娘和小伙子娴熟地展示着各自的绝技。柔美的身姿，优雅的造型，绝妙的技艺，让场内不断掀起激情的热浪。欢呼声、呐喊声、雷鸣般的掌声此起彼伏。

所有的目光在此刻聚焦，所有的心跳在此刻跌宕起伏。钻圈，如虎跃龙腾；跳绳，似凌空飞燕；蹬伞，花满舞台；投篮，翻转飞旋。节目时而惊心动魄，时而滑稽搞笑，演员一丝不苟，观众如痴如醉。我专注地看着那一张张自信的笑脸，看到熟悉的笑容，似乎听到了一声声深切的呼唤，那呼唤来自灵魂，那呼唤来自血液，不知道何时已热泪滚落。

早在 100 多年以前，就有 2000 多名吴桥杂技艺人走出国门，走向世界，足迹遍布世界 50 多个国家和地区，繁荣了世界杂技艺术。吴桥杂技不仅继承了传统的杂技文化与技艺，并且不断改革创新，它融入了更多人性的美、自然的美、民族的美。节目赏心悦目，雅俗共赏，既是力与美的结合，又有音乐与舞蹈的相融。

全县 470 多个行政村，村村都有杂技艺人，50 户以上的杂技专业村就有 110 多个。茶余饭后、劳动间隙处处可见一溜跟头、一溜顶技演练的场面。走进吴桥杂技大世界，在江湖文化城里惊叹，在杂技奇观宫里惊诧，在魔术迷幻宫里惊魂，在滑稽动物园中惊奇。那些古香古色的建筑环绕而立，无处不透着古朴与神秘。拉洋片、驯白鼠、独角戏、天桥把式、三仙归洞、鼻吹唢呐，那些只在电影里才能看到的江湖艺人表演，在这里随处可见。

吴桥人用质朴、务实、热情沸腾着多姿多彩的杂技生活，顽强地向着崭新的境界迈出了新步伐，创造了至精至美的艺术奇迹，为民族争得了荣誉。吴桥的杂技更贴近生活，那是一种人文的艺术、和谐的艺术。吴桥人知道，民族的才是世界的，只有植根于传统，打着吴桥印迹的古老技艺才能长盛不衰。可亲可敬的吴桥人，用自己的智慧与汗水不断地挖掘充盈着杂技艺术这条大河，那是一条流淌在每个吴桥人心上的长河！

我曾走过无数的河流山川，或大气磅礴，或小桥流水，或江南水乡，或北国大泽。然而，却没有哪一个能让我情意缠绵、刻骨铭心。吴桥之行，让我再难走出情感的迷宫。

2010 年 6 月

《岷州文学》春季版卷首语

我常常眺望远方，盼望着西北边陲的那抹新绿。岷州的春天终于姗姗而来，她穿着花枝招展的衣裙，唱着古老的民歌，走一程，唱一程，翻过白雪皑皑的千里岷山，蹚过碧波荡漾的洮河，终于走到二郎山下。

岷州的春天，被二郎山的"花儿"唤醒，歌声在洮河两岸此起彼伏，那是积攒了一冬的情话，被岁月酿成了醇酒，用岷山磅礴的肺活量火辣辣地唱着，唱哭了春天的云，落下一场又一场滋润万物的春雨。

绵绵春雨，是天地交流的情话，落在南山上，长出一坡坡黄芪；落在北山坡，长出一片片当归苗；落在山坳里，长成一畦畦党参、土豆。

当归、黄芪和党参是药圣的化身，从泥土里长出，汲取天地精华，又进入世人的血脉，活血化瘀，救死扶伤，在天地间轮回，生生不息。

绵绵春雨，是诗人写在《岷州文学》里的精彩诗句，悄悄地溜出书页，在人间仙游。洇染了人间烟火气的诗句，不再轻飘，真实而沁人肺腑。

《岷州文学》是人间的一片沃土，全国文人骚客在这里耕耘织梦，大江南北，长城内外，各色人才在这里相聚，碰撞出心灵的火花放射异彩。

你听，诗坛高地上爆响着声声惊雷；散文集萃里播撒心灵的慰藉；小说峰会演绎娓娓动人的奇妙故事；文学评论惊羡呼岩鸾独树一帜的精辟见地；古体诗词、校园文学、廉政清风，每个栏目都异彩纷呈，诗情画意，走向远方……

《岷州文学》不仅是书卷，她更是一座桥梁，是一道彩虹，她把岷州的故事推向天南海北，让世界认识岷州，走进岷州。她是人们精神上不可或缺的灵丹妙药，是岷州文化的标杆，也是一张使古老的岷州焕发生机、朝气蓬勃的亮丽名片。

在岷州，绕不开洮岷"花儿"的艳丽芬芳，那是被神眷顾过的千年民歌，它有着神奇迷人的巨大魅力，激荡着世人的心灵，代代相传，薪火不熄。

在岷州，我一次又一次被古老的"花儿"吸引，在二郎山听了一整天，仿佛失了魂；在人民公园的花会上徜徉了一整天，似乎落了魄；晚上，又在熙熙攘攘的街道花儿摊子上，迷醉忘归，神魂颠倒，咀嚼着一首首似懂非懂的"花儿"，随着小声哼唱，心旌摇荡。

在岷州，我中了情歌的蛊，把自己还原为百转柔肠的啊呕令，抑或扎心刺肺的扎刀令。我痴痴地唱着，唱哭了岷山，直到天边飘来一朵爱我的云。

在岷州，俊美的石头都会说话，它们在碧绿清澈的洮河里沉默亿万年，被能工巧匠的妙手雕刻成精美的洮砚，名列中国四大名砚，让这座古城浸染了浓浓墨香，馥郁芬芳。

在岷州，我被美食街的花馍迷住。岷州的婆姨真是巧啊，让馍馍开成五颜六色的花朵，大如玉盘，白牡丹、粉芍药，艳如桃李，灿若彩霞，香喷喷，甜丝丝，咬一口，甜到心里。

在岷州，老婆姨们三三两两坐在街边，晒着太阳，绣着鞋垫，胸有成竹，花鸟鱼虫呼之欲出。她们勤快了一辈子，老了依然闲不住，悠然地做针线，把牵挂绣在岁月的针脚上，那是古城抹不去的乡愁。

洮岷花儿、洮砚、当归、黄芪、党参、花馍、绣花老人，还有许多岷州特产，这是古城独有的符号，也是岷州不绝的人间烟火。

这个春天，突然思念起远在天际的岷州，想念那山，那水，那人。想用柔情百结的嗓音唱一首热辣辣的洮岷"花儿"，从华北平原一直唱到黄土高原，让我的心声化作绵绵春雨，浸润在《岷州文学》厚重的书卷里。

2022 年 3 月 23 日

第四章 · 花木

陌上古桑尚青青

初秋的清晨，当阳光从河堤那黛色的林带上照过来时，小村即变得温润而生动起来。小河、村庄、树木、花草从睡梦中苏醒了。鸟儿叽啾，秋虫长吟，安详的氛围如晨露浸润到田园的每个角落。

固安的杨家圈村美如翡翠雕琢的世界，小街两旁栽满桑树，疏疏密密，犹如绿色的长廊。手掌般的叶片晶莹青碧，新叶上纤细的绒毛就像婴儿的面庞，舒展柔嫩，抚在掌心，有着无以言说的惬意。秋阳透过枝叶，给地面任性地撒下一层碎银，人行树下有种梦幻的感觉，暑热顿时散去一半。空气中弥漫着桑树特有的清香，深呼吸，会让它充盈每个细胞。

城里街道旁大多栽种法国梧桐，高大葱郁也是有的，却有一种舶来品的怪味。总感法桐与人有距离，入诗，入画，难免带给人愁绪，却不如桑、柳等地道的本土树种来得亲切。小村一栋老宅旁有一棵树龄380年的老桑树，被村民视为神树。树高七八丈，耸入云端，枝繁叶茂，荫蔽整个庭院。远观，就像三棵大树，两支主干相偎着直抵天宇。树干粗壮黝黑，需要三个人合抱，树皮斑驳皲裂，犹如龙蟒的苍苍乌鳞，每一片鳞片都欲张合，争相诉说岁月的沧桑。

奇特的是旁逸斜出的长约三丈的侧枝，婉曲遒劲如乌龙横空，又似张大的怀抱，更像怀素苍劲的狂草，距离地面两尺盘旋生长。树干焦黑，布满瘢瘤，坚硬似铁，就像是一位历经沧桑的老人，腰弯背驼。枯枝上又生新枝，嫩绿的枝叶奋力拔起，挤出一米阳光，热烈又欢喜地生长着。这枝横生斜长的乌龙历经干旱、洪水、龙卷风、严寒、地震等灭顶之灾，最终都咬牙挺住。庞大的身体被主人用木桩支撑，饱受摧残的卧龙，却长成了别致的风景，引得无数游人驻足赞叹。老桑树的叶片比普通的桑叶小一半，墨玉般的叶片有了岁月的包浆，油润苍劲，龙爪似的叶脉里流淌着远古的气息。古枝叶黛绿沉郁，新枝叶翠绿柔嫩，高处的承接更多的阳光，叶片肥厚油亮，背阴的叶子稀疏青碧。置身在丰茂的桑叶间，真想变成一只蚕宝宝，美美地咀嚼天地的精华。

想必每年谷雨前后，碧绿的枝叶间会爆出红玛瑙似的桑葚，幼果青绿，如同白胖的婴孩躲在翠帐里酣睡。玫红、粉紫、紫红、黑紫，桑果一天一个颜色，惹得村上的孩童流连树下，骑在枝丫上搜寻着，胖乎乎的小手摘下紫玉，一把一把地塞到嘴里，蓝紫色的果汁流满嘴角。那贪吃的憨相，那甘甜的味道，还有树下被桑果晕染的泼墨画般的蓝印紫痕，怎不令人怀念。

固安古称方城，地处京畿，自古就有种桑养蚕的传统。孟子曰："五亩之宅，树之以桑，五十者可衣帛矣。"我国是世界上种桑养蚕最早的国家，在商代，甲骨文中已出现桑、蚕、丝、帛等字形，桑是宗庙祭祀的神木。"桑梓之地，父母之邦。"古时，有村落的地方，遍植桑树、梓树，"桑梓"便成了中华民族故乡和乡愁文化的代名词。据史料记载，三国时，魏国将军杨秋之孙灭蜀后，远离庙堂之争，带回8棵桑树，率子孙及部下，在此隐姓埋名种桑养蚕为生。明末清初，杨氏家族在此建村，现仍有古桑树10余株，杨家圈村近400年间种桑养蚕，相沿成俗。

民间有着这样的传说。在一个春日，阳光温柔地照着小村庄，一阵喜庆的鞭炮声中，从一顶花轿里走下一个顶着红盖头的新娘。丰厚的嫁妆里有两株用红绸包裹的青枝绿叶的桑树苗，还有一盒沉睡的蚕茧。这两株桑树在她和家人的呵护下茁壮成长，历经磨难，两株树相依着，根在地下紧紧地挽在一起。女子把桑树和蚕带到这个村子，也把采桑、养蚕的技艺教会了村民，改变了祖辈土里刨食的单一劳作方式。遍野的桑树，仿佛碧绿的长河，慢慢地流淌进人们的骨血，智慧、诗意、勤劳融入这方儿女的灵魂里。家家户户都在养蚕，每天天不亮，男人去地里劳作，女人打扫蚕房，孩子们挎着篮子采桑叶，新鲜的桑叶带着露水，放在竹匾上晾干。竹匾层层叠放于木架上，洁白的小蚕安卧在翠叶中。人们昼夜不断撒叶喂蚕，甚是辛劳。万籁俱寂的时候，蚕儿仍在不知疲倦地啃食着桑叶，"沙沙沙"，就像一阵微风吹过来，又像一阵风吹过去。"沙沙"声里，人们涤去了身心的疲惫，剩下满心的期待。

村民把桑树视为亲人，老奶奶临终时再三叮咛儿孙：老宅子不许卖，老桑树不许砍伐！"靡瞻匪父，靡依匪母。"这棵母桑树不断生枝散苗，它的儿孙遍布了整个村野，绿遍街巷，果满庭院。它的枝叶上落满孩子们的期盼，它是无私的母亲，敞开怀抱哺育着苍生。20世纪三年困难时期，遍野的桑叶、桑葚，救活了全村的百姓。大炼钢铁时期，许多村子的古树化为灰烬，杨家圈的古桑树却安然躲过劫难。随着社会的发展，农耕文明过渡到工业时代，种桑养蚕这一古老的生产劳作被遗忘，童年有趣味的桑田生活，也一并走远。

近年，大城市的人去乡野购买古树，打造新城的古旧气息，多少商家盯上了这棵古桑树，却丝毫没能撼动杨氏的家训。村民都说杨家人丁兴旺家风好：耿直、淳朴、孝顺，此家风带动村风，祥和、友善、勤劳。"离乡何事亦来此，令我生心忆桑梓。"随着时代变迁，宽敞明亮的四合院取代了低矮的茅屋，平整的街道取代了泥泞的土路，小村已不是旧时的模样，只有那遍野的桑树依然郁郁葱葱，那棵古桑树依然生机勃勃。

桑是蚕的生命之源，它养育了生命，是母亲的象征。"维桑与梓，必恭敬止。"村里有婚丧大事，车辆都要在古桑树前驻留，游子辞别爹娘后，不忘与古桑树话别；浪迹天涯的游子归来时，拥抱古树，眼含热泪，嘴里喃喃低语："娘，孩儿回来了！"

2018年9月

参天古柏有神韵

清朝初年，时任剑州知州的乔钵走过崎岖凹凸的金牛蜀道上，手扶瘦皮鹤骨的参天大树，感慨万端，欣然作诗云："……两旁古柏植何人？三百里程十万树。翠云廊，苍烟护，苔花荫雨湿衣裳，回柯垂叶凉风度。无石不可眠，处处堪留句。龙蛇蜿蜒山缠互。……休称蜀道难，莫错剑门路。"诗传后世，诗传美景，翠云廊也由此得名。斯人已去，今人却不能错过那剑门古蜀道上的古柏林，虽历经两千余年的风雨，依然葱茏劲秀，浓荫蔽天，绿荫如盖，像一道延绵不绝的翡翠长廊。

翠云廊驿路古称剑州路，民间又称"皇柏大道"，所植之柏为"皇柏"，亦称"张飞柏"。我曾在电视上看过这片与张飞有关的古柏林，有些惊讶与期待，如今身临其境，沉浸在深深震撼中。黄昏的景区格外寂静，翠竹依依，野花盈盈，鸟鸣啾啾。穿行在一段半环形的坡路上，小红玉般的火棘这一丛，那一簇，让沉寂的山林多了几分俏丽。

风中一股淡淡的柏香飘来，传说中的古柏揭开了它们神秘的面纱。那片古柏林突现眼前时，我还是愣住了，看过不少原始森林，却从没有看过像巨大的桥墩一样粗壮、挺拔入云的古柏，我有些不敢相信自己的眼睛。参天古柏排列有序地挺立着，如静待检阅的仪仗队，近看有的相依相偎如同恩爱夫妻，有的分出三枝好比桃园三结义，还有的两棵枝干扭结着生长，该是肝胆相照的好兄弟促膝谈心，还有旁逸斜出的阿斗柏、望乡柏、石牛树、仙女树等，各有风采，树如其名。

独树一帜的一株张飞柏，也称剑阁柏，树干笔直修长达29米，有十层楼房那么高，几个人拉手才能围过，虽是柏树，却又具备松树的特征，线状的树皮裂纹，椭圆的松果，最奇特的是近20米的树干上不长枝干。张飞在阆中做太守，军政往来频繁，为沿路遮阴方便往来，他命令士兵和当地百姓沿蜀道植柏树。传说有天夜里，玉皇大帝在梦里钦赐张飞松柏两棵树苗，醒来他捏着树苗一路狂奔到古驿道，竟然把两棵树苗捏得黏连成一株。栽种后无水浇灌，猛张飞大吼一声在地面连击三拳搞出一口汩汩冒水的小井，柏树有了水源浇灌，那井就成了"张飞井"。张飞以忠勇著称，留下这么一棵松柏同体的大树，似乎有某种暗合的玄妙。

张飞柏的传说与井水一起流淌着，漫漫三百多里古蜀道上的柏树，每一棵也都长满了故事。古蜀道历史上有过6次大规模的种植。第一次是秦始皇修建阿房宫，对蜀中的古树大量砍伐，为了平复民愤，下令在全国的驿道旁大种松柏。第二次便是张飞号召栽种。第三次是东晋时，剑阁的民众在古驿道旁栽"风脉"柏树。第四次与杨贵妃的"一骑红尘妃子笑"的传说有关，为确保荔枝鲜美，唐明皇下令沿路补栽，使皇柏大道初具规模。此后的北宋时期，宋仁宗诏令"每年栽种土地所宜林木"。明朝，"以石砌路，两旁植柏数十万，今昔合抱，如苍龙蜿蜒，夏不见日"。翠云廊从此形成了宏伟规模。

1935年修筑川陕公路古柏破坏惨重，蒋介石一怒之下发出"砍伐皇柏者枪毙"的禁令。新中国成立后，人民政府对古柏非常重视，制定保护条例，给古树编号登记，严加保护，使得古柏历经千年风雨后，依然郁郁葱葱荫庇子孙。同样是树，不同时代有着不同的遭遇，演绎着不同的故事。翠云廊古柏在兴衰里走过二千年的岁月，更弥足珍贵。

夕阳斜斜地透入林间，给遮天蔽日的古柏镀上一层金色光晕，更添几分神秘。抚摸着古柏铠甲般粗糙的纹理，我把耳朵轻轻贴着这岁月的刻痕，似乎听到古柏那强有力的心跳，静静接受来自远古的生物密码，一种力量缓缓注入我的血脉。光线渐渐暗下来，寂静的古柏林愈加阴森可怖，神秘莫测，似乎每一株树都在用深邃的目光盯着我，令我的心突突地跳。

"问余何事栖碧山，笑而不答心自闲。"阅尽世间风云，经历沧桑巨变，古柏树早已修得一颗云卷云舒自在心。我们来或不来，古柏都是这里的主人，但庆幸的是我来了，在风烟散尽之后。

　　驻足在形态各异的古柏树间，瞻仰着那结义柏、夫妻柏、隆中对柏、姊妹树、罗汉树、观音树，抚摸着那白象吞石树、状元柏、帅大柏、寿星树，一边感受着自己的心跳，一边竖起耳朵，听沙沙的风声把它们的故事一再传说。

　　"参天古树云蓑衣，一路新绿问心堤。"如果真有来生，我最想化作一棵翠柏，长在这剑南蜀道旁，于时间的荒芜里静默，傲立在历史的长河里。

2015 年 6 月 26 日

河畔苍苍十果园

大城的原野辽阔又安宁，就像一幅徐徐展开的棋盘，不时闪过农人劳作的身影，犹如五线谱上的音符。汽车奔驰了许久，依然没有走出这幅画卷。路旁的杏花、桃花半开半谢，满地香雪，半坡嫣红。雪白的梨花，金灿的黄刺玫，串串紫藤花追赶着桃杏纵情绽放。

田野茫茫与蓝天相接，让人仿佛置身于新疆广袤的沃野，随着城市化工业化的推进，各地的耕地面积在不断缩水，大城能守住这样的辽阔耕地，着实让人惊叹。

大城，历史悠久，文化底蕴深厚。春秋时期因地域广袤平坦而得名徐州，西汉置县，民众平和宽厚，始称平舒县，五代时改为大城，取威烈之义，义彰武功，显示城防坚固。大城自古人才济济，古迹众多，燕赵古长城、秦始皇幼子墓、汉参户故城遗址、齐圪垯汉墓、姜太公钓鱼台等一起聚集在这片土地上。

细雨笼罩的子牙河畔，祥和又静谧，喜鹊喳喳，燕雀唧啾。九高庄村似乎还在沉睡，远远地看到堤坡下的一棵古桑树，张着手臂欢迎着远客。按捺不住内心的激动，人们飞奔过去观看拍照，与古树一番亲热后，满怀期待地爬上堤坡。

眼前突现一片只有在远古时期的画面里才能看到的古木，每株胸径达半米，高十余米，树冠二三十米。这是一群有个性的铁骨古桑树，傲立于岁月的河畔，仿佛一个个不屈的灵魂在呐喊，在奔跑，在叹息。刚才还在嬉闹的人群，突然缄默，仿佛被雷霆骤然击中，又似被树仙点了穴，空气在那一刻凝固了。

这是一片有着300余年历史的"文达公十果园"，据说是纪晓岚家的果

园。纪昀，字晓岚，清朝大学士，谥号文达，世称文达公。他祖籍沧州献县
崔尔庄，从子牙河、北运河来往京城，路过此地，见这里土壤肥沃，适宜栽种
果树，便买下这片园子，栽种大量的桑树、枣、苹果、杏梅、桃、核桃、杏、
梨、山楂、柿子、葡萄等十种果树，古称"十果园"，果园北的大高庄迁来几
户看管园子，演为小高庄。果实丰收，走水路两三天到京城，走土路半天到他
的老家。果树最多时，枣树数百棵，每年夏秋季，果实累累，园林飘香。古时
的桑树也有数百棵，现存树龄 280 年以上的古桑树 10 余棵，静静地伫立在子
牙河畔，似乎还在翘首盼望它的老主人纪晓岚来此乘凉。

岁月流转，朝代更替，后来纪氏中落，十果园卖给了河间的崔家。清同
治年间，崔家衰落，果园转给河对岸的五品官员李家，李家迁来几户，称九
宫格小房子。1945 年，二村合并，名为九高庄村。世事更迭，繁华渐落，何
处笙箫阒？历经朝代的兴衰，在硝烟里，在日寇的铁蹄下，在历史的夹缝里，
十果园战战兢兢活了下来。看惯世态的炎凉和悲欢，成为农耕时代的活化石。

这些老桑树定是从怀素墨卷里跑出来的狂草，枝干遒劲，骤雨旋风，旁
逸斜出，气势甚是逼人，有着难以言传的意味。有的树被雷劈去一半，看似重
心不稳，却依然咬牙挺立着，舒张的手臂，仿佛在和岁月握手；有的树身已匍
匐在地面，被村民用木桩支撑着，依然枝挺叶密；有的树被狂风折断一半，断
裂处结成一个瘢瘤，有皮相连，苍苍老枝嫩叶簇簇；有的枝干被岁月的利爪掏
出或大或小的洞，那空洞仿佛在张口诉说，这块土地的风云变幻，更像历史的
眼睛，见证着岁月的丰盈与饥瘦。

风从河畔吹来，从老桑树的枝叶间穿过。一天天，一岁岁，风雕琢着树
的形，树捕捉着风的影。狂风拍打了树的前心，又锤了它的后背。老桑树们手
拉着手，相互鼓着劲儿，跌倒了爬起，站起又摔倒。折了胳臂，扭了腰，一番
剧烈地咳嗽，吐出咬碎的半截牙，挺了挺弯成弓的身子，猛吸一口气，把根向
地心深处扎去。

有的树干被风吹弯，却像地龙一般贴着地面蜿蜒盘旋，和村庄一起积蓄

力量，等待着一飞冲天。有的枝干一波三折，在地面拱成一道门，翠枝拢着阡陌，好似岁月之门，连接着村庄的前世和今生。

这是一种会跳舞的树。数百年的风霜雨雪，扭曲、压弯、折断了它的枝干，受尽岁月的酷刑，它却在凄风苦雨里修出灵魂的禅香。你看，那折弯的枝干，多像双手捧起的哈达；那盘旋向上的枝干，多像挥舞的彩绸；那直插云霄的枝干，多像青衣甩出的水袖；那匍匐于地上的枝干，多像虔诚的信徒。

古桑树，颠覆了我对树的原有印象。高大，壮硕又倔强，它们以肢体语言诠释着生命的平凡和伟大，在这块土地上艰难而又自在地生活着。不以物喜不以己悲，就像这片土地的人民，勤劳又淳朴。抗日战争时期，日本侵略者实行三光政策，在大城的西子牙、八方、八里庄、安庆屯等村庄制造了多起屠村灭门惨案，村中青壮年男人几乎被杀光，却让这片土地上的人们愈加团结和顽强，生出树一样的不死精魂。这是一片神奇的土地，生长着勇敢和善良。古桑树是华北平原的胡杨，活三百年不死，死三百年不倒，倒三百年不朽。微风里，桑叶沙沙，仿佛在诉说着燕赵悲歌。

树，是自然界的智者，它是与语言文字、文物并行的人类第三部史书。人类结绳记事，它却结瘤记事，苍苍的树皮，疏密的年轮，都在无声无息却真实地记录着时间的履痕。树，是捕风捉影的高手，记录下风的形。树无足，却从远古一路跋涉；树无口，却在无声地诉说着世间的沧桑；树无心，却在回报着每一缕阳光、每一滴雨水的恩泽。

细雨呢喃，在翠玉般的嫩叶上低吟着佛号，一花一世界，一叶一菩提。玉叶宛如一颗颗纯净的心挂满枝头，随风摇曳，那是谁的心事呢？迷蒙的烟雨中，隐约有一行人影走来，莫不是纪晓岚转世，抑或千古功臣张学良，诗传千古的刘湽年，是文韬武略的孙毅，还是那些无名的抗日英雄？

细雨亲吻着老桑树，油亮的叶片上滚动着晶莹的雨珠子，循着叶脉，汇入树心。叶片间，爆出一个个绿宝石般的桑葚，柔润、小巧，仿佛少女娇嫩的乳头，清新的气味中似乎还带着体温呢。"桑梓之地，父母之邦。"这些古桑树，不忘树的本分，春来叶青青，盛夏果盈盈。自古，桑梓就是家园的象征，这些古桑多像村庄的母亲，默默守护着那缕乡愁。

子牙河畔，泥土松软湿润，像柔软的绒毯，踩着松软的泥土，内心的坚硬似乎变得柔软。雨滴偎着枝叶钻入泥土，桑树传递着天地间的生命密码，连接着人与宇宙。无边的静将我弥漫，玉磬般的鸟鸣和着沙沙春雨，化作绿潮缓缓漫过我的心。依着桑树，我感到人与树的暖意，犹如孩子对母亲的依恋。触摸着它那皲裂成鳞片的黝黑树皮，似乎感觉到它那强壮有力的心跳。一股从远古流淌而来的血液涌入我的脉管，充实了我的身心，心渐渐安适。

遥想当年，纪晓岚也曾坐在这些树下品茶、读书。桑树邂逅大学士，沾染了书香，生枝散叶，开花结果，鲜果坐着船来到京城，化成文字走入《四库全书》，走入历史的长河，何其幸运。

"维桑与梓，必恭敬止。"桑树，是村上的桑娘。这片土地养育了桑树，也因桑树而有了传奇。孟子曰："五亩之宅，树之以桑，五十者可衣帛矣。"桑树养活了小村庄，人们过着采桑养蚕、晴耕雨织的生活，勤劳快乐又自足。初夏时节，树上，树下，挤满了孩童，骑在枝丫上，大把大把地采食着，白胖的嘴角留下了一抹紫痕。熟透的桑果随风落在地上，就像母亲那胀满的乳房溢出的奶汁。树下落满深深浅浅的小脚丫和紫痕，如同一幅童年的漫画。

大城河流众多，土地肥沃，尤其林业资源比较丰富，百年老树很是寻常，千年的老槐树并不稀奇。慈禧太后身边的大红人李莲英的老家就在大城，他掌握着宫中生活用品的采办，家具、服装、果蔬等必需品，大城是首选。大城得天独厚，再加上工匠们超凡的木工技艺，一件件巧夺天工的红木家具，一套套精湛绝伦的红木用品，随着李莲英坐着船走入京城，步入北方的豪门大院。打开京津上层社会的市场，大城工匠的技艺和审美日益精湛。天长日久，大运河、子牙河成了北方的"丝绸之路"。

树木不光养活了这些土里刨食的人儿，也给这方土地挣足了面子，博得"中国京作古典家具之乡""天下第一集"等盛誉。树木是大城百姓的亲人，修路，铺桥，建房，每遇大树，都要绕着走，如此，才有了今天我们看到的这些古桑树，虽然现在结果率很低，人们依然像敬重老祖母一样呵护着古树。古树是村庄的腰杆，有它们护佑着，再大的磨难，人们也不会低头折节，再大的风也吹不散人心。人是行走的树，走多远，地下的根脉总是相连的。

子牙河畔的古桑叶青了又黄，枯了又青，树下的小脚丫，换了一批又一批。老去的是时光，这片老桑树依然年轻着，根部钻出一丛丛小桑树芽，青青小草，点点野花，犹如小弥撒坐在老树下，轻诵经卷。在风里，在雨里，它们寂静生长，默默等待着游子漂泊归来。

静默古树下，我的脑海里浮现一行诗句："漂泊，在这些涌来的波涛，不会撼动他的根基，即使在最遥远的'漫游'里面，他仍然保持本色。"

2019 年 4 月

银杏树下的秋日

秋天落在地上，一脸金黄，那安然的脚步，如在云上。这是一段凝固了的时光，更是一场视觉盛宴。秋末，应朋友相约，去京城两处银杏大道赏秋。

秋阳透过银杏叶，滤出了一叶叶金灿灿，懒洋洋地抚摸着快乐的人们。悠闲、祥和、恬静，久违了如此静美的画面和心境。和自己的心在一起，无忧亦无虑。静看时光的划痕，触摸岁月里那无言的静美。漫步在黄金大道上，我的脚步与心一起变得轻盈，不忍踩踏，却又不忍拒绝落叶的深情，总是脚尖点地，轻迈莲步寻觅在秋叶的空隙，好奢侈的幸福大道，好深情的爱意。

银杏树，也叫活化石、子孙树，它有着超乎寻常的生命力。迎宾大道边的银杏树高大挺拔，两个人才能搂抱过来，看它们的树尖又要仰首向天。银杏树很是奇妙，它的叶片不光生在枝干上，有的还在皲裂粗壮的树干上秀出，褐色的树干上冒出娇嫩的叶片，有一种含蓄的诗意之美。也许就是因为它超强的繁殖力，才让它在优胜劣汰的大自然里立于不败之地。不要小看树木，它有时比人更懂得自然之道，要想生存，那就要顺从自然，努力改变自己。

巨大的树冠遮天蔽日，银杏叶大多已经变得金黄，小扇般娇俏油亮而郁郁葱葱。背阴处的叶子有的依然青绿，有的却半黄半绿，还有的就像姑娘俏丽的绿裙上绣着金边。细读金叶上那清晰的叶脉就像在触摸时光的足痕，那是时光写给大树的情诗，或深或浅的叶脉里有着或浓或淡的悲欢。

每一片都是一阕小诗，每一页诗篇都有着独特的情韵。每一棵树，都是有呼吸有温度至情至善至美的爱的传奇。微风拂过沙沙作响，大道上不时飘金落黄，我伸手去接，那或许不是叶，那是秋心，那是通往童话的明信片。聆听那美妙的天籁，我有了短暂的失神，那熟悉的沙沙声又把我带回远去的童年，

123

故乡春日的黄昏，我依偎着奶奶坐在杨树下，清风翻动着小画册，不知不觉也带走了我那简笔画般的童年，还有奶奶的呢喃。

大道上熙熙攘攘煞是热闹，三三两两的情侣，相拥着，嬉闹着，不断地变换姿势拍照，爱意写满明眸和红唇；三口之家更是这一组，那一丛，妻子领着蹒跚学步的幼儿，丈夫捧着相机或站，或蹲，或卧，嘴里喊着："宝贝，看这里！"小夫妻眼里的温柔，似乎能把人融化呢；银发伴侣占了游客的一半，退休了，终于尽情享受生活，身着彩衣的古稀老人相互搀扶着，精神抖擞地哼着小曲，也在不断地抓拍着精美的瞬间；大妈们虽有大腹便便者，却穿着亮丽的衣裙，做出小女儿般超萌的动作，还不时地变换着纱巾、彩扇、帽子等道具，老伴也在一旁心满意足地笑盈盈，就像欣赏一幅画。时光无情，青春远行，却夺不走他们对生活的热望，青春的艳丽褪去，却给了灵魂沉静与高贵。

走过嬉闹的人群，青石板上有一双五龄孪生姐妹身着红衣，正捧着小本子专心致志地描画着。忍不住走过去打量，原来姐妹俩在为银杏树画速写。虽然线条还很稚嫩，但寥寥几笔已经勾勒出树干的形状。她们的母亲安静地站在一旁默默地注视着，目光中满是疼爱与欣赏，竟让人心生几分妒忌呢。人们不失时机地抢拍着，小姐妹却旁若无人地描画着。可爱的孩子，你们是多么幸福啊，遇到一个懂得爱，懂得生活的母亲，在美景里学习，不光绘画了美景，也把自己植在美景里。今天这个日子，在孩子们今后的人生里注定是一个金色的日子，灿烂的阳光亮丽了孩子们幼小的心灵。

幸福的孩子，幸福的母亲，幸福的人们，沉浸在这段悠闲的时光里，如蝶，如鸟，亦如飞鱼。

大自然无私地奉献着一切，从春到秋，总是给我们美，给我们爱，给我们以启迪。爱，就要热烈，毫不保留地奉献。即使到了离去的时刻，也要笑容灿烂地凋谢，如云，如雪，亦如羽。银杏树如人睿智，人却不如它们豁达。

在平淡的岁月里，邂逅银杏叶在秋阳里舞蹈，平静的心海荡起几丝暖流，蓦然间潮湿涌上眼角。生活里随处都有诗，亦无诗。当白雪乘风而来，随风离去，为何那一行足印，却像镶嵌在大地上的一片痴心。

2013 年 10 月

雨夜卧听萧萧竹

总感觉竹是人类的近亲，无论诗书画乐，还是红尘烟火，都有她的身影。文人墨客，爱竹如痴，岁寒三友、四君子，诸多美誉都有竹的一席之地。竹，青碧挺秀，谦谦君子，不张扬，不惹眼，在风中，在雨中，静默着，以笔做桥，以墨为媒，在书画里低吟浅唱。

竹在远古时期，是仙家遗留凡间的精灵，有着荷的出尘不染，有着鸟儿的婉转歌喉，她无足，却能游走天上人间，登得厅堂，入得厨房，书房、柴房，都有她的足迹。青青翠竹，平凡却不平庸，板桥恋她，如痴如醉，诗中，画中，枝叶婆娑，你看她那歪歪扭扭乱石铺街的板桥体，定是那老竹，新竹和嫩笋，在书卷里相约品酒赏月，或婷立，或醉卧，或舞蹈。

苏东坡更是爱竹如癫，"宁可食无肉，不可居无竹"。左手诗卷，右手美食，都不可辜负，他的东坡肘肥而不腻、粑而不烂，穿透千年的时光，依然"禾草珍珠透心香"，令人垂涎，他把生活做成文学的盛宴。满腹诗书的苏东坡一次次遭遇流放，他把内心的孤寂，做成美食，那馨香如同佳人默默地陪伴着他。可是，与竹相比，这些都变得无关紧要，不可居无竹，竹，是诗意的妻，是他灵魂歇息的地方。月光如水的夜里，邀几知己，在竹下品茶、赏月、作诗、弄箫，何其惬意。

东坡一生跌宕起伏，再大的风浪，也没能打弯他的腰杆，与竹相伴，他已修了竹的风骨，在仕途的风浪里有了竹的悠然与淡泊。《念奴娇·赤壁怀古》中"大江东去，浪淘尽，千古风流人物"，苏轼兀立江岸吊古怀今，以非凡的笔力，极大的气魄，把倾注不尽的大江与名高累世的历史人物联系起来，给人以极为广阔而悠久的空间背景，抒发自己官场沉浮压抑已久的澎湃心潮。

竹是他撬动诗词的杠杆，是他搅动三江水的长篙。人与竹久处，不知不觉融入竹的傲骨与才情。

竹与人的亲近，似乎打通了情感的任脉，变得能言善歌。经过一双妙手的打磨，竹出落成精巧的竹笛，与唇相亲，与风缠绵，笛声悠扬，一下又一下，敲打着心房，情之溪流，从笛孔奔涌而出，淌入另一颗多情的心房。竹笛清丽，动情，犹如青春少年，散发着朝气与活力，剥去红尘的沉重，那一刻，人又做回无忧的青竹。

月色朦胧，竹林深处飘出悠悠箫声，那是看尽红尘潮涨潮落的中年人，没有了年少的轻狂与孟浪，独坐月下，满腹心事与竹倾诉。红尘的喜怒哀乐，在悠长的竹心里纠结着，消融着，如泣如诉，在竹影里箩筛，在月光下梳理。人，生来孤独，更多的时候，只是需要一个听众。一番诉说，释放了内心的块垒，轻吁惆怅，幽叹一口长气，像竹一样给心灵留出空间，把心事凝成琥珀，化成天籁，悠悠倾诉。

人有七情六欲和老少，竹亦然。你看短小精干的竹板，声音洪亮又清脆，多像快言快语的顽童，语调高亢，节奏欢快，催人奋进。劈开的竹，没有半点城府，心直口快，语言犀利，如刀似剑。孩童喜欢热闹，爱扎堆，童言无忌，直刺要害，虽然没有笛的浪漫，箫的缠绵，却是热辣辣的，烫心暖肺，令人欲罢不能。

同样的竹，做成不同的乐器，就有着别样的感情和语言，就像人，处在不同的环境，就会有着不同的性情和机遇。竹是羽化的人，人是会行走的竹。竹在树木中，最是优雅和多情，它定是带着前世的记忆，总是忍不住靠近人类，就像聊斋里的小狐仙，不由自主地恋上了红尘里的人儿，为他痴，为他醉，为他魂牵梦绕，化作竹楼，做成器具，变成箫笛，煮成美食，亦无悔。

说起竹，总让人联想起洞庭湖中的君山岛，"遥望洞庭山水翠，白银盘里一青螺"，岛中那一片神奇的湘妃竹林，碧绿挺拔的枝干上，嵌着点点泪痕。晋张华《博物志》："尧之二女，舜之二妃，曰'湘夫人'，舜崩，二妃啼，以涕挥竹，竹尽斑。"舜帝关心百姓疾苦，去南方斩除恶龙后病逝。两位妃子久盼不归，一路寻找到君山岛，听到舜帝去世的消息，扶着竹子日夜痛哭，哭得肝肠寸断、山河失色，血泪落在竹子上，仿佛烙痕一般，终于两位妃子悲伤过度，香消玉殒，化作了这片湘妃竹林。微风拂过，竹叶沙沙，仿佛风的呜咽，又像两位妃子在呢喃细语。

君山岛的湘妃竹真是奇特，上面的斑纹有的像泪滴，有的像指纹，似乎还带着体温，仿佛二妃刚刚离去。翠竹只有长在这里，才有泪斑，点点斑痕宛如天使之吻，给这方翠竹以灵性，精巧，美雅，令人一见倾心。

原来君山岛有一种独有的真菌，是它给竹子绣上斑斑泪痕。自然界真是神奇，原本竹子被真菌侵蚀，滋生斑痕，是一种病竹，却令竹有了独特的美，就像被上帝咬了的苹果。审美的角度不同，就会看到不同的风景，人无论置身于何种境地，只要不放弃对光明的追逐，努力内外兼修，就能活出自我。

不知何时，春雨悄然飘落，亲吻着竹叶，仿佛妃子的热泪，一串串，一把把，落着，落着，雨丝在竹林里斜斜地编织着雨帘，那是妃子前世淤积的相思啊。晶莹的雨珠子轻轻挂在竹叶上，在微风里轻颤，好似妃子的项链，雨是她前世的泪珠。竹竿上的泪瘢在雨水的浸润下，油润又细腻，仿佛一个个心结，等待着心上人的开解。

竹林里有一对对恋人在徜徉，竹枝上拴着许多随风飘摇的红丝带，那是恋人们山盟海誓的信物。这片竹林，生长着刻骨的相思，见证着爱的悲欢离合，火热的誓言钻入竹心，长成葱郁的枝叶，每一阵微风拂过，枝叶沙沙作响，仿佛在默诵着恋人的誓言。

"问世间情为何物，直教人生死相许。"爱是人世间最美好的情感，因为有了爱，世界才有了色彩。爱本纯洁，沾不得一丝杂质，可是，当今的爱情掺入了太多的物质元素，车子、房子、票子，成了爱情之路上的一座又一座大山，甚至有人说宁可坐在宝马车里哭，也不愿坐在自行车上笑。恋人们都渴望着天长地久，可是，从都市到乡村逐年上升的离婚率，让人焦虑。当代的年轻人，思想开放，个性自由奔放，宁可分手，也不愿放弃自我。

雨后的竹林，愈加青碧，点点斑痕，宛如一个个惊叹号，默默祝福着天下有情人终成眷属。缕缕丝带在风中摇曳，犹如一条条写满誓言的经幡，一遍又一遍吟诵着。雨滴在耳畔低语，诉说着那些永不老去的故事。一个个小竹笋破土而出，竖着小耳朵，聆听着情的低吟，爱的呢喃。

烟雨迷蒙的竹林里，走出了一对对相偎的有情人，那如花的女子，会是前世的妃子吗？那玉树临风的男子，是那忠于爱情的汉子吗？

"今日南风来，吹乱庭前竹。"竹是前世的人，人会是前生的竹吗？曾经竹与人亲密无间，人们的衣食住行都离不开竹，从前的南方乡村，家家有一处翠竹环绕的庭院，竹林滤去了红尘的袭扰，身心在竹林里吐故纳新，于无声处，释放并修复了身心的伤痛。随着农业社会向工业社会的过渡，竹林离我们的生活越来越远，退到公园的一角。每个人的心上都有一处葱郁的竹林，灵魂在这里栖息，游走于欲望之河的人们，不知不觉迷失了心上的竹林。

竹的身上，儒释道三教相融。谦和、儒雅、耿直、坚贞、睿智是竹的品性，更是人当具备的品格。"莫听穿林打叶声，何妨吟啸且徐行。""回首向来萧瑟处，归去，也无风雨也无晴。"愿我们守住心上的竹林，何惧岁月的风霜剑雨。

2019 年 5 月 28 日

千顷碧波千顷荷

盛夏的微山湖是一幅大写意画卷，连绵不断地展开。游船缓缓地游弋着，与荷叶亲昵得相挨而过，携带着荷花的清香荡进荷园深处，船滑行一个多小时，依然没走出荷的怀抱。

含苞怒放的荷一朵朵由近及远依偎着蓝天，看过无数的荷园，进入如此浩渺的荷的世界还是第一次。湛蓝天空拥抱着碧玉般的湖水，就连云朵也潜入水中欣赏自己的倩影。

一幅水墨晕染的丹青，便如此层次分明地摊开了画卷，人在画中，就像不经意间推启了一扇心窗，喧嚣的世界在那一刻宁静、虚无。而自己，亦如烟、如尘、如风。一半化为青荷，亭亭玉立与荷丛相依；一半飘在花香里，默默地擦拭着心镜上的时光之痕。荷在这里，我在何处？

荷，"出淤泥而不染，濯清涟而不妖"，实乃花中仙子。悠悠千年一直是画家、诗人笔下的最爱，但是再妙的圣手也难以画出这仙子的灵气。看到荷，心底的燥热与杂念在一点点消散，淡淡的花香将我萦绕。贴近荷，呼吸瞬间变得清爽。目光如手，温柔地轻抚着青荷，轻抚着碧玉裙，就连轻晃的水纹也一一抚慰。我品读荷，荷亦在轻抚着我，不知不觉中，心上的褶皱也似乎被荷香抚平。

碧水湛湛，荷叶层层，为鱼虾擎起一抹清凉。顷刻间，我的心波上也有了一叶翠伞。微山湖的荷花不同于普通池塘里的，这里的荷植株粗壮，叶盘大如小伞，花头硕大紧实，肆意怒放。荷叶青碧油亮犹如莹润的翠玉，由叶脐向四周蔓延出几条网状的筋脉，就像荷的脉搏，汇流着千年不变的清气。荷叶婆娑，在微风里舒展着身姿，半展的荷叶娇俏可人，叶脐中间舒展约两寸宽，两边卷起，就像西班牙斗牛士的帽子。刚钻出的叶芽如同一枚簪子，斜斜地插在水面，就像一帘卷起的幽梦，等待清风的叩解。看似温柔的青荷也有刚毅的性情，荷叶的梗粗壮挺拔，小刺密密，摸上去有些刺手。这里的荷自有着刚柔相济的风姿。

七月的荷甚是娇艳，碧叶间一枝枝玉茎擎起粉翠花苞，犹如一支支沾满色彩的画笔，为荷园倾情写意；亦如束束即将闪亮的火把，燃烧着生命的激情。盛开的荷花更如精雕细琢的玉碗，花心孕育着嫩黄的小莲蓬，莲座缀满鹅黄色绒线的花蕊。花瓣均匀地分开，逐层仰开，脉络清晰可见，颜色由尖至根逐渐淡下来，就像仙子淡彩的纱衣。微风里花瓣摇曳，如同仙子的凌波翩跹。微风也给了荷花飞翔的翅膀，花瓣随风脱离了花茎，恋恋不舍地旋转着飘落，落在荷叶上，荷叶是它们的摇篮，它们会轻轻依偎着婴儿般酣睡，游人怎忍心惊动它们的好梦。花瓣在湖面飘起，淡香也在湖光里，忍不住深吸起来。蜻蜓把落红当成了小船，随着水波轻摇。飘零的花瓣是夏的红唇，鲜鲜地恋着阳光，亲吻着湖水。于是，这个盛夏的阳光有了质感，清清碧波也有了温度。

褪去花裙的荷洗尽铅华呈现素姿，饱胀的莲蓬里小莲子更是顽皮，眨动着大眼睛从"育儿袋"的小孔里盯着外面。莲蓬底座的金蕊已风干成枯黄的丝线，仍在风里颤动。小小莲蓬，就像水中支起的灵耳，默默聆听着湖的心事，更像一只只紧握的拳头。风中似乎传来悠扬的琵琶声，那一定是微山湖游击队员的琵琶弹唱吧？思绪随风飘远，于是，那些远去的红色记忆一幕幕浮现，刘洪、王强、芳林嫂等，与红荷渐渐地融合在一起，描绘在我心灵的画布上。

此刻如果不期而遇了飘洒在半空的细雨，雨中的荷最有别样的风韵。徜徉在烟波浩渺的微山湖，倾听细雨与荷的呢喃细语，那该是怎样的诗意。雨会在翠玉盘上蹦跳、滚动，又聚到叶脐，成了一汪碎银。碎银越聚越多，荷叶有些摇晃，婉转腰肢，一捧碎银倾入湖水，荷依然婷婷。

夏日的微山湖不光是视觉的盛宴，更是一曲盛大的交响乐。知了的合唱此起彼伏，鱼儿不时在水面吐着小泡，青蛙蹲坐在荷叶里诉说爱意，小麻鸭在苇蒲和荷叶间唱着情歌，也许是见惯了游人，丝毫不为人们的骚扰而羞怯地躲远。精灵般的苇莺在苇丛荷叶间飞飞停停，唧唧啾啾地对唱，鸣声仿佛玉石的轻敲，让人顿时坠入童话里。长腿鹬飞来飞去，翩翩而舞，吸引着游人，也意欲驱赶游人，时时担忧着孵化中的爱巢被暴露。不时飞过的苍鹭，缓缓地扇动着翅膀，不为游人的闯入惊慌失措，这里是它们亘古的伊甸园，默默地守护着，正是它们的职责。人类总以为自己是地球的主人，可以为所欲为。其实，人类只是宇宙里的一微尘、一分子。当人类的爱心波及自然，有所畏惧，道法自然，自然世界或许才能有真正的和谐。

其实，都市离这里并不遥远，可当置身在这藕花深处，内心飘出了渔家小调，就像从水中飞出的翠鸟，蓦然间撞入我的怀里。游弋在碧波如镜的微山湖，赏千顷红荷，观一朵朵含苞的荷花，不由自主地念诵起那千年之前的诗句，忍不住探出了手触及这荷与湖水，渐渐地微凉的水漫上了手腕，漫进了心间，手随着小船的行驶在水面上画出一道道水痕，感受着夏季那份难得的清凉，都市里疲惫的身心，得到了极大的安抚。

"应为洛神波上袜，至今莲蕊有香尘。"走近荷，我也有了一袭莲衣，随着花香轻摇曼舞，红尘的纷扰渐渐褪去。千顷碧波千顷荷，万里无云万里天。走进微山湖，走近了荷的世界，就是走近了最初的自己。

2014 年 7 月

稻菽千重待我来

深秋的稻田，是黄金镶嵌的丰稔之路，满眼金灿，晃得眼睛有些眩晕。稻穗低垂，似在沉思，微风拂过，稻穗波浪般，一波赶着一波，淌过季节河，淌过岁月的田埂，漫过人们的心田。

小洲岛的水稻成熟了，喜讯随着电波飞到北方，惹来远方的麦客——一群北方的文学农民，整天在书本上耕田种地，而今，千里迢迢赶赴湄洲的小洲岛，收获自己那份心灵的稻菽。

秋阳下，稻田静如梵高的麦田拾穗画，饱满的稻穗轻轻垂下，如同新娘额头的一帘珠翠。稻子含羞，更像待嫁的新娘静待心爱的人。轻轻捧起一串稻穗，淡淡的稻香涌向肺腑。稻香夹杂着阳光的味道，岁月把天地的精华酿成酒，凝成珍珠，等待我的收割。

徜徉在金黄的稻田，我的心门瞬间被稻浪撞开，内心的小溪奔涌而出，在稻田里流淌，与稻菽缠绵。摸摸这株，亲亲那株，每一株都是久别重逢的亲人。那熟悉的汗味，那久违的歌声，那深情的目光，在稻花香里缓缓再现。耳畔又响起家喻户晓的诗句："锄禾日当午，汗滴禾下土。"

田间的鸟雀，叽叽喳喳，争相与我倾诉。多年前，我爷爷的爷爷，在这里不知疲倦地劳作着，耕种，收获。稻子青了又黄，黄了又青，直到把他的腰累弯，最终他把自己变成一株稻子种在地心。年年青碧，岁岁飘香，他拥有了永恒的生命。鸟雀整天在稻田里喊爷爷，只有稻穗在轻轻点头。

久久地在稻田徘徊，让那一簇簇稻穗轻敲我的身心，宛如细雨沙沙。蹲下身，把自己还原成一株成熟的稻子，把耳朵贴在稻穗上，聆听稻的心声。俯身下蹲，竟然发现一个别样的世界，远处的村庄、森林、游人，还有红尘里的熙熙攘攘，终于消失。此刻，我的世界只有稻香和鸟语。石头大了，绕着走，总会躲过坎坷。站久了，适时降低身姿，聆听来自低处的声音，把心里沉积的块垒悄然倾倒。做一株成熟的稻子，学会在尘世里弯腰缄默，或许，烦恼就会少了许多。学会低头，让风在高处怒吼，追着太阳升起的方向，张开梦想的翅膀。

时光是公平的，它闭合了一扇门，却又为我开启了一个窗，给我一段宁静的时光，梳理过往，歇息红尘里疲惫的身心。稻穗在我的脸颊轻颤，犹如跳动的春心，搅动内心深处的三江水。心波轻荡，溢出一曲小令，半阕词，泊在稻穗上，轻声吟唱。

呢喃的秋虫，不时地跳到我的面前，曼舞吟唱，或许，在它们的眼里，我是一株行走的稻菽，抑或独舞天涯的蝶。采一片秋叶含在唇间，轻轻吹响，歌子如蝶，在稻禾间轻绕。沉睡的稻子苏醒了，它们拉着手，随着微风扭动着柔软的腰肢，丰硕的稻穗相互触碰着，似乎已感知离别的时刻，悄悄告别，相约着来生的邂逅。没有长亭与短亭的相送，没有含泪的叮咛，牵紧彼此的手，拥抱，深深地拥抱。起风了，稻浪翻滚着，仿佛地心深处喷发的岩浆，一波撵着一波，涌向远方。

独享片刻的宁静，蓝天、云朵、金黄的稻田，乃至整个世界都归我独有。大口地呼吸稻穗带着阳光气息的馨香，让它涌入心肺，淌入脉管。忽而，飘来欢声笑语，一群北方的文学麦客潮水般涌来，秋风悄然逝去。稻穗缄默着，眼睛的余光，扫到了闪亮的镰刀，一声惊叹，却被欢乐的口哨淹没。文学麦客们虔诚地收割着，把一束束稻子揽入怀里，交换着彼此的体温，短暂的耳语，稻子的一生被切换到书卷里。一排排镰刀在挥舞，一行行稻子应声伏地，欢呼声，呐喊声，此起彼伏。有人用手机收割，有人用相机收割，有人用眼睛收割，每人都在忙碌，收割着自己的稻菽。

稻田里飞入各种亮丽的身影，丽人们面含春光，身着彩衣，或站，或卧，牵手，拥抱。每个人都在用自己方式释放着内心的欢愉，金灿灿的稻穗宛如日夜相思的恋人。

铺黄撒金的稻田更像一处展示才艺的大舞台，有人在低头速写，有人即兴作诗，有人忘我地舞蹈，有人深情地吟诵。总有一些稻子先落在诗画里，再落到地上。

我也拿起一把小弯镰，学着做一次农人，当镰刀碰触稻秆，我有了瞬间的迟疑，真切地听到稻子的呻吟。生活就是这样，痛并快乐着，把它与昨天割离，才有稻子生命的升华。唰唰唰，稻田里满是镰刀与稻子的对话，如一场绝恋落下帷幕。

捧起一束稻子，如同怀抱心爱的孩子，稻穗轻轻偎在我的怀里微微颤抖，似乎在诉说。捧起稻子，捧起了我的灵魂。

江南的水稻熟了，娇俏的身姿在秋风里摇曳，绚丽中透着华贵，宛如一阕生命的赞歌。江南的稻田，是黄金镀就的希望之路，是艺术宝卷里最绚丽的章节。丰盈如画，重彩渲染，浓醉如酒，文人骚客，饮之皆醉。

一阵喧闹过后，稻田被剃成齐刷刷的板寸，仿佛孩子新剃的脑袋，光洁又精神。稻茬直愣愣地望着天空，犹如一曲音乐的断章，又似失恋的情书，如果此刻贴近稻茬，你会听到不屈的灵魂在呐喊。田地里深深浅浅的圆弧或网格的线条，如同一首首被风撕碎的小令。山坳里，堤坡上，池塘边，到处是收割后的稻田。一块块，一湾湾，空空荡荡，犹如守着空巢的母亲，敞着怀抱。失去稻子的田野空旷又落寞，却被秋天默默地捧在怀里抚慰着。

秋雨忽然间飘洒，那是羽化的稻粒，悄悄洄游，看望大地母亲。雨珠落在稻茬上，晶亮莹润，一滴滴，一串串，在微风里轻摇，倏地又没了踪影。有些雨珠顺着稻梗钻回地心，一场秋雨抚慰了大地的阵痛，等待来年的春雷呼唤。

目光游走在空空荡荡的稻田，一分喜悦，半缕怅惘，化作稻种。在心里，我也种了一块稻田，不为抗饿，也不想收获，只愿稻秧在太阳和月光下成长。它每长一点，我的心会颤抖一下，每颤抖一下，我会把自己和它一起深扎。

其实，红尘里的我们又何曾不是一株水稻，风里，雨里，顽强地生长，竞争着每一缕阳光，每一滴水，有些长成谦逊的稻穗，含羞低首，等待命运的收割。茫茫宇宙，谁主苍生，一粒种子，发芽生长，成稻。几多疾风，几多狂雨，倾倒了奋起，柔弱了昂扬。一粒稻子落不到地里，仍旧是一粒，若是死了，就结出了许多粒。稻生长，是为人类的站立奠基，稻成熟，割断了与大地的脐带，却是另一种形态的活着，活在人类的血脉里，活在诗卷里，它便拥有了不朽的生命。

轻轻地捧起一粒米，仿佛捧住了一颗跳动的心，那是从诗画里走出的洁白莹润的玉人。亲近一粒米，就是在亲近我的母亲啊。一粒米，一束光，照亮我的心房；一粒米，温暖了我的胃；一粒米，滋养了人类的历史啊。

在江南，我找到了失散的母亲，她在小洲岛，在那片金灿灿的稻田，她是我梦里的母亲啊。她给了我强健的体魄，给了我智慧，给了我奔跑的力量！

我是一粒被风吹离故园的稻粒，沉睡在风风雨雨的北方大地上，日日遥望着江南，烟雨迷蒙的江南。当春风又绿江南岸，愿那袭月光照亮我的还乡路。

2018 年 11 月

第五章・山河

卿在龟峰便是仙

"智者乐水，仁者乐山；智者动，仁者静；智者乐，仁者寿。"机缘巧合，在江西的龟峰，我做了一日神仙，神龟指引，觅得最初的路，清水湖涤去尘世的纷扰。在山巅，在湖畔，迎风而立，飘飘衣袂与春风耳语，呢喃细语化作雁雀游荡云际，化作鱼虾轻戏清波。

"无山不龟，无石不龟"的龟峰因山体酷似昂首巨龟而得名，位于江西省弋阳县信江南岸，被世人赞誉"江上龟峰天下稀"和"天然盆景"。

晨曦里，云雾缭绕的龟峰若隐若现，仿佛躲在面纱后的佳人，静静地注视着远方的客人。迎着神龟那诡秘的目光，被一股神秘力量牵引着，张着双臂如飞似翔，转过一个弯道，眼前突现一只硕大无比的神龟，威严地卧在山顶，似乎能感知它平稳的呼吸。神奇逼真的双龟迎宾突兀地挺立眼前，游人被这个如梦似幻的景象惊呆了，峰林高大峭拔，好似如来派来迎接贵宾的使者，谦和而又威严。龟峰发育于白垩纪晚期，大自然的鬼斧神工，给龟峰山体上均匀地布满纵向线形沟槽，坑坑洼洼、斑斑点点，亿万年刀削斧劈才有了令人惊叹的壮观景象。看似柔弱的雨水，却有着金刚般坚硬的利齿，一日日，一年年蚕食着山峰，时光更迭，沧海桑田，直至把山峰雕琢成充满灵性的神龟。

"何意百炼刚，化为绕指柔。"自然界中没有绝对的强大与柔弱，牙齿坚硬，舌头柔软，多少年后，牙齿掉光，舌头却依然如故。山石看似强大，却经不住雨水亿万年不间断地啃咬，终于把山峰打造成它喜欢的模样。老子曾说"强大处下，柔弱处上"。生活中的男人女人，多像山峰与雨水的关系，女人温柔似水，以柔克刚，却有着改变男人的力量，令家庭温馨和睦。

攀着老人峰，灵魂与身躯一起匍匐前行，触摸着山体上的沟壑，似乎得到神秘的加持，默默地感悟着自然给予的开示。万物皆有灵性，看似柔弱的雨水，只要有恒心，天长日久定能修得超凡的神力，就连威猛的山峰都被她驯服。"三人行必有吾师焉"。自然界里到处有我的老师，我何时能修得雨的恒心呢？

一条石梯轻挂骆驼峰山崖，仿佛天宇垂下的神梯。望着飘在云际的天梯，心底泛起几丝惬意，却又难挡险峰美景的诱惑，贴着山崖扶梯而上，离天近了，雄鹰在云端翱翔，白莲花般的云朵飘在脚下，春风撩拨着衣袂，真有些飘飘欲仙的味道。这条木质栈道围着山崖盘旋而上，在悬崖峭壁上修路，如果没有神助如何能成功？赤手行走在天梯上，尚且双腿打软心跳突突，遥想当年在悬崖峭壁上的凿路人，如果不是捧着一颗虔诚礼佛的心，如何能修成这坚固又秀巧的天梯呢？

站在山巅，一览众山小，视野豁然开朗，一座座形态各异的山峰拔地而起，有三叠龟、老人峰、玉兔峰、南天一柱、八戒峰、骆驼峰、老鹰戏小鸡、童子拜观音、伟人峰、鳌鱼峰、雄狮回首、母猴抱子、天外来客……

这里的山峰有着北方的雄伟峭拔，却更多灵秀，山泉淙淙，古木苍郁，山峰各不相连，就像巨人国里的盆景。每个山峰都有各自独特的味道与温度，仿佛被施了魔法的童话王国，酣睡的熊大，馋嘴的熊宝宝，溜下凡间散心的玉兔，赛跑的龟兔，扇着大耳朵的八戒，沉思中的骆驼，也许祥子就躲在它的身后与虎妞约会呢，最有趣的是那尊天外来客，神情落寞地在悬崖边翘望远方，等待着天外的亲人。

骆驼峰北侧的山谷怪石嶙峋，非常像神态各异的十八罗汉，念佛打坐，庄严中透着几分仙气。龟峰的山峰非常有趣，不同的角度，呈现不同的景观。尤其是老人峰，近看是梳髻驼背的老者，远处的更像静默的乌龟。峰顶的石头尤为奇特，由三个点支撑，山风吹来摇摇晃晃，好像一不小心就会栽倒下来，可它在风里伫立了亿万年，依然稳稳地站在岁月里，令人不得不赞叹大自然的神奇。

龟峰实至名归，不仅山石形似神龟，还有一种龟纹石酷似乌龟壳上的纹理，甚为神奇。其实这是一种柱状节理构造，是尚未完全固节的岩石暴露在空气中，发生收缩形成的一种成岩构造。

龟峰如此奇美，难怪徐霞客游览龟峰后曾感叹："盖龟峰峦嶂之奇，雁荡所无！"三叠龟峰实在有趣，两只大龟神奇相望，似乎在诉说情语。最奇妙的是吉祥三宝神龟一家亲，母亲驮着孩子走了很远的路来此团聚，头上还挂着湿津津的汗珠呢，小龟乖乖地趴在母亲的背上，歪着头注视着父亲，小龟身上布满长发般的绿苔，在风中轻摇，平添许多生趣，多么和谐的一家人啊。这组景点前有一块平整的石头，我盘腿打坐，合掌低首，思绪随着钟鸣悄然飘远。

无忧即神仙……

三叠龟峰和卧牛峰形成一线天，侧身走在逼仄的缝隙里，仿佛走过一条幽暗的时光隧道，耳畔不时传来人们的呐喊："喂，龟峰，我来了！来了！来了！""喂，你是谁？是谁？是谁？"四声谷甚是神奇，在一面喊话，可以听到三句回声。

是啊，前世，我是谁？今生是谁？来世，我又是谁呢？思绪在前世今生里纠结着，走出一线天，眼前突然敞亮，灿烂的阳光柔柔地洒落山茶花上，叶片青碧油亮，那翠绿的颜色随风荡漾在我的眼里，心里，贪婪地吮吸着那清雅的山茶花香，蓦然间心里泛起柔波，一漾一漾，直涌眼眸。

或许，前世，我是山涧的一株山茶花啊，才有了今生的柔肠百转……

山间有一处精美的欧式建筑的将军楼，原是国民党第六军军长赵观涛的疗养别墅。当年方志敏被捕后，国民党特务为了监督方志敏，特派赵观涛到监狱里与方志敏同吃同住，妄想套取情报，劝降方志敏。方志敏在狱中受尽折磨，不幸染上肺结核，赵观涛也一同感染，却没得到任何有价值的情报，方志敏宁死不屈，慷慨就义。赵观涛被安排到专门为他在龟峰修建的别墅疗养，这里山清水秀，负氧离子含量非常高，他在此竟然痊愈。

围着将军楼转了一圈，内心仿佛打翻了五味瓶。这个唯美的将军楼让我再一次想起伟大的革命者方志敏烈士，楼前有几株红杜鹃如火似霞，那是烈士不灭的灵魂啊。默念着方志敏烈士的名言，轻轻地，轻轻地走过那株红杜鹃。

"假如我不能生存——死了，我流血的地方，或者我瘗骨的地方，或许会长出一朵可爱的花来，这朵花你们就看作是我的精诚的寄托吧！在微风的吹拂中，如果那朵花是上下点头，那就可视为我对于为中华民族解放奋斗的爱国志士们在致以热诚的敬礼；如果那朵花是左右摇摆，那就可视为我在提劲儿唱着革命之歌，鼓励战士们前进啦！"

微风拂来，杜鹃花微微点头，似有万语千言，融在缕缕芳香中……

龟峰古树葱郁，百岁龟皮松随处可见，最早栽于唐代，现存的多为清代及民国时期僧人栽植。树冠繁茂，树干笔直如云，粗糙的树皮仿佛龟甲纹，猛看疙疙瘩瘩有些丑陋，细观，你会品到一种古朴的大美，这是岁月的印痕，驻足树下，摸着龟纹，会触摸到光阴的脉搏，如果把耳朵贴在上面，它会告诉你远古的生命密码。传说百年古树能通灵，嗅着袭人的松香，似乎听到了阵阵松涛声。

"竹色寒清簟，松香染翠帱。"清风盈袖，明月入怀，约一诗友品茗听松涛，多么雅致的生活，怎不令人神往？

龟峰的锁云桥旁有棵千年古香樟，被视为神树。香樟高达 30 余米，主干树围 7 米，冠幅约 36 米。传说，此树乃唐代茂禅法师建瑞相寺时亲手所栽，至今已有 1100 多年的历史。老树虽然历经千年风雨，依然苍劲挺拔，枝繁叶茂，绿荫如盖，甚为壮观。静立树下，嗅着古树那独有的清香，我的灵魂匍匐叩拜，古树见证了光阴的荏苒，看惯了风云变幻，得失荣辱，静默在光阴的岸边，默默生长，寂静欢喜，漫随天外云卷云舒。它才是龟峰的神仙啊！

看过百岁龟皮松和千年香樟，更不能错过千载四季桂。龟峰山杰地灵，百年的桂树很平常，尤其那棵八支合生的千年四季桂更是香飘数千里，20 世纪 50 年代曾经连续三年折枝供养在北京人民大会堂，被誉为友谊的使者。而今，桂树依旧年年芬芳，岁岁青碧，它亦是不老的神仙啊。

拜访了百年龟皮松树、千年樟树和千载桂树这些灵木，对大自然的敬畏油然而生，不断调试着心上的天平。总感到有一双双眼睛在盯着我，那目光仿佛能透视。

微风拂过，耳畔响起沙沙声。抬头眺望，一片青碧挺秀的毛竹林，我随着几个小姐妹欢呼雀跃地飞进竹林，搂着翠竹左拍右照，滚烫的脸颊贴着冰凉的竹竿，贪婪地吮吸着竹林的清润与馨香。一支支破土而出的小竹笋，支棱着耳朵，好奇地注视着游人们。依着竹竿，目光久久地驻留在翠云间，一种清透心脾的静悄然漫过我的身心，循着阳光在枝叶间筛下的光痕，我走入时光的核里。

那一刻，我也成了翠竹仙子，迎着阳光摇曳生姿……

龟峰是神的化身，清水湖是仙的转世。在龟峰，山是伟丈夫，水是小娇妻，山怀抱着水，水依偎着山，山衬托着水的柔婉，水映照着山的巍峨，山水缠绵，才有了仙境般的龟峰。山有水而灵秀，水因山多了风骨，山水相依，才有了高山气势的伟岸和水的坦荡胸襟。

画舫在清水湖轻轻游弋，风归拢着被船桨裁剪的水面，站在船头欣赏着这绮丽的画卷，仙人峰、狗熊馋蜜、老鹰抓小鸡、八百罗汉等山峰又一次徐徐展现。目光再次定焦湖边的"三清媚龟峰写作营"，春风送来缕缕茶香和幽幽书香，碧波里那一个个淑雅聪慧的人儿含笑着走来：毛素珍会长、黄秋莲、杨怡、齐美琴、戴时姿……

她们亦是龟峰最美的仙子，走近她们，我亦浸染一身仙气，碧荷般摇曳在文学的碧波里。

茶陵禅师曾吟诗偈："我有明珠一颗，久被尘劳关锁；今朝尘尽光生，照破山河万物。"如果说龟峰的千年香樟和桂树是菩提树，清水湖定是那明镜台。我将拈起文学的丝帕，时时擦拭世间的尘埃。

2017 年 5 月

天河山读石

《菜根谭》中有一段话："人解读有字书，不解读无字书；知弹有弦琴，不知弹无弦琴。以迹用，不以神用，何以得琴书佳趣？"天河山山青水碧，远离都市的繁华与喧嚣，是一处修养身心的世外桃源，打开心扉，阅读无字之书，叫醒耳朵，聆听无弦琴音。

天河山山奇水秀，草碧花艳，凉爽怡人，徜徉山水间，抑或坐在崖脚听溪流淙淙，不知不觉，自己已走入神话……

如今的天河山悬崖峭壁，古木森森，但是在14亿至18亿年前，这里曾是汪洋大海，由于地壳运动，山体扭动挤压形成褶皱，再经过数亿年流水的切割、风雨侵蚀，才有了今天的峰峦叠嶂、峡谷川流。

天河山的山崖是最有风骨的伟丈夫，峭拔嶙峋，傲然挺秀，尤其天门附近的崖壁被大自然刀削斧砍，整齐划一，面朝一个方向站立，奔跑，就像央视体育频道里奔跑的侧面头标，整块断崖都是形似侧面的头像，浩浩荡荡，仿佛穿着铠甲作战的天兵神将从远古拼杀而来。风呜呜地从山谷里奔来跑去，耳朵贴紧崖壁，似有鼓角争鸣直抵耳膜。

奔跑的巨人，亿万年前就以这个姿态站立，却被一种无形的力量牢牢抓住，亿万年挣扎，虽不曾迈动半步，却依然是奔跑的姿态，时光锁不住奔跑的心，磨光了山崖的棱角，却遏制不住山崖撼动人心的力量。

整座山体主要由沉积岩构成，岩石最初生成时，像书页一样平卧着，各种矿物质层层叠压，最早生成的岩层沉睡在最下面，一层一层沉积，因而形成千层卷似的岩层。沉积岩形成时，恐龙、贝壳、鱼类、昆虫、花草、骨骼、蛋等古生物遗体被挤压其中，抑或足迹、虫穴遗迹刻入岩层，即化石。沉积岩真

143

实地记录着地球的历史，如果岩层是历史的书页，化石就是其中的文字。

天河山就像一座巨大的图书馆，从谷底到山顶，到处都是码放齐整的书卷，半展、全展，抑或卷起一角，引人无尽的遐想。

"春风不识字，何故乱翻书。"自然界除去风和水，还有谁能掀动大山这部书呢。触摸着舒展的书页，上面留下青草、苔藓、溪水、鸟雀的足痕，斑斑点点，深深浅浅，真像自然刻写的天书。

山谷的地面铺了各种波痕石，波痕石是天河山天书的封面，各种弯曲起伏的波纹镌刻在岩面，仿佛天外来客的天语，朴拙古雅，散发着神秘气息。这种波浪状的纹理在地质学上叫"波痕"。远古时天河山还是海底，海中丰富的碳酸盐成分随潮涨潮落沉积，潮水天长日久地波动，形成神奇的波痕石。

这些波痕石花纹浑然天成，甚是奇妙，有的像波光粼粼的水面，有的像风吹沙海的褶皱，有的像疏密匀称的鱼鳞，有的像弯曲的溪流，纵横而均匀地排列着，花纹凹凸有致，仿佛人为雕刻。

轻抚波痕石侧耳倾听，似有丝弦妙音自天际悠悠飘来，海水拥抱着石，石亲吻着海，相聚的欢喜，别离的苦涩，或高亢有力、激越空蒙，抑或轻柔绮丽、细如游丝，从远古连绵不绝地汹涌而来……

人们常说时光无痕，它轻轻悄悄地走过，一日日，一年年，亿万年的行走，终于留下这神奇的时光履痕。多希望亿万年后，我消失了，也能像石头一样，澎湃着生命的浪花。

天河山的岩石富含各种矿物质，重重叠叠，深褐、棕红、朱红、深灰、黑色、墨绿、锗红、枯黄，各种颜色有规律地叠压，形成绚丽的丹霞崖壁，有着妙不可言的美意。霞光拥抱着丹崖，天河扶着霞光泊在云水涧，山、水、草木、鸟雀、蝴蝶，就连山中的人儿都染上几分仙气。

佛经中说，佛光是释迦牟尼眉宇间放射出来的光芒。据说在夏秋某些特殊的天气，特定的空间，如果有缘就能在天河山顶看到佛光。或许是由于时间不合适，不是早春，就是晚秋，至今无缘亲历佛光。实则，缘分不够，继续修行，修心，修缘，等待缘起的那一天。

天河山崖陡水阔，潭瀑众多，其中的七大五彩壶穴甚是有趣。上游的激流夹带着石块，经过亿万年冲刷形成石英砂岩壶穴，形似水壶，小口空腹，当地人称之石瓮。金珠泉、银珠泉、玉珠泉等七个较大的泉潭，传说是七个仙女洗浴之地。匍匐在壶穴峭直的崖壁上攀爬，贴紧山崖，似乎能听到河的呼吸和山的心跳，仿佛有一种神秘的力量直抵心里。悬崖上各种青草枝叶油亮挂着露珠，出浴的仙子一般，扒着崖壁努力承接着洞口的阳光。飞瀑轰鸣，泉水叮咚，清风携带泉潭的水汽从裙裾拂上来，飘飘似仙。

壶穴是一部紧闭的书，溪流本是其间沉睡的文字，不甘寂寞的溪流日日奔突撞击，终于从书页里冲击而出，走走停停，叮叮咚咚，化为有声的文字，日日夜夜给大山吟诵。

牛郎织女的爱情渗入蝶仙谷的山崖，爱的缠绵煴热了这部书。或许是受到溪流的启发与诱惑，书页中有温度的文字化成彩蝶，翩跹在山谷。蝶仙谷里的彩蝶是灵动的文字，抚慰着天河山亘古的寂寞，翻飞的翅膀，似在开解或系住，远古的悲欢。

峡谷里，小溪边，野花丛丛，仿佛停歇的蝴蝶，自在地眨着眼睛。各种野花次第绽放，或许它们是拽住蝴蝶的裙裾，从书页里溜到峡谷，落地生根。花儿日日擎着笑脸仰望山崖，怀念在山崖书页里的日子。回不到昨日，花儿在诗词里泊住美丽的梦。

喜鹊是天书的守护者，或许前世，她是织女的侍女，每天立在山崖上叽叽喳喳地演讲，不厌其烦地传达着天地间的消息。抑或天机不能泄露，喜鹊的语言只有花草和牛郎织女听得懂，花草树木静静聆听，却不多语。喜鹊穿着黑白花纹的花衣服，仿佛洁白的宣纸上写下的文字，洁雅端庄，喜鹊喳喳，传诵着牛郎织女的情诗。

牛郎织女的悲喜爱情是童叟皆知的神话故事，据说天河山是这个故事的发源地，牛郎庄、织女庙、天河池、鹊桥等，到处可见情证和物证。其实，他们何曾分离？牛郎就是那巍峨的山，织女就是那柔情的水，即使海枯石烂，依然山水相依，亘古不变。普陀山的一对观音联，非常具有禅意："有感即通，千江有水千江月；无机不破，万里无云万里天。"牛郎织女的爱情故事，是人们对忠贞爱情的向往，歌颂、叩拜，只是形式，读生活这本无字天书，细读慢品，等待顿悟……

天河山，一部由时间和历史堆积的史书，陡峭巍峨的崖壁，无声地诉说着人类的来处。天河山，更像一部厚重的经卷，亘古与荒芜，辉煌与暗淡，伟大与渺小，相依并存。静坐，禅悟，人，只是其中的一个字符。

在天河山把自己嵌入历史的书页，与自然同在，与天地共呼吸。

2017 年 7 月

大茅山，爱的流放地

大茅山是一轴半开的画扇，从梧风洞打开扇轴，一幅连绵不断的画卷徐徐展开。黛山碧水沉吟曼舞，香叶丹红滴翠流韵，流连其间，释忧忘归，羽化成蝶。抑或还原成水滴，汇入溪流潭瀑，依偎着青山，缠绵不休。

大山

大茅山在云雾里伫立亿万年，敞开襟怀，等待前世相约的伊人。

风，含着竹叶，轻诉心事，雨，在叶上弹奏情歌。

溪流循着时光的河床，走过笔架山、梧风洞、鹅湖天……日夜奔走，带着大山的体温，滋润着山涧里的每一个生灵。

老鹰拿着小勺，把溪水一勺一勺灌进大山的骨头。

山追着鹰猛长，鹰随着山高飞，终于靠近了月亮。

鹰把大茅山的桂树移到月宫，每月都有那么几日，嫦娥幽闭月门，顺着桂枝结成的天梯，回到大茅山。

嫦娥在青青的大茅山种下相思的红杜鹃，溪水有了潮汐，随着山花潮涨潮落。

古树

时间在大山里定是迷了路，抑或贪食王母娘娘的蟠桃宴，沉醉着。

古树是这里的土著居民，百年的树尚是幼儿，千年的树正值青春，数千年才算古老。

皴裂的龟皮纹是岁月镌刻的天书，沧海桑田，云卷云舒，记录，缅怀。在这本天书上，你会触摸到山的风骨，水的性情。

天上的星子落下，钻进树的骨缝里，树上的果实飞到天上，长成有季节的星子，为大山照亮。

树延展着水的梦想，水有了树的高度，修成绿色的精灵。

山时时拉紧树，担心它万一跑到山外，被风带到都市，化成一节一节的伤心。

是啊，拉紧大山的衣襟，一旦走失，再也没有青碧的衣裙。

没有星星的夜里，大山紧搂着树，黎明藏在黑夜的翅膀下，黑夜睡去，光明就会醒来。

有大山依偎，树永远青碧。

树在大茅山被岁月遗忘，根追随着泉水，走入地心，泉循着根脉爬上云朵，长成彩虹。

药材

花草树木来到大茅山，似乎多了几分仙气，定是承接过观音玉瓶里洒下的甘露，有着神秘的灵性。

花草在这里，仿佛小狐仙，摇身一变，香叶、苦根、花朵，比山外更多一种清新的滋味。

曾经很不入眼的野草，被山神点化，成了良药，普救众生。

清热利湿、消肿散结、壮筋骨的光叶菝葜，吮吸着阳光，努力攀缘。

根辛辣，可治皮炎的流苏子，叶片被雨洗成翠玉，也许，它是从和平鸽嘴里落下的那枚橄榄枝。

渗湿利尿的野木瓜，叶片肥厚，汲取日月的精华，长成良药，进入人们的血脉。

大茅山定是王母娘娘的药房，仅清热利湿、消肿解毒的良药就随处可见，车前子、金银花、广金钱草、鸡骨草、穿心莲、白花地胆头、蔓荆子，还有许许多多有名抑或无名的，在林间溪边，自在生息。

大茅山没有庙宇和道观，这里的一花一叶一草却带着佛心，慈悲为怀，恩泽众生。

集百草救世渡人，悟人生五味杂陈。大茅山，湖是明镜台，树木皆菩提。

水勾勒着风的形，风浸染着花的香，花草树木在岁月的风雨里默念着佛号。

溪石

大茅山里无处不青翠，无处不碧水潺潺。

山延展着画卷，水是勾勒的墨线。山崖青碧莹润，崖壁上不时渗着泉珠，滴滴答答，似乎在与山崖耳语，映衬着山林的清幽。

清泉滋润着古树，愈加古朴超然，硕大的枝叶油亮滴翠，仿佛碧玉雕琢，让人欢喜得不忍离去。

溪流潺潺，大大小小的鹅卵石静卧水中，仿佛被施了魔法的小王子，微笑着酣睡，青苔给石子绣上了青衫，平添几分俊秀。

石子无言，内心盈满滚烫的岩浆，它在等待，等待那声柔声呼唤。

鸟雀

鸟雀是大茅山的小精灵，它们用翅膀与歌声丈量大茅山。山有多高，它们的世界就有多大，水有多长，它们的爱就有多深。

大茅山的早晨被画眉唤醒，"唧唧啾啾"柔婉的歌声，简单却不平凡，不厌其烦地歌唱，让山多了柔美，水有了灵魂。

"喳喳喳——"花喜鹊在枝叶间欢叫着，似乎在播报森林里的喜事。阳光普照，果实飘香，山谷里又增添了小居民，幸福的事连成串，喜鹊的歌声在林间回荡。

山林里不时回荡着小夜莺那清丽的歌声，玉磬般敲打着游人的心房。小夜莺定是红楼女儿的化身，娇柔、飘逸、尘心不染。

清脆的鸣叫把心柔化，一声声，一句句，莫名地扣动心扉，掀起层层柔波。

布谷鸟、白头翁、野鸽子、竹莺、啄木鸟等形形色色的鸟儿，在这里生息繁衍，大茅山是鸟儿的乐园，大山因鸟儿而多情，鸟儿因大山而欢愉。

在大茅山，我突然羡慕起一只小鸟，自在生息，唱喜欢的歌，做喜欢的事，相比红尘里言不由衷的人儿，真是幸福。

仙潭

大茅山溪流淙淙，百溪成瀑，瀑布飞泻，汇聚成潭，其中最美的要数仙女潭。

仙女潭宛如仙子的宝镜，潭水幽深而清澈，碧绿的潭水幽幽地闪着粼粼波纹。静默立于潭畔，蓝天白云尽收于宝镜，似乎也照出了自己的前世来生。

瀑水越聚越多，慢慢地顺着山势从西边的豁口流淌出去，宛若仙子的秀发拂过山石，那山石多像仙子婀娜的身姿，野花和碧草是绣在衣袂的花边。

召唤众姐妹在山石上拍照，千手观音、七仙女浣纱，仙女潭畔仙子舞，美丽的人儿嵌入美景里，大茅山有了文学女子的声影，愈加娇媚迷人。

索桥

大茅山云雾弥漫，山路弯弯，涯涧纵横，桥在这里最是寻常，木桥、石桥、藤索桥，险中一分趣味，令人欲罢不能。

藤索桥仿佛连接凡间与仙境的仙桥，四根铁索搭一块木板，走在上面晃晃悠悠，仿佛荡秋千，脚下万丈深渊，两边云雾缭绕，心儿随着索桥颤悠悠。

一座桥连接南北，天堑变通途。世上最难走的桥，也是通往幸福的路。事事有鸿沟，人人可做桥，心无翼，却能飞翔。

大茅山，沟深，溪长，却处处通达。无数强壮的手臂托举，无数坚毅的腰杆挺起，无数勇敢的人儿站成一座座桥，迎来送往，才有了青山不老碧水长流。

杜鹃

一棵树，不仅盛满了杜鹃花，还装满了霞光。

路旁，不时闪出两三朵嫣红的杜鹃花，安静得像一片红霞。

风，轻摇着她的纱裙，露珠在花瓣上微颤，仿佛仙子发髻上的金步摇。

在山坳的转弯处，古树葱郁的长翼底下，藏着一个绚丽的惊喜。

一片燃烧的花树，含苞怒放的杜鹃花把天空染红，把酥雨染香，把大地染醉。

初见这片霞光，人们惊得张口失声，魂被定在那里，痴痴地看着，看着，不忍惊动这片仙子。

艳艳的杜鹃花在细雨里招手微笑。经不住诱惑，姑娘们奔涌而来，簇拥着花丛，欣赏、赞叹、拍照。

杜鹃映红了姑娘们的笑脸，花香绊住了远行的脚步。与杜鹃一番耳语，挥手告别，花朵在微雨里轻轻点头……

一群行走的杜鹃，哼着小曲，走向大茅山的深处。一条飘满书香的小路，一条红杜鹃次第绽放的小路，在深山中蜿蜒。

枫叶、杜鹃、银杏叶随风摇曳，花叶铺满小路，如同一枚枚芳心敬献大山。

2017 年 5 月

天河山揽秀

天河山是传说中牛郎织女故事的发源地，在尘世消磨了几十个春秋后，我才有幸游得这方千古爱情之山。

晨曦微露，在淙淙的溪流和清脆的鸟鸣中醒来，恍如梦境。呼吸着大山里独有的清爽宁静的空气，浑身每个细胞都透着惬意。早餐后，我们就迫不及待地追随着导游进山了。

山间淡淡雾霭，给天河山披上了一层轻纱。山里的花红柳绿若隐若现，更增添了几分神秘。路边的溪流像顽皮的孩子，一会儿唱着儿歌欢笑着追逐；一会儿叮叮咚咚敲打着古弦附和着鸟鸣；一会儿又哗哗啦啦推着小舟奋力前行；一会儿干脆叽叽咕咕在卵石中穿行捉起了迷藏。经不住溪流的诱惑，游人们纷纷挽裤卷袖与它亲热。掬一手碧莹莹的泉水轻轻啜饮，呵！清透心脾，唇齿间丝丝甘醇，说起话来竟比往常更清脆更柔婉，仿佛沾上了几分仙界之味。

小溪清澈幽碧，在山涧里轻摇曼舞，莫非是织女沐浴时遗落的玉带，化作这汪绿波？而那逗留其中的，该是牛郎撒下的花瓣，也化作艳彩的鱼儿，在碧波里自由地游来游去。分享着它们的甜蜜，聆听着这山林美妙的神曲。

溪岸边开满了五颜六色的小野花，牵牛花柔细的藤蔓弯曲多姿地缠上岩边的树丛、溪边的草茎。这莫不是牛郎当初栽下的么？展开的花或洁白如雪，或粉嫩若霞，抑或紫似墨玉。花瓣上滚动着的晶莹露珠，人走过真不忍心碰落，或许是织女夜里的相思泪。众多不知名的小野花，橙黄、淡红、银灰、蓝紫，三两成群在草丛里时隐时现，仿佛幽会的情侣，绚丽的色彩释放着爱恋的信息。呵，这些花儿是大地的语言，更是爱情的使者，默默传递着亘古不变的情愫。微风拂过，有落花打着旋儿飘进小溪。花香染醉了小溪，顽皮的溪流，仿佛在瞬间从孩子变成了花季少女，羞答答地挪着莲步，在五彩的岩石上轻歌曼舞。

脚随流香，不知不觉来到了蝶仙谷。美丽的凤蝶我并不陌生，但如此冷艳的贵妇人，我还是初次得见。几对爱侣仿佛在进行"舞林大赛"，这一对舞姿翩翩，那一双轻盈潇洒。那落在花瓣上的掌心大的一对应是化蝶而生的梁祝，只见它们触须时而相碰，时而缠绕，旁若无人地交换着相思的暗语，千年万载当会恩爱如初。

凤蝶浓墨的翼翅上勾勒着蓝宝石般的花纹，张合之中，花纹色泽就有了墨绿、宝蓝、青黛等诸多变换，扑朔迷离。翼翅下端那一对珍珠大小白黄环绕的圆点，仿佛一双双游动的慧眼打量着逐梦而来的红男绿女。这里的蝴蝶不怕游人，它们深知人们来这里也都带着似水的柔情、如花的美意。蝴蝶不时地落在人们彩结的发梢、袒露的膀肩。当我小心翼翼地接近，手掌善意落下的瞬间，它却轻盈地扑动翅膀倏地一下没了踪影，好聪慧的小精灵！这些俏丽优雅的蝴蝶一定是唐宫里霓裳羽衣的舞娘，感动于牛郎织女的真爱，情愿在这方青山秀水里演绎着不老的神话。看着这些恩爱的蝴蝶，我的心底涌起几多羡慕，多想向它们借一双翅膀，飞越世俗的界河。

穿越蝶仙谷，攀过望郎亭，走进情人谷，地势突然变得陡峭，山崖如刀劈斧砍一般峭拔入云，危峰兀立，怪石嶙峋。山石形态万千，有如展翅的雄鹰，有若奔腾的骏马，有的像莲花上坐禅的观音，身边那个拜佛的小童子更是惟妙惟肖。迎着溪流轻轻走过仙人桥，一座石崖倾斜横挡眼前。崖顶垂下粗粗的铁链，崖壁上凿出的深浅不一的小石窝供游人落脚，一侧瀑流奔涌而下，水珠飞溅如雨洒落过来。

惊险之处，心底怯意和寒意顿生，这天梯又如何爬过去？看看那些知难而退的人们，再望望在崖壁上攀缘的勇敢者，双脚情不自禁地退了几步。此时，上面朋友的鼓励声穿越了瀑声："无限风光在险峰，你一定行！"蓦然间激起了我心底的斗志，摩拳擦掌，眼盯着顶端，手抓牢铁链、脚踏稳石阶，竟如猴子般敏捷地爬了上去，并以胜利者的姿态挺立在滴水崖顶。

谷中九曲十八弯，峡谷又变得逼窄难行，有的地方只能容一人侧身通过。走在摇晃的搭在崖侧的木栈桥上，抬眼望望那一线天，顿觉两旁的山石在向我挤压过来，比先前更惊险几分。但有了之前的底气和经验，我泰然处之，健步通过。

峰回路转，终于看到了九天银河。"飞流直下三千尺，疑是银河落九天"写的是庐山瀑布，但此处的瀑布也如其名般壮观，水来自天上的银河，带着牛郎织女不尽的怨愤。洁白的瀑流如白练悬挂山崖，尽情倾泻，滔滔的水声震耳欲聋，在峡谷和碧潭里激荡。

走出情人谷，方才明白"情人谷"的内涵。这里景色绮丽、险境迭出，正是对爱情的验证，爱情之路的美妙与艰辛总是相生相伴。坎坷之路演绎出的沧桑岁月和神秘爱情，于多数人而言，更多的是给疲惫的身心提供一个刺激后放松的话题而已，有多少人能体味到其中的深意呢。

刚哼着小曲放下悬着的心，"睡莲池"又拦住去路。传说这里是七仙女洗浴的地方，静水盈盈，碧波漾漾。池中一连串荷叶样的石墩与水面平行，石墩间正好是一步的距离，游人大多巧妙而又灵活地踩着石墩行走，竟如凌波仙子在碧波上翩跹。我怎么能放过如此美妙的表演，稳稳张开双臂巧妙地蹦跳着，紧张的心情渐渐消散，瞬间找到了华尔兹碰擦擦的节奏，脚步变得轻盈，有了舞蹈的韵律。呵，走着走着，自己仿佛回到了童年，正和小伙伴玩跳房子的游戏。

沿石路上坡，看云中的太阳已近当顶。牛郎庄，一户农家小院，三间小屋，传说这里就是牛郎家。石屋后依仙人山，山上一对岩雕，那是牛郎和织女的头部雕像，在原有的山体基础上加工制作的。左边的织女双目含泪深情地凝望，右边的牛郎背一双儿女苦苦期待，一条天河无情地把他们阻隔。三百六十五个相思夜才能盼来一夕的团聚，这怎么不能令人唏嘘万端。但世间又有多少朝夕相守的人能拥有这样忠贞的爱情呢？"金风玉露一相逢，便胜却人间无数"。继续边看边走，胜境如画。

午后的阳光焕然间揭去了温柔的面纱，火辣辣地投向攀登夫子岭千级台阶的人们，整个人就像从水里捞出来一样。当屹立在顶峰一览众山小时，心胸和天空一样湛蓝而开朗。我真想张开双臂呐喊，借我一双翅膀吧，我要把这青山秀水飞遍，我要找到那地久天长的药方，让人间不再有爱的遗憾。

由芳草如茵的云顶草原下山，松林、草海、花毯，别样的风景，别样的心情。这里是晋冀的交界处，这里的知了也许是听惯了山西小曲的缘故，叫声竟然和平原上的不同。平原上无遮拦，知了直着嗓子鸣叫，让人平添燥热与心烦；这山里的知了竟如老妪纺线的节奏，一快两慢的节拍，吱吱……吱，吱吱……吱。呵，一方水土，养一方生灵。

顺着溪流踏着彩石下山，瞬息间乌云悄然盘踞在头顶。天公的愁云没能阻止大家的兴致，和朋友们坐上了漂流的小舟。骤然间头上暴雨倾盆，下面湖水激腾，坐在疾驰的小舟里从坝口飞流而下，那巨大的落差惊骇得心都要掉出来。浑身的疲惫也随着声声尖叫顷刻间消散殆尽，历险的快意如饮烈酒般涌遍全身。

入夜，枕着汩汩的溪流，酣然入睡，梦中的景竟都是碧水青山。七夕将至，不知牛郎织女能不能在梦里先期相会。

2012 年 7 月

大洼寻梦

"蒹葭苍苍，白露为霜，所谓伊人，在水一方。"第一次读到这个诗句就被它非同凡响的意境征服，在脑海里无数次地畅想那片绮丽的芦苇，渴望与它邂逅。

一个雾霭迷蒙的秋日，我与一行文友走进了苇荡的怀抱。其实对于南大港这片苇荡我并不陌生，几年前就从北夫老师的《大洼行吟》里认识了它，它独特的美如一枚绿叶停泊在我心灵之树，在心里无数次与它对话。可当我真正走进这片湿地，看到那一望无际的苇荡，平静的心竟然狂跳起来。惊叹，震撼，感动，或许这几个词用来形容我此刻的心情最是恰当。秋阳下，丛丛芦苇相依相伴，高挺一束束洁白的芦花，娴静地任凭西下的夕阳缓缓牵走秋日的时光。我们像迷路归家的孩子急匆匆地扑到苇荡边，就像孩儿牵起母亲苍老的手，轻轻地触摸那一棵棵挺秀的芦苇。我触摸到清凉之下的温暖，如果芦苇有情，一定懂我赤子般的爱恋。

大洼的芦苇一望无际却是井然有序，朋友好奇地问，大洼里的芦苇是不是要定期修剪，要不怎么会这样整齐呢。看洼人憨厚地笑，笑容里带着几分得意："你看，苇荡里的水，那清亮的水才是苇塘的理发师。"芦苇恋着湖水，湖水依偎着芦苇，芦苇因水多了三分柔美，湖水因为芦苇多了二分生机。美无法孤独地存在，自然的和谐才是真正的美，大自然的智慧总是在看似无意中胜于人类的人为。

大洼的芦苇有着神奇的风姿，远观如同铠甲齐整的士兵列队成方阵，只等一声号令便会金戈铁马，逐鹿中原。侧耳细听，啸声如潮，似能感受到它们铮铮铁骨里的豪爽；走近它，竟又如那些远离世俗的清瘦书生，一袭素雅长衫，轻摇羽扇优雅地吟诗、自在地作画；也许把它们比作浣纱的佳人更是恰当。芦苇如同衣袂飘飘的凌波仙子，秋风里舞动一双无形的长袖，在清凌凌的涟漪里揽镜梳妆，芊芊细腰莫不是汉宫里的美女佳娥，抑或飞燕再生。那团团洁白的芦花更是分外娇媚，苇絮像深闺里的倩女，莲步轻移，随风顾盼。芦苇是甘于平凡的，不与那些登堂入室的名贵花草相比，但它的高洁而独特的美却为温室里的名花所不及。它对人从无所求，独自在碱湿贫瘠的土地上默默地萌生，默默地付出。从青碧到炫目的金黄再到枯萎，平平淡淡，无怨无艾，静观着海湾的沧海桑田，任由禽鸟起起落落和洼里船去船来。当寒凝大地时也与空旷的大洼相守，与飘飘飞雪为伴。不忧不惧，不喜不悲，只等来年的春风带来温暖、春雨带来润泽，又一次顽强地萌发，倾情染绿大洼。

秋风里，苇荡往日的青碧已在消退，路边星星落落的茅草于枯黄中挺出丛丛火样的红。夏日远去，秋意已至，让人多了几分悲秋的苍凉，而苍苍莽莽的大苇洼却给人以诗意的美，苇秆依然挺拔修长，那种黄褐中的绿更令人痴迷。如果你能蹲下来细细观察芦苇根，你会发现新的生命已经在孕育，它们会在来年春雨的呼唤中顽皮地拱出地面欢笑着生长着。芦苇的浩浩荡荡其实就是在一年一年新旧轮回中，展示它的生命存在。

芦苇用途广泛，无论是做建筑材料，还是编织成苇席，还是被加工成精美的工艺品，无论是它怀里的小动物，还是它足下的鱼虾都是它生命的延续，芦苇真是自然界的精灵啊。朋友说，半个月后芦苇会在秋阳逆光里闪现着金黄，光想想就令人惊叹。可怎么也想象不出蓝天碧水间拥抱着一望无垠的金黄苇荡何其壮观。于是我就想化作一尾小鱼、一只水鸟，日夜等候在这片净土上。或者干脆化作一竿芦苇，等着成为那金黄中的一点秋意。

走在苇丛里的小路上，贝壳在柔和的阳光下闪烁，在路边细细地触摸那些镶嵌在泥土里的细碎贝壳，心底涌起一阵感动。每一颗贝壳都是一首诗，走在这条诗歌铺就的小路上，你我都是诗。喜欢这条贝壳路铺就出的一种低调的奢华，胜过华贵的大理石路。禅意的音符跳动在小路上，身心变得轻盈纯净，爱意在心底流淌，灵魂在秋阳里升华。蓦然间，眼眶盈泪欲倾，真愿做小路上的一粒贝壳，依偎着大地，守望着你的到来。

面对苇海，伫立良久，宁静的心焕然间涌动着热望，那一刻，真想大声呼唤，喊出心底郁结的愁绪，喊出酝酿许久的爱。大苇洼，你是我多年的暗恋，是我灼热的深情。一颗感恩的心随苇絮飞扬，那是对生命，对自然，永无止境的深深爱恋。

行走在苇丛里，不时惊起一只戴胜、几只雉鸡，或是三五喜鹊、小群苇莺。更有大队野鸭低空飞过，或是孤独苍鹰盘旋而去。一些熟悉或不知名鸟儿在路边出没与人对视，野兔与车竞驰。车骤然停住，远远地一对苍鹭悠闲地散步，彼此交喙啄羽，依颈缠绵，又拨弄草丛啄食草籽，情愫羡煞人间恩爱的恋人。车上人正陶醉间，两只苍鹭已挥动羽翅，悠然飞走，渐高渐远渐无踪，只留下一道美丽的印痕深深地刻在我的心上。

站在一处高坡，连绵无边的苇荡尽收眼底，沧桑巨变，南大港这方湿地依然生机无限，不由让人感叹到底是自然改变了人们的生活，还是人们改变着大自然。同行的朋友们来自文安，我来自胜芳，大多见证了文安、胜芳大洼的兴衰。20世纪六七十年代，文安、胜芳也曾拥有这样美丽的湿地，苇塘、小河，鱼虾肥美的水乡曾是一方人的骄傲。史上文安洼与白洋淀并称东淀、西淀，美如冀东双璧。胜芳为古之商埠，著名水乡，宋代取义"胜水荷香，万古流芳"而得名。如今美丽的大洼被林立的工厂取代，土地、河流、植被被无情的废水污染，美丽水乡的一切成了久远的记忆。或许还能从老人的回忆里，从旧照片里去捡拾遗落的水乡文化。面对着这片大苇洼，一种愧疚萦绕在我的心头，久久难以释怀。

也许，来年芦花盛开的时节，我们会再来这片大洼寻梦，又会像一只只迁徙的鸟儿扑入母亲的怀里。我们别无选择，我们也暗自庆幸这片芦苇的存在。

2011 年 12 月

在大洼流连

盛夏时节，大洼敞开碧绿的怀抱，等待着久违的儿女。眺望大洼，眼前豁然开朗，一望无际的苇塘苍苍茫茫和蓝天相接。蓝天、白云、碧草，简洁明快的色块，就像梵高笔下的油画。简练舒畅的线条，柔媚清爽的色泽，令初见者惊叹不已。揉揉眼睛，以为爱丽丝误坠仙境呢。

大洼的天空澄澈如洗，云朵在它的怀里悠然飘动，仿佛一朵朵盛开的白莲花。久久凝望，内心也似乎变得圣洁，忍不住双手合十，双目微闭，默默祈祷。天空辽阔又高远，久住城市令心中拥挤与紧迫，何不在这里释放？闭上眼睛大口地呼吸着清润的空气，舒爽与惬意挂上眉梢眼角，似乎回归了从前的轻盈与欢快。到这里的人都情不自禁地舞蹈、奔跑、欢叫，孩童般的快乐，简单的幸福，就像落在地上的云朵。

夏日的芦苇葱郁挺秀，置身在无垠的碧海里，游鱼般自在。"蒹葭萋萋，白露未晞。所谓伊人，在水之湄。"此时的苇高挑秀美，如同衣袂飘飘的凌波仙子。晨光亲吻着碧叶，为它镀上一层光亮的银边，更多了一分生机。有的叶片上露珠还未消逝，晶晶亮亮，莫不是织女思念牛郎遗落的泪滴。叶片上的小绒毛泛出柔和的光泽，就像小丫头脸上的绒毛，娇俏可人。微风拂过，绿叶沙沙，苇丛里回荡着低沉悠长的风吟，如同蒙古草原上的呼麦。聆听着来自大地深处的呼吸，让自己一点一点地沉静下来，静下来，你会听到自己血脉的呼应。或许千年之前，我就是这里的一枝苇。机缘巧合，千年后来到尘世，成了一枝能思考、会行走的秀苇。融入苇海，心灵得到一种从未有过的安适，回家了，或许是这样。

苇塘静如处子，深情地拥抱着蓝天、云朵和翠苇。游船在碧波上缓缓前行，仿佛在碧绸上剪裁着霓裳。船后的浪花翻卷着涌来荡去，哗哗的水声更添几分清凉。静立船头，披着丝巾张开双臂，感受着飞翔的幻美。云轻轻、风悄悄、水绵绵，陶醉在画卷般的境界，如蝶又似鹤。苇丛里，鱼儿如织，虾蟹成群，它们在苇间追逐嬉戏，就像水波里快乐的音符，等待着与鸟雀合奏一场经典的交响乐。青翠的芦苇、翡翠般的碧波，缓缓地漫上我的身心，呼吸也都是碧绿的，沁透心脾的舒爽，让人欲罢不能。

苇塘的深处是鸟儿的天堂，苇莺、夜鹭、白鹭、喜鹊、苍鹭、野鸭，大小不一，形状各异，五颜六色。鸟鸣声令人如痴如醉，唧唧啾啾、喊喊喳喳、啾啾喳喳、呱呱唧唧、嘎嘎咕咕、唧啾唧啾……婉转的鸣叫时而高亢，时而低沉，天籁之美，让巧舌如簧的人类甘拜下风。看到众多可爱的鸟儿，脑海中不住地浮现出描写鸟儿的优美诗句。"关关雎鸠，在河之洲。""燕燕于飞，差池其羽。""伐木丁丁，鸟鸣嘤嘤。"每种鸟都有自己的领地，此时正是孵化期。人们闯入它们的家园，惹得几只大鸟急匆匆地飞起又落下，唧唧地叫着，焦躁不已。众多鸟儿回应着，一时汇聚了十多只鸟，在我们附近盘旋。急促的叫声仿佛逐客令，大家相视一笑，赶紧躲开它们的领地。

不远处又飞起了几只鸟儿，体态修长，头顶和翅膀黑如绸缎，脖子和腹部洁白似雪。它们煽动着翅膀悬停半空，小红腿修长挺直。朋友说，那是有着水中模特美名的黑翅长脚鹬，它在我们面前焦躁地舞蹈，是为了转移人们的视线，保护附近的幼鸟。第一次看到仙子般优美的舞蹈，虽然看不够，却不忍心让鸟儿不安，压抑着内心的喜欢，默默离开了鸟岛。苇丛又恢复了安静，静听似乎能听到徐徐的扑翅声，以及鸟儿爱侣的呢喃私语。听朋友讲，传说苇塘里有一种叫"蚊母"的奇特大鸟，声音厚重又沉闷，叫一声，吐蚊一斗。回望静默在苍茫里的大洼，期待着邂逅那奇特的大鸟，渴望听听它的声音。

远远地听到鹤的鸣叫，驻足观望，看到了那对翩翩起舞的丹顶鹤。压抑不住内心的喜悦，快步走近鹤园，隔着细密的铁丝网，终于看到了一对俊雅高傲的丹顶鹤。白色的长颈优雅地顶着红冠，轻盈地扇着翅膀，灵巧的身体有韵律地舞着，就像傲慢的小公主。朋友的叮嘱早就丢在脑后，伸出手试探地接近它，它歪着头好奇地打量我，慢慢靠近，终于我触摸到了它光滑油亮的羽毛，丝绸一般的质感。无须语言，仙鹤真是精灵，它竟然能读懂我目光里的善意。静静地享受着与鹤友好相处，无言的感动涌上心头。信任创造美好的境界，原来人与自然可以如此和谐地相处。

湿地是地球之肾，保护湿地，就是在呵护人类自己。感谢那些默默守护大洼的人们，这片神奇土地上的守护神。轻轻地我来了，卸下红尘的负累；轻轻地我走了，挥挥衣袖，不带走半片云霞，带走了满怀的青碧与感动。

2015 年 8 月 20 日

流淌在心上的汉江

那是一条美丽的江,沿秦岭南麓穿越汉中、安康,穿越丹江口、荆门,在崇山峻岭间留一道弯曲的切痕,如一束柔韧的秀发飘过青山飘过层林,褒河、丹江、唐河、白河、堵河,还有那些密集的溪流则是发梢一齐轻快地舞动。它由湍急跌宕到平静舒缓也如一条畅通的血脉,那碧绿的血液滋润着两岸富饶的山川田园。古以"江河淮汉"四水并称,如诗如画的汉江即是汉文化的发祥地,汉族文明从这里发源。

中学时,我在《诗经》中读到关于汉江的描写,"汉之广矣,不可泳思;江之永矣,不可方思",对这条美丽的江充满好奇,我常常翻开地图,凝望着那道发源于汉中米仓山,穿行三千里并入长江的神往中的河流。向往汉江很久,但几次南行都与它擦肩而过,一直没有机会近距离地解读它。它在天边静静地流淌,我在梦里默默地眺望。

金秋十月,丹桂飘香,红叶流韵。我与小妹兴冲冲地来到了风光秀丽的陕南,踏上安康,还没来得及关注街边的花草,朋友就带着我们直奔石泉景区。在安康报社朋友的陪同下,我们畅游了有着"秦巴画廊"美称的石泉山水,第一次亲近了秦巴汉水,走进了山、水、泉、洞、峡、滩等奇景组合的山水人文画卷。车沿着山路左拐右行,心与车轮一起攀升着、下移着,车窗前不断飘过的朵朵白云引来我和小妹的阵阵惊叹,朋友告诉我,前面的风景更迷人。当一道江流横在眼前时,我迫不及待打开车门冲了出去,静立在久盼的汉江边痴情地仰望蓝天。

看惯了北方灰蒙蒙的天空,我竟然有点不相信自己的眼睛,那湛蓝的天空不会是人工抹染的吧,清澈得不染一丝杂质,蓝得莹洁如洗。白云悠悠飘过，仿佛一朵朵盛开的白莲花在爱人的心湖里肆意绽放。云朵千姿百态，像羊群、像骏马、像玉兔、像洒落的珍珠，丝丝缕缕地纠缠着，变幻着……

迎着清风，我不由展开了想要飞翔的双臂，那一刻，我的心门似乎被云朵柔柔地打开，凡俗的喜怒哀愁已在瞬间抖落，只剩晶莹的蓝、圣洁的白。

我沉迷在风景中，不经意间自己也成了大自然的一道风景，朋友笑着抓拍下我这痴人般的动作，相机的咔嚓声唤回我飘远的思绪。收回眺望的目光，安静地坐在汉江边一块巨石上看汉江，朋友说那是织女石。织女，就是天河边日夜凝望牛郎的织女吗？听朋友讲解才知道石泉是牛郎织女传说的发源地，抚摸着织女石，粗粝得磨手，心中也为牛郎织女的爱情隐隐作痛，不禁荡起层层涟漪：万物都将随时光老去，唯有纯真的爱情被时光打磨得晶莹剔透，一如这沉默千万年的织女石。

但传说毕竟远了，汉江就在眼前。我看过翻腾怒吼的大海，玩赏过银镜般的西湖，却从没看到过如此碧绿柔婉的汉江。朋友把汉江比作一条在山涧蜿蜒飘动的玉带，也很贴切，它映照着蓝天、白云、青山，东西横贯石泉绵延70公里，与烟波湖、莲花湖在县城首尾相接，组合成了"一江两湖映山城"的奇观。

此时在我眼里汉江又像一位娴静的淑女，裁荷为衣，怀抱琵琶，轻摇曼舞，浅唱低吟。引得一座座拔地而起形态万千的青山在江边静默地聆听，山间花树枝叶挂着的莹亮露珠，怎就不是枝叶倾听弦乐动情的喜泪呢。那山、那树、那花、那水都是笑吟吟的。在欢笑中，江水依偎着青山，青山拥抱着碧水，相依相伴，亘古不变。

人有悲欢离合，我依偎着你倾诉，不离不弃。看着相依的青山绿水，不知何时眼睛也湿润了。爱情是天外的仙草，步入人间难以扎根，或许是被补天的女娲随手丢在了石泉的汉江里，才让这方山水有了柔情爱意。

青山静默无语，伴着江水丝绸般划过我的眼眸，心上的褶皱一下子就被它抚平了。突然间觉得自己变得纯净简单起来，整个人如同江水一般通透，连呼吸都是碧绿的，除了江边树枝上小鸟婉转的鸣唱和自己的呼吸，再无声响。

我的目光在江面上游走着，探寻着，试图触摸它的沧桑，聆听自古"曲莫如汉"的江水卷起的惊涛骇浪。感受王维"楚塞三湘接，荆门九派通。江流天地外，山色有无中"的恣肆捭阖。然而这里的汉江却沉静得像一面镜子。难道是江边盛开的千亩莲花石牵住了它的衣裙？看了那么久，竟然看不到它在流动。

朋友告诉我，它一直在流淌，只是江水太深，表面看它是静止，其实下面暗流涌动。沉默的汉江就像谦和淳朴的汉江人，没有华丽的言辞，腹有诗书却深藏不露，默默地做事，沉稳地做人。美丽而不张扬的汉江又给我上了一课：大象无形，大音希声，安宁、平静是大美，诚如斯言。

2010 年 10 月

蓝墨水的上游

著名诗人余光中曾动情地说过：蓝墨水的上游有汨罗江。汨罗江，是湘江最大的支流，它有两个源头，一个源自江西修水，另一个源自湖南平江。说起平江，也许知道的人不多，但热衷历史，尤其喜欢古典文学和近代军史的人肯定熟悉。汨罗江是诗人朝圣的麦加，屈原和杜甫在此涅槃。

在平江，平静的心，再一次泛起涟漪。徜徉在熙熙攘攘的街头，眼前映现出两行足印，强健的足音踏过我心，一直，一直走向汨罗江。

两千年前，屈子在这里写完《离骚》的最后一章《怀沙》，抱石投江殉国，以生命撞响爱国的警钟。

汨罗江畔，屈子神情枯槁捶胸顿足，泣问苍天。"路漫漫其修远也，吾将上下而求索。"远大的抱负尚未实现，怎能撒手诀别深爱的故国家园？

端午时节，龙舟竞渡，人们奋力打捞落水千年的屈子。还有在江水里静默千年的《离骚》《天问》《九章》《九歌》。这些传颂千古的诗篇打捞了两千余年，依然如宝库般取之不尽。

焉知，谁在岸，谁在水，谁来拯救无形之水中的苦人儿？在尘世苦苦挣扎的人们，被名缰利锁禁锢，岁月之河掠去了骨头，那些在骨缝里长出的诗，化作礁石深埋河床。

"故教工部死，来伴大夫魂。"千年之后，诗圣也在平江追随大夫而去。唐末，为躲叛军战乱，杜甫坐船由湘江到汨罗，行至平江迷路，被突至的洪水围困9日，饥饿而亡。

诗家不幸，巨星陨落。平江是屈子和杜甫最终的归宿。汨罗江一半苦泪，一半哀愁，一半火焰，一半寒冰。

苍天眷顾汨罗江，因为它拥抱两个伟大的灵魂，变成了一个伟大民族诗歌的上游——蓝墨水的上游，汨罗江，汨罗的上游是平江。

诗人的满腹诗书倾入江心，一半化为鹭鸟，一半化为白莲，风清月明之夜，江心有诗吟诵，有泪流淌。

风吟，荷诵，有韵的诗篇，抑或无韵的呼唤，随着江水流淌千年。

汨罗江，一部厚重的史书，跌宕的国运家运，万千苦泪，尽收其间。

诗人崇高而伟大的人格融入滔滔江水，缓缓流入平江人的血脉，长成铮铮傲骨，凝成担道义的铁肩。

一叶小舟在江心漂摇，捧着奄奄一息的诗圣杜甫，那日的汨罗江手足无措，浪在哀号，风在哽咽。时光的对岸，千顷稻花香，却送不去一粒米。

杜甫一生写过无数关于美食的诗句，却半生落魄，至死饥肠辘辘，默念着"鲜鲫银丝鲙，香芹碧涧羹"，"家家养乌鬼，顿顿食黄鱼"，"长安冬菹酸且绿，金城土酥净如练"。

"但使残年饱吃饭，只愿无事长相见！"一声长叹，两行苦泪，多舛的命运蚕食着孤傲的灵魂。这两句诗仿佛盐粒，揉搓着诗心，饥寒交迫中的诗圣，却写出令人仰望的诗句。命运把他踩在脚底，悲悯众生的诗句把他的灵魂高高举起，举过云端，却没能举过命运的沟坎。

"明日隔山岳，世事两茫茫。"千年之后，诗圣依然令人仰望。

汨罗江，一条令天下文人仰望的江，它早已超越了一条江的意义。静默江畔，鹭鸟翩翩，浪花点点，"湛湛江水兮，上有枫。目极千里兮，伤心悲。魂兮归来，哀江南"。

司马迁在《史记》中称赞屈子"明于治乱，娴于辞令"。梁启超曾写下名言："吾以为凡为中国人者，须获有欣赏楚辞之能力，乃为不虚生此国。"

"腹有诗书气自华"是赞美文人的名言，用此评价蓝墨水的上游平江，似乎也挺恰当。

蓝墨水的上游，静默的平江，升华了国人的精神境界。

屈原和杜甫忧国忧民的情怀，对这块土地长时间的滋润与浸淫，造就了一方文化，打造了一地民风。在平江，脚步轻轻，静静感知文学的呼吸，默默汲取奔走的力量，寻找着从《离骚》或诗圣的文卷里溜出的诗句。

2017 年 7 月

我是汉江一条鱼

"不要问我从哪里来，我的故乡在远方，为什么流浪，流浪远方……"每次听到这首歌，我的眼里总会情不自禁地盈满泪水。那泪水中的苦涩，又有谁知。

思故乡，念亲人，总是如影相随，那不可触摸的思乡情，总是潮湿着我午夜的清梦。

我是来自汉江的一条鱼。美丽的汉江留下了我童年的欢笑，我在清凌凌的江水里一天天长大，江边的石滩上纤夫那沉重的号子时常回荡在我的耳畔。

曾经，我和众多的兄弟姐妹自在地生活在汉江，朝嬉彩霞，夕逐浪花，渐渐地，无忧无虑的日子令我乏味。

鲤鱼山和汉江边的千亩石莲花，还有那些熟悉的美景都无法满足渴望新奇的心。

每日眺望着远方，内心生出强大的翅膀，看着一条条游船载着欢笑来了，一艘艘货船满载而去。

终于我鼓起勇气跟着船儿随波逐流，故乡越来越远，眼前的风景渐渐陌生。

未知的诱惑，让我时而兴奋，时而恐惧，在纠结中，进入梦乡。

黎明里，一声清脆的鸟鸣把我从酣梦中唤醒。船停靠在码头，漫长的旅途似乎结束了。我每天在这湾码头里蜷缩着，失望与厌倦与日俱增，看着身边的鱼儿有的过着养尊处优的日子，有的上岸化成人儿忙碌生活。

我感觉茫然，留下还是离开，令我困惑。夜里岸上不时传来曼妙歌声，更令我感到水中的寂寞。终于，我鼓足勇气决定上岸，像海的女儿一样用美丽的歌喉换了双腿，走向红尘。

在红尘里，我努力地工作着，用心实现着青春梦想，每天夸父逐日般奔跑着。优胜劣汰的丛林生存法则让我不敢有丝毫的懈怠，我小心地躲避着那些擦着毒药的唇枪舌剑，让自己变得强大和勇敢。

午夜时分，卸下面具，抚摸着伤口，却欲哭无泪。吹一曲长箫陪伴孤独的自己，幽怨的箫声里，远去的故乡渐渐清晰。

箫声轻轻呼唤着天边的游子，那些逝去的青春花儿般重回枝头。

多少次，挺住了狂风暴雨的击打，面对诱惑，面对尔虞我诈，没有低头折节。

是汉江给了我坚硬的身骨，是汉江铸造了孤傲的灵魂，是汉江给了我诗意的情怀，是汉江给了我一双黑眼睛，让我在异乡寻找着光明。

"君问归期未有期，巴山夜雨涨秋池。"中年的我没有了少年时的天真，也没有了青年时的孟浪，思乡的痛却像老寒腿般，随着天气的阴晴不时袭来。

一次次地翻看地图，一遍遍地丈量着我与汉江的距离，一声幽叹，掩卷拭泪，走不近梦里的故乡，徒增百转惆怅。

安康、石泉、汉阴、紫阳、旬阳……我的姐妹，我的家，你们是否变了模样？

想念安康的香溪洞，还有溪边的七里香；想念"石泉十美"的古镇石泉，还有三沈故园的蜡梅花。

想念汉阴的云海、梯田，还有吴家花坞的油菜花。

想念碧波荡漾的瀛湖，还有那潇潇的竹林。

想念旬阳秀美宁静的古城，还有那神秘优美的太极图。

想念故乡的每一处美景，每想一次，都有一种揭鳞般的痛。

思念着流淌在心上的汉江，渴望着回归。

多年的愿望就要成真，终于盼来了引汉入京的工程，美丽的汉江千里迢迢流向北方。

我日夜遥望着陕南，期盼着从鲤鱼山出发的汉江滚滚而来。

碧玉似的江水，玉带般在崇山峻岭蜿蜒着，走过陕南的秀丽山川，汇入湖北浩荡的丹江口。

向北穿越滔滔黄河，流向广袤的华北平原，流向京津干涸的土地，终于奔至我的身边，熟悉的气息，令我欢呼雀跃。

轻轻掬起一捧碎银般的江水，蓦然间，看到了掌心映照的容颜。疲惫的神情，鬓角的白发，眼角的皱纹。

饮下它，我干瘪的血管再一次丰盈。微笑着，我看着汉江水像红色的血液流向我的全身，不急不缓。

微笑着，我感到了血液的力量，它使我的内心充满了温暖。

它使天空变得灿烂，慢慢和我的微笑融为一体，我突然有种想歌唱的冲动。

虽然再也回不到汉江的怀抱，但我不再孤苦，汉江早已融入我的血脉。

饮下碧莹莹的汉江水，我的心上就有了一片赤色净土。

汉江是我眼里不尽的泪，我是汉江心上的朱砂痣。

我依然是鱼，行走在岸上的汉江鱼，枕着汉江水入梦，在梦里洄游，与它相依。

2015 年 5 月

第六章 · 情感

爱着走下去

因为爱过，所以慈悲；因为懂得，所以宽容。我的父母亲是一对情投意合的患难夫妻，都是退休的气象工程师。他们携手走过了青春时代，走过了艰难岁月，直到白发苍苍的耄耋之年。他们相濡以沫，恩爱一生，令人尊敬，令人艳羡。

春风拂过大地，百花开成海洋。春雨飘落人间，泥土生长奇迹。这是爱的力量，这是爱对爱的呼应。父亲正直侠义、多才多艺、勤劳朴实，母亲美丽温柔、勤俭持家、热爱生活，他们是一对有理想、懂情趣，让人羡慕敬佩的好夫妻。

我的父亲出身贫寒，从小勤奋好学，通过自己的努力考上北京气象学校。母亲天资聪慧，出生在殷实人家。他们是1959年北京气象学校的第二届毕业生，同为品学兼优的学生干部，毕业前夕因班主任张文茜恩师做媒而牵手。那个年代大家都很保守和俭朴，无须山盟海誓，更无花前月下的浪漫，两张单人床拼到一起，没有彩礼和陪嫁，母亲剪的大红喜字扮靓婚房，朋友的祝福，甜甜的喜糖，香醇的热茶，喜气的鞭炮叩响了婚姻生活的大门。

父亲毕业后响应党的号召，主动申请支援大西北建设，带着自己的理想和憧憬，远离家乡和父母。母亲毅然放弃了大城市优越舒适的生活，追随理想，追随爱人，在甘肃一待就是三十年。懵懵懂懂的我们曾经对此举很不理解，当年有名的才女如何看上来自农村的父亲？母亲总是欣慰地说，看上你父亲的善良与才气，还有他自强不息的精神。

这一去就是大半生，他们相濡以沫，恩爱有加。白天忙工作，晚上一起钻研业务。那时的甘肃气象人才很是欠缺，父母一边从事地方上气象台站的检查与验收工作，一边协助甘肃省气象局培训新学员，生活忙碌而充实。不久全国遭遇三年自然灾害，食物紧缺，举国挨饿，有的夫妻因挨饿抢夺食物而大打出手，他们却相敬如宾，宁可自己喝盐水，也想方设法让对方多吃点。母亲心疼父亲吃不饱没有精力工作，总是给父亲捞稠一些的瓜菜饭，自己的碗里却是清可照人。看着母亲浮肿的双腿，父亲的泪流到心里。贫苦的生活，让他们靠得更近，虽然每天吃半饱，但仍强打精神坚持上班。想到远方的亲人正在饥饿中煎熬，他们更是不安，硬是从牙缝里省下钱，寄给彼此的父母。

熬过三年饥荒，生活步入正轨后终于盼来了第一个孩子。各自的老人远在千里不能赶来侍候月子。父亲就多方请教，早早备下一百个鸡蛋。父亲下班后，背着猎枪去深山里打猎，野鸡、野鸽子、尕啦鸡、野兔，换着花样给母亲补养身子。身边没有老人，父亲细心周到地照顾母亲，所有的家务活都包下了，哼着小曲，刷着尿片，曾是家属院里的一道风景。看到母亲夜里搂着孩子喂奶，胳膊受凉疼痛，父亲马上赶制一只棉袄袖，虽然粗针大线，却把母亲感动得说不出话，大院里的婆姨们羡慕得眼珠子都快掉出来了。

那时物质贫乏，为了解决穿衣的问题，父亲自学了服装裁剪，总是别出心裁地设计出美丽的衣裙，引领着小城的时尚。家里子女多，加之同事相求，逢年过节夫裁妻缝格外忙碌，周边的孩子几乎都穿过父母缝制的衣服。年前一个月，父母几乎十二点前没有睡过觉，晚上在灯下忙着缝制衣服。记得儿时，我睡醒一觉了，看到父母还在灯下飞针走线。父亲一生节俭，把妻儿打扮得漂漂亮亮，自己却舍不得添置新衣。

渭源县地处山区，潮湿阴冷，老百姓得风湿病的比较多。父亲博学好钻研，自学针灸，先在自己和母亲身上练得针法娴熟了，就经常免费为百姓诊治，父亲外出行医，家务落在母亲身上，母亲默默操劳却无半句怨言。父亲水性好，多次奋不顾身地抢救落水群众。有一年初夏的黄昏，父亲在黄河汊里打捞溺水而亡的中学生，经过两个多小时才抓住那人的脚，吃力地拖到岸边，却没有人下去帮忙，父亲累得瘫倒在河岸上。母亲揪心地看着冷风中冻得说不出话的父亲，瘦小的她艰难地搀起父亲，心疼地直抹泪，却舍不得指责。

幸福的日子刚开始就遭遇了十年浩劫，父亲因坚持正义含冤入狱，母亲不离不弃，含辛茹苦地抚养两个幼儿。领导百般刁难，逼着她和丈夫划清界限，孩子年幼多病，两岁的大女儿刚好一些，三个月的小女儿又病了。有一次两岁的姐姐半夜发高烧，母亲独自抱着孩子冒着暴雨摸着黑，连滚带爬地冲向山下的医院，天黑路滑，差点坠入悬崖，幸好一棵大树挡住了母亲和怀中的孩子。经过三个小时候艰难跋涉，母亲终于气喘吁吁地赶到医院，那时姐姐已经烧得抽风，大夫说，孩子得了急性脑膜炎，如果再晚来半个小时，孩子的脑子就烧坏了。母亲喃喃地念叨着姐姐和父亲的名字，失魂落魄地瘫倒在急救室的门口，大颗大颗的泪珠滚落下来。半个月后姐姐终于出院，大病初愈的姐姐本来已经学会走路，这时却连站的力气都没有了，幸好没有留下后遗症，在母亲精心的调养下慢慢康复，母亲却瘦得皮包骨头。怕狱中的父亲担心，母亲告诉父亲自己出差半个月，所以好久没有来探望他，不明就里的父亲还责怪母亲，以为她改嫁了。

母亲信任父亲的人品，知道父亲在人间地狱里身心遭受着非人的折磨，知道酷爱自由，胸有鸿鹄大志的父亲折翅后痛彻心扉，知道爱子如命的丈夫，看不到宝贝孩子的悲苦。下夜班的母亲几乎没有时间睡觉，总是背着大女儿，抱着小女儿，走两个多小时的山路去探望丈夫。看守所的警察都知道了父亲的冤情，看着憔悴不堪的母亲又来给父亲送营养品，总是心疼地说："大妹子啊，别来了，你放心，我们不会让老胡受委屈的。看你瘦的，别惦记了，照顾好孩子和自己。老胡会平反的。"

父亲搂抱着两岁的小女儿，看到膝盖上的补丁，竟然气愤地责问母亲，为什么给孩子穿补丁衣服。母亲无言背转身去擦拭着断珠般的泪水，他哪里知道，自己的工资停发，还得给老家的父母寄钱，家里都快揭不开锅了。为了生活，心灵手巧的母亲自学了理发和打针，无偿为周围的乡亲服务，善良的乡民总是回报一些米面蔬菜。温暖的乡情给了母亲为父亲奔走的力量。

母亲坚信邪不压正，锲而不舍地多方上诉，四年后父亲终于昭雪，恢复了工作。父亲不在家的日子，生活异常贫困，母亲常年营养不良，患了贫血症。父亲毅然包揽了全部家务，买煤买面洗衣做饭，辅导孩子学习，就连给女儿梳头这样的小事，也是父亲分内的。父亲出差总要带着没上学的女儿，生怕累着母亲。那时，国家提倡计划生育，父亲作为领导要带头完成节育指标。母亲不愿父亲为难，不顾自己贫血的身体，执意要去做绝育。父亲心疼母亲，借着去兰州出差的机会，独自去医院做了结扎，却没有好好调养，从此落下腰疼的毛病。人们都羡慕母亲，几世修来的福啊，遇到如此体贴的丈夫！为了给母亲补养身体，父亲下班后顾不得休息，去黄河里捕鱼捉水鸟。父亲给母亲买了营养品，悄悄锁到抽屉里。那时我们不能理解父亲为何如此偏爱母亲，成年后才懂，那是一种什么样的深情。

父亲总是像宠孩子一样疼爱母亲，无论大事小事都为母亲想得非常周到。1980年父亲春节回家探亲无意中得知，母亲还有三个失散的亲人。于是，父亲骑着自行车顶着寒风走街串巷多方打听，两年后终于帮母亲找回失散四十多年的哥哥姐姐，母亲感动得热泪直流。

1984年春节，为了照顾河北老家的奶奶，母亲毅然放弃事业的追求和优越的生活，随父亲落叶归根，调回陌生的河北省工作。一切从头开始，诸事如潮水般袭来，让这对单纯的老夫妻招架不住了。缠绵病榻的老人，面临考学就业的孩子，工作上的压力，终于使父亲积劳成疾訇然倒下。此后大半的时间耗在病房里，娇弱的母亲多年奔跑在单位、家庭和医院的路上。父亲病了，母亲又恢复了从前的坚强。

父亲得糖尿病需要少食多餐，厨房在一楼，卧室在二楼，母亲每天上下奔走，很是辛苦。父亲肝腹水，肚胀如鼓，下蹲吃力。母亲每天给他洗脚、按摩、热敷、穿鞋。病重的父亲脾气变得暴躁多疑，母亲总是像哄孩子似的温言软语地安慰，于是，父亲慢慢地安静下来，也像孩子般依恋母亲。父亲住院了，母亲不愿耽误我们工作，尽量自己照顾。母亲的细心呵护，几度把病危的父亲从死亡线拖了回来。多年的操劳使母亲累成心脏病，依然毫无怨言。父亲努力配合治疗，积极锻炼，他喜欢音乐，母亲就张罗着买了钢琴，每天陪父亲弹琴唱歌，夫妻时常坐在钢琴前同奏一支曲子。父亲喜欢交谊舞，于是，每天晚饭后，母亲蹬着三轮车，带着父亲去公园跳舞。虽然母亲更喜欢和老姐妹们舞剑，但为了陪父亲，她毅然放弃了自己的爱好。父亲开心，就是母亲最大的幸福。

父亲病重时，大夫担心传染再三叮嘱他们分开睡，母亲说，看不到他，我心里不踏实。父亲说，听不到老伴的呼噜，我睡不着。父亲有时大小便失禁，一生要强的父亲看到自己成了废人，如此拖累白发老妻，他竟然闹起绝食。母亲抹着泪说："你像父亲一样疼爱了我一辈子，就让我来回报一点吧。"看到母亲清洗着地毯上的稀屎，父亲落泪了："你跟我没有享过半点福，今生是无法报答你了，下辈子，我变成小狗，让你牵着走。"

"人生自是有情痴，此事不关风与月。"虽然父亲从不说"我爱你"，母亲也从不说"我想你"，可是，我知道，那是他们用生命写就的永恒的爱情，他们用一生的行动来履行了爱的诺言。他们的言行，保存在珍贵的记忆里，明明白白地摊开在阳光里。让我们像他们一样互相爱着，向着太阳的光辉走下去。你会感到春风化雨的温馨，会看到百花齐放的美丽。

2014 年 5 月

凤仙花开指上来

指甲花花朵宛若飞凤，头尾足翅俱全，学名凤仙花，实至名归。这个花是北方小女孩所熟悉的，纤纤玉指，点点蔻丹，快乐了无数小女孩的童年，那是平淡岁月里的一抹亮色。

暑气稍褪，接来母亲小住。次日是周末，母亲早早地帮我把家务收拾妥当，就从冰箱里拿出一袋花瓣，我接过一看，忍不住笑了。原来母亲在妹妹家种了两棵凤仙花，这几日开得正旺，给我采了一大捧来要我染指甲。看着那捧顶着露珠如霞般鲜艳的花瓣，感觉熟悉又陌生。花瓣雏凤般收敛翼翅卧在手心似乎在午睡，轻轻吹口气，那翼翅就微微颤动心底的爱意。

用凤仙花染指甲，那是许久的记忆了。自从结婚后忙着孩子、工作，别说是染指甲，就是种花、买花、看花都没有那个闲情逸趣了。逢年过节，偶尔来了兴致，一瓶亮丽的指甲油，瞬间就可让指尖彩蝶翻飞。不过那美丽来得简单，消退得也容易，刺鼻的油漆味刚消退，也就是三两天的工夫，漆皮斑驳，丑不忍睹。当然，如果舍得花大价钱，去做专业的指甲美容，点画，粘钻，贴羽，那美丽就要持久一点，只是居家过日子的主妇，有几个舍得将大把的时间金钱浪费在那华而不实的地方呢。

"老妈，我这样大的岁数，指甲染得绯红，人家不笑话吗？""哪里的话，这是一种生活情趣。你看多保守的农村老太太，都乐此不疲地把指甲染成玛瑙色。再说指甲花有保健的功效。""老妈，我要是染了指甲，就什么事都无法做了。""没事，老妈伺候你。"

老妈坐在写字台前，扶着小碗捏着白矾细细地碾着花瓣，我坐在一旁嗅着凤仙花那独有的清香，静静地看着母亲。这个画面是多么熟悉，也是夏日的午后，我托着腮，凝望着一位白发老人研磨花瓣，只是时光倒回了四十年。

那时我四岁，跟着奶奶在河北老家生活，看到别人家养花种草，很是羡慕，在我用儿歌和邻居"换来"花籽后，奶奶在窗前的花池里选了一块地方供我栽种，我用小铲子翻好泥土，却捏着那几粒褐色的绿豆大小的种子舍不得撒手，生怕丢在土里被小老鼠偷食。奶奶说老鼠那丑家伙才不知道爱花呢，我才放心地把花籽种下，心里也播下了一粒美丽的种子。每天只要一闲下来，我就搬着小椅子坐在窗前守望，萌芽，出叶，腋窝里终于爆出一串串花苞，看着那些掩映在绿叶中的红宝石，我激动地蹦跳不已。

吃过饭，在奶奶的指导下，我掐下了几个铜钱大小的花朵。奶奶找来一个碗倒扣着，摘去花蒂把花瓣收拢在碗底，我任性地抢过白矾用力地砸了几下，不是花瓣跑到外面，就是白矾砸了扶着的手。奶奶微笑着接过碗，不紧不慢地碾了起来。我托着腮静静地看着奶奶那雪白的头发想，心里突然跳出一个念头。"傻丫头，想什么呢？"奶奶正好问道。"奶奶，我在想，红色的凤仙花能把指甲染红，是不是有种黑色的指甲花能把奶奶的头发染黑啊？""好啊，奶奶等着你给我染呢。"说着，奶奶已把花瓣碾好了。她戴上那幅圆光的老花镜，一只手抬起我的小手，另一只手用小竹签挑起花泥在我那小指甲上涂抹，那神情就像姑姑绣花似的。

奶奶是个爱美的人，我也一样。奶奶每天变着法儿地给我染指甲，每个指甲的图案各不相同，有的像弯月，有的像桃心，有的像太阳花。奶奶有时也在我的手心里染出我的名字"芳"或笑脸，在凤仙花盛开的季节，每天都如此重复着。酒红、橘红、胭脂红、殷红、火红、绯红，渐渐地变成玛瑙般的冷艳莹润，宛转兰花指，俏丽中透着几分端庄。古人曾有"曲阑凤子花开后，捣入金盆瘦。银甲暂教除，染上春纤，一夜深红透"之句，在亲身经历后再读，觉得状物描情，细致到位。傍晚时分，坐在枣树下，跷着十指，聆听奶奶讲故事，是童年整个夏天不变的功课。那画面被时间打磨得如同琥珀般清晰。长大后，再回味那些片段才悟出，那是奶奶在我的心灵上作画，她把温柔、善良、淳朴和智慧种在我的灵魂里。

七岁那年的夏末，父母接我到甘肃上学，面对多年不见早已生疏的父母，再加上陌生的环境，我整天闷闷不乐。每次洗过澡，我都因为剪指甲和母亲闹腾。那天看着指甲上的蔻丹消退成一个小月牙，我咬着指甲看着奶奶的照片泪眼汪汪。那一幕恰好被父亲看到，他终于明白我不舍得修剪指甲的原因，于是父亲若有所思地摸着我的头："明年，爸爸带你去看奶奶吧。"次年油菜花盛开的季节，爸爸带着我去河北看奶奶，离别时，我依偎在奶奶的怀里哭闹不止。奶奶一直为不是指甲花盛开的季节，未能给我染指甲而抱憾。而我也未能种出黑色的凤仙花，奶奶的白发一直白下去。

回到甘肃已错过栽种的季节，记得那是一个雨天，父亲带着我去周围老百姓家里要凤仙花，那些婆姨们看到父亲这样宠爱女儿，纷纷打趣："大哥啊，爱花的汉子怕老婆呦。"父亲满不在乎地笑了笑，背着手唱着信天游大步流星地走着，我花蝴蝶般飞在后面。于是，每年春天爸爸都要在花盆里种两棵凤仙花，入夏，母亲总要从繁重的工作和成堆的家务里挤出时间陪我染指甲，那抹艳丽就从花枝开到指尖再蔓延至腮边，直到隆冬，还有一弯红月牙含笑指尖。渐渐地母亲不再抱怨女儿任性顽皮，我也不再觉得西北的家总是灰色的。

"丫头，你发什么呆呢？"母亲的呼唤惊醒沉思的我，翘着双手，愣愣地看着眼前戴着老花镜给我涂抹丹蔻的母亲。似乎是转眼的工夫，那个四龄稚童已是不惑之年，而慈祥的奶奶，勤劳的父亲早已远去天国，美丽的母亲也已步履蹒跚，白发如雪。夏日依旧热情似火，丹红依旧灿烂如霞，只是我的童年和青春，还有我的亲人们，你们都去了哪里？

年年岁岁花相似，凤仙花也大抵这样，可岁岁年年人不同，我就如此。和凤仙花的故事，竟几乎可以串起我的半生，我的回忆，我和亲人之间的分聚。果然是一花一人生。愿它常开不败，愿指尖能永存那一脉相承的温情和香气。

2011 年 7 月

一瓣香消泪满巾

　　腊八节是汉族用来祭祀祖先和神灵，祈求丰收和吉祥好运的节日，传说释迦牟尼在这一天得道成佛，因此寺院每逢腊八煮粥供佛，以后民间相沿成俗，直至今日。腊八叩响了春节的大门，儿时盼过年，就是从盼着喝腊八粥开始的。那时物质匮乏，而过年不仅能穿新衣，吃美食，有压岁钱，还能走亲访友，不用写作业。无论是家人还是邻居，都是笑脸相迎。

　　我的童年是在甘肃度过的，父母支边去了大西北，我们兄妹也随着他们在那个贫瘠的土地上生根发芽。从记事起，只要看到爸妈舀出各种豆豆让我们帮着拣选，我都开心地要蹦起来。噢！快过年喽，有好东西吃啦。我们姐妹三个美得唱啊，闹啊，即使弄撒了豆子，妈妈也是不痛不痒地批评两句："疯丫头，大院里的男娃都没有你们闹得欢。"爸爸总是得意地说："嘿，就喜欢俺家丫头的欢笑声，比隔壁老王唱歌动听多了。""爸爸，今天为什么放八样豆豆啊？""明天是腊八啊，豆豆开会，商量如何过年。""大个的花菜豆是爸爸妈妈，小红豆豆是姐姐，小豌豆是芳芳，白胖豆是妹妹，大蚕豆是哥哥，菱角米是奶奶，大红枣是姑姑，噢！我们一家人终于团聚了。"我和姐姐一边捡拾着豆子，一边嘟嘟囔囔地编着故事。说到千里之外的奶奶和姑姑，爸妈半天没有说话，为了事业，他们舍弃了与亲人的团聚，半生陷入思念里，一年又一年。

　　清早，伴着妈妈的呼唤在腊八粥的醇香里醒来。不知何时爸妈已熬好粥，一碗碗端上了桌。妈妈安排我先给邻居张奶奶家送一碗，我用小手捧着热气腾腾的碗，腊八粥热热的温度，透过碗传到手心里，浑身顿时也热起来。在张奶奶的夸赞声中，我连蹦带跳地跑回家，我们美美地喝着，每当吃到大枣、栗子、桂圆，就像中了大奖一般欢叫，让爸妈感到好惬意。大丫聪明好学，二丫淘气可爱，三丫壮得像牛，都是爸妈的掌中宝。我三下五除二，碗见底了，妈妈又给我盛了半碗，还把自己碗里的栗子、大枣夹给我几个，我才不理睬姐妹的抗议，埋头紧喝。爸爸赶紧把自己的夹给姐妹。屋里炉子烧得好热，炉口燃着红焰。一家人围着桌子吃得热火朝天，邻居经过，透过窗户玻璃看进来，总是羡慕不已。那时不懂他们羡慕什么，各家的饭都差不多，只是我家的欢笑多一些。

三十年前，爸妈终于调回河北老家。五口之家猛然增至八口，爸妈的腊八粥越熬越多，粥里的粮豆也更丰富多彩了。奶奶和姑姑都聚到我家，期待多年的心愿终于实现。随着我们长大，爸爸熬的腊八粥却越来越少，我们兄妹上学、上班，散在各处，只剩爸妈守着空巢。每到腊八前，爸爸都要打电话询问我们何时回家，得到肯定的答复，爸妈都像过年一般开心，在头一天泡好豆米。看着爸妈起五更辛苦地生火熬煮，我多次劝阻他们别再熬粥，"现在的孩子口味高，那个粥早不稀罕，超市里啥样的保鲜粥都有"。每当我说这些，爸妈总是默默地摇头："唉，你们懂啥啊！"

我做了母亲，终于体会到那碗粥的分量，每年尽量抽时间陪双方父母喝腊八粥。爸爸病重住院的那年腊月，他整天翻看日历，磨着要出院，无奈病重大夫不放行。腊八前一天爸爸执意要回家，竟然闹脾气不配合输液。于是我向大夫请了假，傍晚把爸爸接到家里。妈妈配好各种豆米，爸爸被病魔折磨得皮包骨头，虚弱地说："减一些吧，哪有那么多人吃饭啊。"看着爸爸花白的头发、枯黄的面容，还有眼中的泪花，我的心扯成乱麻。清早，等我们起来，爸妈早已熬好了腊八粥，两个姑姑也赶来陪爸爸喝粥。怕吵闹，我们都没有带孩子。

看不到心爱的孙儿们，爸爸生气了："谁说我怕吵，孩子的哭闹我爱听。"哥哥赶紧把孩子们接来了。爸爸喝着热粥，摸摸孙女，看着孙儿，眼睛亮亮的，目光里的温柔，就像冬日的暖阳，让人心里暖暖的，柔柔的，我的心却涌起一股莫名的苦涩。我大口大口地喝着，脸上的笑容掩饰着就要滴落的眼泪。

那是我们陪爸爸度过的最后一个腊八节。第二年，爸爸在端午前夕离开了我们，像熬干的油灯终于熄灭了。头天晚上，他和妈妈还为儿女们包了一大锅粽子。

"自伤白发空流浪，一瓣香消泪满巾"，每次读到清代顾梦游写腊八粥的诗句，五味杂陈齐涌心头。爸爸去世后，我把孤独的妈妈接到身边。每年的腊八节，还能喝上妈妈熬的腊八粥，我的心里也一直是暖暖的。

2015 年 10 月

哥　哥

我写过许多文章，却没有一篇写我的亲哥哥，今天，天阴沉沉的，我的心里在飘雨。记得童年时哥哥常对我说："琪琪你记住，有哥哥在你什么都不用怕，有什么委屈一定告诉哥哥！"哥哥，今天我在想你，你可知道？你远在连云都飞不到的地方，想你的心一直在痛，想你的泪一直在流……

我和两个哥哥很小的时候就跟着奶奶和姑妈长大，我们像遗落天际的流星，没有父母的呵护，孤儿一样寂寞地长大。大哥比我大六岁，他比二哥疼我，所以我和他最亲。我和大哥长得很像，大脸盘大眼睛卷头发，细腰乍背，甚至走路的样子都一样，但我们的性格脾气却截然不同，在他的字典里没有"怕"这个字，可是在我的字典里"忧郁"这两个字却被写重。

听奶奶讲，妈妈把我送回奶奶家时，我才两岁。妈妈离去的那个早晨，我一直抱着妈妈的脖子哭，是哥哥把我哄下来，带我去邻居家玩。刚到邻居家，我又开始哭闹。哥哥就让我骑在人家一条大黑狗的身上，我的魂都快吓没了，揪着狗耳朵都忘了怎么哭……从此，哥哥找到制服我的法宝，我在哥哥的手里也变得异常乖巧懂事。可是，想妈妈的哭声每天都要从奶奶的院子里传出，可把奶奶、姑姑和哥哥急坏了。姑姑们要上班，哥哥每天放学就帮奶奶照看我，我就成了哥哥的小尾巴。每次哥哥要出去玩，我都哭着闹着要去，哥哥嫌我娇气爱哭，总不愿意带着我，我就去给奶奶告状，他只好无可奈何地带上我。于是，我们就成了一道风景，一帮男孩子后面跟着一个红衣小女孩。我和他们一样抱着玩具枪冲锋、打鸟、打陀螺，那些时光好快乐呀！

每当我看到邻居小哥哥远在千里之外的父母来看他时，我都要扑在奶奶怀里哭个不停，把奶奶疼得直掉泪。于是，哥哥就蹲下说："琪琪，要爸爸妈

183

妈做什么？来，哥哥带你去玩，你看，东军又在挨爸妈的打，我们就没有这样的苦呀！""哥，我情愿让他们来打我，我想爸爸，想妈妈。""傻丫头，你再这样我就生气了，还带你去骑大黑狗！"于是，我乖乖地伏在哥哥的背上随他去疯了……

哥哥的手很巧。他会用铁丝用纸壳加工各种玩具手枪，他做的弹弓也很灵巧。我最喜欢他带我去树林里散步，只要我发现小鸟，他就一定能给我打下来。那时，我每天都坐在门前，静静地等待哥哥放学归来。远远地就听到哥哥嘹亮的歌声，我就像鸟儿一样快乐地飞过去。每次哥哥都会给我带一点小东西，不是野花、野果，就是蝴蝶、蜻蜓。每次我都欢天喜地地伴着哥哥一起进院，奶奶紧皱的眉头终于舒展，思念妈妈的痛终于淡忘。

哥哥很疼我，无论什么东西，只要我喜欢他一定很大方地给我。哥哥有个百宝箱，一直舍不得给别人看，那天我磨了他好久，终于给我看了。呀！好多小人书，自制的玩具，倒泥的模子、玻璃球、铜钱。有一天我偷着带小朋友来家玩，她走时偷了哥哥好几个倒泥的模子。哥哥发现后很生气，对我大叫大嚷，我吓坏了，又使出看家的本领"呜呜呜……"哭闹起来。哥哥一看大事不妙，赶紧说好话，许愿，拉起我的手就跑。

哥哥很勇敢，叫了两个伙伴就带我去掏鸟窝。看到哥哥三下两下就爬上和天一样高的大树，我的心里敬佩极了。那时，我多么盼望快点长大，做一个像哥哥一样帅气的男子汉。记得哥哥那天掏了一窝刚出壳的雏鸟，他把那还没有睁开眼睛的小肉球放在我的手心，我紧张得汗毛都竖了起来。哥哥质问我："还随便带人来家吗？还拿我的东西吗？还给奶奶告状吗？"我的眼里噙着泪水不停地摇头，却再也不敢让它流出来……哥哥看我那可怜兮兮的样子心疼了，马上笑着说："逗你呢，给哥哥笑一个，走，让奶奶给你炸肉丸子吃。"那时，我经常能吃到肉丸子，到现在还那么喜欢。当时，小伙伴都很羡慕我有这样一个哥哥，我心里很是得意。虽然，我没有爸爸妈妈的疼爱，但我是奶奶、姑妈和哥哥的掌中宝。周围的孩子谁也不敢欺负我，哥哥是这一带的孩子头，他勇敢、善良、正直，在孩子中很有威信。

哥哥懂事得很早，很小就帮着奶奶做家务。家里没有男人，他就成了小劳力。记得我五岁那年得了百日咳，每日病恹恹地不停咳嗽。大夫告诉家人，找新鲜芦苇根煎汤喝。奶奶很着急，两个姑妈出差了，于是，哥哥放学后就去离家好几里地的芦苇塘里找，回到家都快半夜了。喝了哥哥找来的草药，我渐渐地好了，哥哥也开心地笑了。我想等我长大也这样关心哥哥。

记得那年夏天，刚吃完晚饭，还没有来得及收拾，就天气突变，下起了小鸡蛋那样大的冰雹，把我心爱的小碗给打碎了，我伤心地哭着不肯睡觉。哥哥告诉我，明天碗就能长好，我半信半疑地和哥哥拉钩。第二天，我的小桌子上果然放着一模一样的小碗。哥哥说是他把碗粘好，我心里好感动，哥哥简直像神仙那样万能。后来，我才知道，那只小碗是哥哥拿他最心爱的两把手枪和同学换的。

哥哥，还记得我腿上的伤疤吗？真的很对不起，让你为我挨骂。那是我六岁的夏天，哥哥带我去同学家玩，同学家在盖房子，地上有许多芦苇秆，他们在编草帘子。我在上面开心地爬来爬去找蜗牛壳，没有想到里面藏着一把很锋利的镰刀，一下就给我的膝盖上割了一个一寸多长的大口子，我疼得大哭起来。哥哥急忙背起我狂奔到诊所，鲜血把他的衣服染脏了一大片。大夫给我消毒缝合，他在一旁不停地许愿安慰我。我紧紧地抓着哥哥的手，感觉疼痛减轻了好多。后来，他又带我去商店买零食，大人们看到我们都夸哥哥懂事。等我们回到家里，奶奶看到我腿上的纱布，看到他衣服上的血迹，吓得脸色苍白，对哥哥又是一顿骂！唉！都是我不好，让哥哥受牵连。

长这么大，我就从来没有看见哥哥哭过。他和《大宅门》里的白景琦一样的聪慧、顽皮、叛逆，有个性。记得七岁那年的夏天，哥哥告诉我："听说白眼狼要来，我得出去躲一阵子。你跟着吗？""谁是白眼狼？""你爸爸和妈妈要回来了！""哥，你为什么要走呢，不走好吗？""不，我不想看到他们！"他的秘密被我偷着告诉了奶奶，姑妈把哥哥给拦住了。我没有想到期盼多年与父母的团聚竟然那么伤感，都是我不好惹得哥哥挨打。那天姑妈带着一帮陌生人进了院子，我正和哥哥在树下看书。奶奶把我和哥哥硬拉进屋子，让我们叫爸爸妈妈，哥哥就是不叫。妈妈拿出一把糖给我和哥哥，我们都没有接，妈妈又说，谁叫一声，给谁一元钱。我知道一元钱可以买很多糖豆，这个诱惑比较大。我胆怯地看着哥哥，哥哥用眼睛使劲地瞪我，于是，我也咬着嘴就是不吭声。妈妈急得把我搂在怀里："琪琪，叫妈妈呀。我是妈妈，你不认识了吗？""不，哥哥说，我们是墙缝里蹦出来的，我们没有爸爸妈妈！"我一边大声地嚷着，一边使劲地挣扎，在一旁的爸爸气坏了，一边捋胳膊卷袖子，一边呵斥："好！今天我就修理修理这两个墙缝里蹦出来的小东西，竟然连老子都不认了！"爸爸把哥哥痛打一顿，我吓得不敢哭，也不敢说话，傻傻地站在那里，任由泪水打湿衣襟。奶奶气得差点犯了心脏病，一边是思念已久才相见的宝贝儿子，一边是含着怕化、捧着怕摔的心肝孙子。奶奶急得拿起笤帚打爸爸，爸爸才住手。当时，屋里的我们哭作一团，姑妈看爸爸那样狠地打哥哥，心疼地哭了。这时，我看到哥哥的拳头攥得紧紧的，他的眼里好像在喷火，可是，他没有哭一声，没有落一滴泪。但是，我真的听到了哥哥心碎的声音……

第二天，哥哥就躲到外地的亲戚家，谁劝也不回家。临走时哥哥告诉我："他们有可能带你走，琪琪你记住，有哥哥在，你什么都不要怕。有什么委屈一定告诉哥哥！"我流着泪使劲地点着头。那些日子，我整天想办法躲着他们，感觉和他们在一起很别扭。爸妈要带我去西北上学，走的那天，我依偎在奶奶怀里不住地哭，央求奶奶不要让我走。可是，胳膊拧不过大腿，我还是被爸爸强拉走了，就像黄鼬拉鸡一样。我一步三回头地望着，渴望哥哥的出现……

哥哥请原谅我的不辞而别，我真的不想走，哥哥，你会想起我吗？

记得第一次看《流浪者》《叶赛尼娅》，我哭成了泪人，真是触景生情，我思念起远方的哥哥……再见到哥哥，已是十年之后，我长成亭亭玉立的少女，哥哥已是高大帅气的男子汉，我和哥哥很少说话，但我时刻能感到哥哥的关心。每次晚上自习从学校回家的路上，我都是快乐的，我没有对黑夜的恐惧，因为哥哥会在半路上迎着我。哥哥在家的那段日子，我的生活很充实安静。

工作成家使我和哥哥天各一方，哥哥去了一个云也飘不到的地方。哥哥，你在他乡还好吗？

2012 年 10 月

白月光

月光如水倾泻在窗前，连日来的暴雨把炙热的暑气减去大半，晚风携着月光轻柔地抚摸着身心，白日的忙碌与疲惫也随纱衣一起褪去。久久地静卧床侧，睡意全无。沉浸在水波般的月华里，思绪随它荡漾。当周围暗下去的时候，自己又成了心灵舞台的主角，一幅幅优美却带着些许忧伤的画面不断迭现。

与月光最早的记忆或许就是 3 岁时，妈妈带我和姐姐去河北奶奶家。爸爸含冤失去自由，妈妈独自带着 3 个月的我和 2 岁的姐姐艰难地工作生活，异常辛苦，终于在我 3 岁的时候，决定把其中一个孩子送回老家。一个是 5 岁的体弱多病娇生惯养的姐姐，一个是健壮乖巧俊俏的我，奶奶和姥姥异口同声地选择了我。她们一个随意的决定，就改变了我们的命运。那时我太小，往事已很模糊，但几个零碎的画面一直镌刻在脑海的深处。

妈妈离开奶奶家的前夜，一向听话贪睡的我却迟迟不肯睡去，不时地起来给旁边的妈妈和姐姐盖被单，我这个小小的举动惹得内心纠结无眠的妈妈几次泪眼蒙眬。妈妈说，那夜的月光皎洁如玉，就像女儿白净温润的笑脸，闭上眼睛，女儿月光似的面容就浮现于心头，睁开眼睛，就被月光潮水般淹没。看着两个娇小的女儿，想到天亮后，就要和心爱的女儿天涯相隔，心里就像塞满了寒冰。

那个夜晚，心怀远大志向的妈妈开始懊悔年轻时的抉择，读书、工作、支边，攀越无数险峰，却无法翻越亲情这个沟坎。有那么一刻，妈妈甚至打算放弃甘肃的工作，回老家守着父母儿女过平凡人的日子。可是，纠结的心还没有放稳，耳边又响起当年和父亲在校园里神圣的宣誓：党指向哪里，就去哪里工作。在家庭幸福与革命事业的天平上，妈妈再一次倾斜。无奈的妈妈把我紧紧地搂在怀里，黎明时分，妈妈把熟睡的我亲了又亲，在姑姑不断地催促中挥泪远去。

从此，年幼的我孤星般遗落天涯，我只能在月光里一遍遍地回味母亲的体温和潮湿的呼唤。慢慢地，妈妈的容颜变得模糊，渐渐地融化在月色里。

"月光光，清清凉，想妈的孩子泪水长。"寂寞的孩子在寂寞中渐渐长大。转眼，我已到上学的年纪，爸爸在送走我的半年后昭雪平反，却没有想起去接我回家。七岁那年，爸妈突然记起老家还有一个多年不见的女儿，爸爸急匆匆地去老家接我。

那天，我和小伙伴在枣树林里比赛爬树，自小要强的我猴子般爬到了一人多高的树权上，正在得意的时候，听到奶奶的呼唤："芳芳，回家吧。你爸爸来了。"爸爸，我怎么会有爸爸，自从妈妈把我丢在老家，我的世界里就没有爸妈这两个单词。我没有理会奶奶，依然得意地揪着树枝唱着小曲悠荡着。突然，一个高大的身影出现在林间，"芳芳，你怎么淘气得像个男娃？"我仿佛被那洪钟般的声音撞倒了，心里一慌，竟然直直地摔了下来，哪知衣服被枣树枝挂住，我头朝下猴子般挂在树上，正当我手脚并用苦苦挣扎的时候，一双大手把我抱起稳稳地放到地上。

我睁着好奇的眼睛瞪着眼前这个人，不知为何，生性倔强不许别人触摸的我，竟然没有喊叫，握着眼前的大手，乖乖地随他回家。走在他的身边，我的心里仿佛藏了一头小鹿，不断地冲撞着。我不时抬头看看旁边这个巨人，紧张里竟然夹杂着几分亲切和熟悉。高大挺拔的身姿，坚实有力的脚步，还有一种若有若无的味道，似曾相识。

小伙伴尾随而来，不断喊着："芳芳，你原来有爸爸啊。"

"芳芳，你爸爸为什么那么多年不要你啊？"

听到小伙伴好奇的问话，我猛地抽回自己的小手，突然跑到姑姑的屋里把门插上。在奶奶和姑姑的不断央求下，我才怯生生地打开门。"芳芳，这是爸爸，你怎么不叫呢？"我紧紧地抿着嘴唇一言不发，任凭他们磨破嘴皮。奶奶难过地抹着眼泪，爸爸坐在树下不时地叹气。

吃过晚饭，月亮静静地俯视着大地。晚风拂去大地的燥热，我心底的怨气也散去大半。爸爸说："芳芳，走，爸爸带你们去捉知了。"我拿着小篓默默跟在爸爸身后，后面还有哥哥。月光下的树林静谧又神秘，月光拥抱着树林，给它穿上了一件纱衣，夜风在林间钻来窜去，仿佛在给树枝挠痒痒，惹得枝叶不时地摇晃着。

爸爸和哥哥拿着手电在树下寻找着，一会儿就找到好几个蝉蜕，我发现珍宝般开心地捡拾着，忘记追赶他们。突然哥哥学了几声阴森的猫头鹰叫，我吓得狂跑，裙摆却被树枝挂住，摔在地上。我一急，失声喊叫："爸爸！爸爸！"爸爸赶紧跑过来把我背起来。我伏在爸爸厚实的背上，聆听着爸爸强有力的心跳，泪悄悄滑过脸庞。原来，我真的有爸爸，芳芳不再是没人疼的孩子。月光照在我和爸爸的身上，轻柔馨香，爸爸的爱就是那无声的月光。

接下来的日子，我渐渐成了爸爸的跟屁虫，爸爸带我离开奶奶家，也没有费多大的口舌。我满怀期待地随着爸爸去了甘肃。在我的出生地渭源生活半年，还未适应那里阴冷潮湿的气候，又将随着爸妈工作的调动来到黄河之滨靖远。刚和渭源气象局大院里的大人孩子熟悉，刚开始把这里当成自己的家，就要离开，我的心里升起一种无言的惆怅。

爸妈每天忙碌地整理家具，我和姐姐总是乘大人不备偷着跑出去，和小伙伴们去爬老君山，采野花，喝山泉，去灞陵桥边数桥栏，蹚水捡雨花石。对那里的山山水水多一分接近，心底的留恋就增添几分。

离开渭源的前夜，爸爸的爱徒小黄叔叔亲自送我们到定西倒火车，下车时已是半夜了。月光银子般洒满大地，街上车少人稀，小城沉沉睡去，似乎能听到城市的呼噜声。也许是受大人们离别时伤感情绪的影响，活泼好动的我们却再也无心淘气。我们在一个面馆里坐下，爸爸和黄叔叔默默地喝着青稞酒，妈妈搂着两岁的小妹唱着"小老鼠上灯台"，我吃了几口就跑到门外注视着车站里进进出出的车辆。

初冬了，枯叶在寒风里纠结着坠下，落在地面上发出金属般的声音，翻滚着跑远了。人有时就像树叶，无法主宰自己的命运，追逐着风浪迹天涯。如果能做一棵树，一辈子就在一个地方生活，没有离别的悲伤，该多好啊。7岁的我，并不懂离别的伤感，却被寒月光网住，多年没能走出那个画面。

那时的爸妈还不到40岁，爸爸矫健挺拔，妈妈娇柔俏丽，哥哥聪明好学，我和姐姐公主般可爱。幸福的家啊，为什么说散就散了，你是否问过我们愿不愿意，就残酷地带走了我的爸爸和哥哥？

白月光，心里的某个地方，几许叹息和惆怅，照过我家悲欢的月光，而今你去了哪里？爸妈都喜好音乐，家里有许多的乐器，手风琴、脚踏琴、箫、笛、二胡，每到周末家里总是来许多爸爸的音乐发烧友，我家就成了歌舞的殿堂。

闲暇了，爸爸总要教我们弹脚踏琴。姐姐和哥哥很听话地跟着学习，任性的我却躲在角落抱着小说爱不释手。等我明白了艺不压身，艺术是女人第二张名片的道理，我已学不会了。是什么让我躲着爸爸，不愿意学习音乐？是自卑，深深的自卑，自小不在父母身边生活，总怕做错事被他们批评，于是总是低调地藏在姐姐的身后，把自己变成一粒沉默的石子。

现在看到身边许多孩子为了高考，出于无奈突击学习音乐或绘画，我的心里总是溢出一种难言的惆怅，如果我是个听话的孩子，也许我会活得很精彩。童年早已随时光远去，可是爸爸那月光般的琴声总是在每个月夜洒满心头。

白月光，照天涯的两端，几许忧伤和苍凉。20世纪80年代初学校里开设了英语课。因为是偏远地区，缺少专业教师，我们中学的英语课时断时续。有远见的爸爸出差去上海时给我们买来了《陈琳英语讲座》全套的书籍和磁带，还有一个日本进口的砖头似的录音机，这些花去了爸爸近两个月的工资。这件事在家属院里引起了轰动，那是气象局里的第一台录音机，为此妈妈还和他怄气呢。爸爸起早贪黑督促我学英语很是辛苦，六年从未间断。电台每天凌晨5点播放讲座，爸爸不舍得那么早叫我们起来学习，就每天5点起来录制，让我们中午和晚上挤出时间跟着录音学习。

记得初一那年夏天的周六，电视里播放《排球女郎》。吃过晚饭，爸爸要去值夜班，临走前叮嘱我安心学一个小时的英语，我认真地点点头。洗碗时我的心里不断纠结着，小鹿纯子那美丽的笑脸一再浮现于眼前，要不先看电视，回来再学习也不晚啊。于是，我赶紧锁好门跑到气象局的会议室看电视剧，正当我津津有味地沉浸于精彩的剧情时，"芳芳，你和我回家"，不知何时爸爸出现在身后，我惊出一身冷汗，战战兢兢地随爸爸回家了。爸爸背着手阴沉着脸大步流星地走在前面，我揣摩着今晚这顿打骂跑不了，我望望远方灯影闪烁的乌兰山，心里默默呼唤着在兰州出差的妈妈快来救我。

到家了，我站在门口迟疑着，那时的家属院是通院，左右邻居家里都亮着灯，一旦爸爸动粗，只要我喊一声，邻居们一定会过来劝阻爸爸。正当我犹豫的时候，爸爸早已看透我的心思，语调柔和地说："进来吧，你长大了，爸爸不再打你了。"我羞愧地坐到写字台前低头不语。月光水银般溢满窗前，仿佛给爸爸镀上了一个光圈。

"女儿，爸爸总想和你谈谈。你不聪明又不好学，一晃就长大，到那时再后悔就晚了。"那天爸爸和我谈了近一个小时，那是专为我的学习和励志，最严肃也是最亲切的一次谈话。爸爸说："记住今晚的月光，虽然以后依然有月光抚慰你，却不再是今夜的月光。"那天爸爸没有打骂我，我却感到比挨打挨骂还要难受。我默默打开录音机，用哽咽的语调朗读着："a、b、c……"

月光光，清清凉，月是冰过的砒霜。月如砒，月如霜，落在谁的伤口上？日复一日，年复一年，月轮划过夜空，永无休止地轮回，但愿月光还像那时一样抚慰我。

2013 年 7 月 14 日

篝火荧荧擢夜芒

孤独，是一个人的狂欢；狂欢，是一群人的孤独。草原上，夕阳西下，新朋旧友把酒言欢，都有了些许醉意，燃起的篝火似乎再一次把内心的潮水煮沸。没有号令，激昂的鼓点召集着人们，把晚宴推向了高潮。

篝火是我童年时最熟知不过的，我的童年在甘肃度过。时间倒流至20世纪70年代，元宵节一到，小城的每个街道都要用煤砖垒砌高大的火塔，旁边悬挂九莲灯，既增加节日的喜气，又方便居民逛灯取暖。那时交通困难，自行车比现在的宝马车还稀缺，人们外出基本靠步行。很慢的生活节奏，却把生活酿成醇香的美酒。成年后远离故土，失眠的午夜，在回忆里独酌着昨日的美酒，不知不觉就醉了。西北的隆冬滴水成冰，风似刀割，却抑制不住孩子们对闹元宵的好奇心，虽然穿成棉花包，但一会儿的工夫，就冻得手脚麻木。步履艰难的时候，远远地看到前方熊熊燃烧的火塔，飞一般地奔过去，挤到篝火前惬意地炙烤前胸后背。无论熟悉还是陌生，大家都乐呵呵地说笑着，一样的笑容，一样的目光，一样的温暖。烤篝火，是我童年乐此不疲的美事。火，剥除了大人们的面具，还原了孩子们冬眠的羽翅。

我的思绪在昨日与今天之间穿越，熊熊燃烧的篝火炙烤着草原上升起的月亮，映照着我的往昔与今朝，我似乎看到爸爸在火光里向我微笑。夜风卷着烟火袭向我，瞬间，泪水模糊。我的父母能歌善舞，家里的艺术氛围比较浓。爸爸喜好各种乐器，钢琴、脚踏琴、手风琴、二胡、板胡、笛、箫、埙等就像碗筷一样成了我家的生活必需品，这些宝贝在爸爸手里就像宠物般乖巧。每到周末家里总是聚满父母的朋友，用时尚的词语定位，他们是音乐发烧友，那时的聚会是家庭音乐艺术沙龙的雏形。我家住的气象局家属院是个大通院，每天吃过晚饭，爸爸坐在家属院那棵大榆树下静静地吹着欢快的笛曲，我和大院里的孩子们拉着手围着爸爸自在地舞蹈，大人们坐在门前喝着茶惬意地享受着温馨的时刻。

笛声吸引了大门外去黄河边散步的路人，看着渐渐增多的观众，爸爸的演奏更带劲了。有时爸爸吹完笛子还嫌不尽兴，于是喊来妈妈为他伴唱，换了手风琴接着演奏。爸妈深情地表演着，对视的目光里流动着如水的温柔。我对夫唱妇随这个词的理解就是从那时开始的。爸妈是 20 世纪 50 年代北京气象学院第二届毕业生，他们是同班同学，毕业时响应党的号召去了祖国最贫穷、最需要人才的大西北，在平凡岗位上默默奉献着自己的所有。追随理想，追随爱人，一生无怨无悔，苦中一缕清香，那是茶一样的人生。

夕阳的余晖给爸爸那棱角分明的脸庞镀上了一层金粉，柔化了爸爸脸上那坚硬的线条。一向严肃的爸爸在此刻变得温和慈祥，目光里闪烁着一种睿智的光泽。夕阳里的妈妈秀美端庄，温柔的齐耳秀发透着一丝干练，明亮的大眼睛有着少女般的清纯，那眼神总让人不由自主地联想到小鹿，微微上翘的嘴角透着几分自信和坚毅。童年时，我总是不能理解，如此娇弱美丽的妈妈怎么舍得放弃大都市的生活，甘愿追随爸爸去了荒凉的大西北。是爱，是无言的大爱，给了他们战胜困难的勇气，理想和音乐让他们超越了物质生活的贫困。夕阳里爸妈深情对唱的剪影深深地刻在了我的心上。

也许是爸爸美妙的音乐拉近了人们的距离，大院里的人们亲如一家，就连经常拌嘴打斗的夫妻，也比从前和谐了许多。听大院里的人们讲，我们到来之前，这个单位的人际关系比较疏远，猜忌、传谣、拉帮结派，大院里总是弥漫着冷漠的气息。我家是 1976 年搬到这个地方的，人们关系的改善有"文革"结束这个大环境的原因。我想爸妈那流自心泉的音乐也一定流过人们干枯的心灵，音乐抚平了人们心灵上的沟沟壑壑，安抚了孤寂的灵魂。

为了照顾老家的奶奶，爸妈在 1984 年调回河北工作。那时爸妈的工作非常忙碌，老人缠绵病榻，儿女长大，家事繁重，爸妈异常辛苦，从前的浪漫慢慢褪色。晚年的爸爸百病缠身，性格也变得少言寡语。西北的信天游和草原歌曲一直是爸爸的最爱，也许是因为气力不足，爸爸不再歌唱，他只是一遍遍地听着音乐陷入沉思。这些见证了爸妈的青春与理想，曾伴他们走遍黄土高原的歌曲，常常让他忘记了自己。有时一曲信天游会循环播放一个下午，妈妈在一旁安静地陪着他。没有温言细语的交流，默默相依，如影相随，却令我羡慕不已。

望着爸爸灰白的头发和瘦削脸庞上那刀刻般的皱纹，我的心酸涩得不忍再解读爸爸眼中那丝无言的悲伤。不再歌唱的爸爸却更迷恋舞蹈，那时他负责市体协的一个交谊舞活动点，每天雷打不动拖着重病的身子，推着放满音箱的小三轮去广场播放舞曲。我那白发的妈妈伴在一旁步步紧随，虽然妈妈更喜欢和老姐妹去舞剑，但为了让爸爸开心，她情愿小蜜蜂般围着爸爸旋转。舞蹈中的爸爸挺拔潇洒健硕，王子般沉稳与自信。只要我回娘家，就陪着爸爸起舞。

爸爸用舞步走出了一个心灵小天地，给了他战胜病魔的力量，他在和病魔拔河，又意外地赢得了三年。短暂的三年，却让我们的人生少了许多遗憾。虽然我们都知道重病的爸爸最终要走向那个未知的世界，但我们都在努力地修炼自己的身心，让自己勇敢地去接受这个诀别。有了这三年的缓冲，有了珍贵的相守，才让今天的我再忆爸爸时少了些许的悲伤。只是，置身于欢乐的人群，这温暖的篝火，这明快的音乐，我还是忍不住想起爸爸，真想再陪爸爸跳一支华尔兹，好想，好想！

离开甘肃已经三十载，我与篝火也分别了三十个春秋。没有篝火的日子，生活似乎少了色彩，内心积存的潮气与疲惫无处晾晒。一直渴望有这样一团篝火为我燃烧，一直渴望重逢陪我烤篝火的那些熟悉或陌生的人们。

人生有时就是灵魂的独舞。语言是听觉的舞蹈，是对四肢动作的诠释，也是舌尖的舞蹈。也许是因为性格内向，我没能掌握这门技巧，没有练就巧舌如簧。在一些竞争的场合，口舌笨拙的我，常常不战而逃，选择退守。歌唱是对语言的补充，可我依然唱不出，就像人鱼姑娘为了梦幻中的爱情，无悔地交出自己的歌喉。不善雄辩，不会歌唱，但上苍赐予我指尖与脚尖的芭蕾。夜里，我的指尖就像月下独舞的天鹅，在我心灵的宣纸上如痴如醉地舞蹈，依偎或冷或暖的文字取暖，就像人鱼游向午夜的海滩深深地呼吸。

足尖的舞蹈也是我的另一种呼吸。成年后在嘈杂的世间找不到舞池，于是，我躲开了众人的视线，把舞裙深锁，想刻意地忘记这种呼吸，在自己的心灵角落静寐。童年的我性格拘谨，也太贪玩，没有听从爸爸的教导，好好学一门乐器。还好，我遗传了父母的浪漫情怀，我让指尖和足尖开出花朵。我想，这多少可以慰藉父母的心灵。

欢快的节奏，敲醒我飘远的思绪。更多的人加入了舞蹈的队列，小广场成了欢乐的海洋。醉了吗？也许有些。第一次在公众场合自在地舞蹈，不是广场舞，不是交谊舞，而是踏着节拍随心所欲地手舞足蹈。就在前一分钟，我还在担忧身边的人如何看待我，顾虑人家嘲笑我是人来疯。当我融入舞蹈的队伍，载歌载舞，我为刚才的那些顾虑感到好笑。"子非鱼，焉知鱼之乐。"世界是自己的，如何生活也是自己的事。在自己的世界里哭也好，笑也罢，都与他人无关。其实，在别人的世界，你也并没有那么重要，戴着面具生活给谁看啊。好也罢，坏也罢，唯有自己去承受。别人羽毛再好，也贴不到自己的身上，自己的伤疤再丑，也长不到他人的脸上。

一曲桑巴舞，舞尽孤独，一曲华尔兹，灵动悲欢。我知道这快乐不是永恒，因为短暂，所以珍贵。如此，当我们遭遇悲伤时，也当想起那痛苦不是永恒。活在当下，快乐自己，愉悦他人。我们改变不了社会，教化不了他人，但我们可以改变自己。生命是一条流动的小溪，灵动而充满生机。每个人都是天生的艺术家，努力做好自己人生的琴手，快乐了，喊出来，跳起来；悲伤了，叫出来，哭出来，学着给情感找个出口，痛快地宣泄。如果压力山大，大醉一次又何妨？醉过之后，把忧伤格式化，太阳升起的时候，又充满朝气地在自己的轨道上奔跑。

篝火燃起了，音乐响起了，你还有什么理由枯坐呢？

　　都站起来，围着篝火跳舞，那尽情舒展的身体如凤，如鹤，亦如蝶。千年前的秦观在孤独中写下"炉香冉冉纡寒穗，篝火荧荧擢夜芒"的诗句，今夜我却并不孤独。火光之中，童年依依，爸爸的微笑温暖如初，和火光一道，照得这草原的夜晚格外明亮，格外自由和开朗。

2014 年 6 月 29 日

母亲的田野

四月的田野是母性的，人类的生命可以托付给它啊；四月的田野是春风的，人类的双手怎样打扮它呢？

——题记

天上的色彩慢慢丰富起来，原野的花朵也日渐锦簇。沉睡一冬的大地散发着诱人的气息，一些东西在逝去，一些却在苏醒。打开通往田野的大门，眺望着云际，脚步渴望走得更远，灵魂却渴望着回归故乡。

母亲老了，越来越像个缠人的孩子，总是磨着让我陪她去看田野。虽然她不说，但我知道在田野里，掬一捧泥土，轻轻嗅着，能听到远去亲人的心声。《圣经》曰：大地所育，终归大地。看到母亲眼中的潮湿，心头蓦然酸涩，悄悄转过身去，弯腰扶起踩过的一株小草。

初春的田野空气清润，绿色稀稀落落，没有大片的麦田，大地就像买不起红嫁衣的新娘，脸上带着难掩的贫寒与羞涩。本想看看麦田，谁知转了许久竟然没找到一块。麦浪翻滚曾是华北大平原盛夏最美的风景，如今却不易见到了。曾经碧波荡漾的养鱼池不知何时弃用，在垃圾的围攻下如巴掌大小，黄绿的池水散发着恶臭。记得孩子小的时候，我时常领他在这里钓鱼，池塘边总是围着不少人，游泳、钓鱼、摸鱼，热闹，欢乐。

捂着鼻子拉着老妈赶紧跑远，期待中的碧野难寻踪迹，农村看不到稼穑，有些失落，更多的是伤感。在经济大潮的冲击下，大多农民丢下"农夫山泉有点田"的悠然生活，挖空心思想着发财致富的妙招。有本事的自己开工厂，年轻力壮的去城里打工。上岁数的干不动，一些中年人嫌种麦子太辛苦，把地转租他用。慢慢地良田变成了工厂，变成了高楼。离开了土地，人们的腰包鼓了，可快乐却未必增加多少。

田间小路上，蒲公英、牵牛花、紫苜蓿，还有许多叫不上名字的小野花次第绽放。这一丛，那一簇，散在草丛里，仿佛顽皮的孩子在捉迷藏。我又还原成孩子，摘一朵金黄的蒲公英簪在母亲雪白的发间，端庄中透着几分俏丽；采一朵蒲公英的小伞，轻轻吹动，无数的小翅膀一个紧跟着一个，追赶着远去的童年。

田野深处，一块被塑料薄膜覆盖的棉花田，白色的薄膜平铺大地，紧紧拥抱着泥土。上面压着的土块，横平竖直、整齐有序地排列着，棋盘般工整，园林般精美。摸着薄膜，似乎嗅到泥土散发出的潮湿的呼吸，似乎听到一粒粒种子在奋力地萌芽。农村有了庄稼才有生机，看到大地上这幅画，惆怅少了几分。农民才是真正的艺术家，他们创造了美，最有生命力的美。

母亲的白发就像风中的飞絮，总是不经意间拂皱了我的心湖。守在母亲身旁，有一种说不出的宁静。我陪母亲，其实，也是母亲在陪我。默默地用脚步丈量人生，用脚步缩短着与大地的距离，走近母亲，浮躁的心渐渐沉静朴拙。我和母亲在田埂上慢慢行走着，我想起绕佛，小路是木鱼，我们用脚印一圈圈地敲打着。清晰的愈加清晰，模糊的逐渐散去。一种圣洁自心底缓缓升起，慢慢地高过蓝天。

田野里格外寂静，除去一些忽飞忽落的小鸟，和远处农人偶尔的说笑声，再无声息。母亲不时蹲下拔着野菜，一再念叨着，这样多的野菜，如果是1960年，能救不少人命呢。八十岁将临的母亲，依然腿脚利索，丝毫不输年轻人。我哼着小曲，母亲竟然随着节拍跳起牛仔舞，我也忍不住随她舞蹈，田野没什么人，我们旁若无人地释放着快乐。没有风景，自己就是最好的风景。

棉田旁遗弃着一辆锈迹斑斑的无头拖拉机，母亲乐颠颠地做出推车的动作。"老妈，你这是在拖社会主义的后腿！"老妈摸着头想想，又扭着大秧歌跑到车前，吃力地拉车。那神情真像伏尔加河上的纤夫。其实，我们谁不是纤夫？都在拖着生活的船吃力地前进着。我和母亲在这辆拖拉机前孩童般撒欢，引得远处劳作的人们不住地向这里张望。

河边的小窝棚是棉田主人搭建的。手指粗的竹竿箍架，外面蒙着一层厚实的白色塑料。里面用砖头砌了一个小炕，上面铺着麦秸编制的厚厚的草帘。坐上去柔软、暖和又舒适，散发着麦草的清香。在上面盘腿打坐，思绪在时光的长河里漫溯。童年的地震棚、看瓜棚，还有哥哥给我在树上搭的摇摇床……我有了短暂的恍惚。望着和我盘腿对坐的白发母亲，笑意又浮上眼角。

人间最美四月天，到田野里透透气。贴近泥土，人就有了精气神；贴近草根，就是贴近了自己的灵魂。这里，我找到了属于自己的心灵麦田。一代过去，一代又来，大地却永远长存。

2014 年 4 月

黄河追梦

小雨洒落在童年的记忆中，稀疏地轻打在那个追雨少女的脸上，滴落在多情少女如水的梦中，荡起圈圈波纹……那个女孩就是我，我从小就和雨有缘，生命中许多深刻的记忆总有雨水相伴，我在雨中微笑，在雨中流泪，在雨中陶醉。雨，让我的人生多了诗意和浪漫。以前每次坐车去看妈妈，春夏秋季是雨儿相伴，寒冬是雪花相随。为此，妈妈给我起了一个名字——雨痴。我和雨缠绵最久的是和妈妈的西北之行，有雨相伴使我们的旅程变成了快乐的浪漫之旅。

一

2004 年的暑假，我陪妈妈去西北探望久别的第二故乡——甘肃。动身的那天，晴朗的天空突然飘起太阳雨。明丽的阳光怀抱着晶莹的雨滴悠然洒落，缓缓流走的白云带着我欢快的心情翩然而舞。那奇丽的景色让我的心也唱起了歌，背起行囊，吹着欢快的口哨，踩着轻快的舞步朝车站走去，连伞都不愿意撑开，就让这美丽的太阳雨和我一起出发。

雨中，列车呼啸着向西北方向驶去，晴朗的天空也慢慢被雨云笼罩，天空变得恍惚迷离。望着窗外淅淅沥沥的小雨，我的心也渐渐沉重。兰州，这片古老的土地上有着我们太多的记忆，有欢笑也有眼泪，无论我离她是近还是远，今生也难以和她分开。

车渐行渐近，终于抵达了黄河上游这座让我梦魂萦绕的金城。远在新石器时代，黄河及其支流大通河、庄浪河、溪水和苑川河两岸的土地上，就有兰州的先民们生息、繁衍，创造了黄河上游辉煌的马家窑文化，将绚丽多彩的彩陶艺术推向了巅峰。自夏、商、周至春秋时期，兰州属古雍州之氐羌牧地。公元前215年，秦始皇派大将蒙恬西征，正式将兰州地区纳入秦的版图，成为秦国陇西郡的属地。兰州真正建城，并成为西北军事重镇的历史则始自西汉时期。汉骠骑将军霍去病奉命西征河西匈奴凯旋途中，在今西固区黄河南岸修筑了兰州历史上第一座城堡，取名"金城"，意寓"言城之坚，如金铸成"，希冀其"固若金汤，坚不可摧"。

二

还未来得及更多地回顾历史的沧桑，列车已经停止了它的行程。随着人流走出兰州火车站，迎接我的依然是漫天的细雨。今日的兰州，再也见不到昔日戒备森严的关城和浮船相连的古渡，更难觅营堡墩台的残垣和雄师铁骑的蹄痕，一座繁华的现代都市很难让人把她和战争连在一起。

终于回到了阔别近二十年的第二故乡，心里就像打翻了五味瓶。哥说来接我们，我在四处地张望。在蒙蒙细雨里，有一个高大的身影在向我这里移动。难道是他吗？我们对视了一下就擦肩而过，不知是漫漫岁月的阻隔，还是茫茫烟雨的笼罩，曾经亲密无间的我们，今天竟然成了陌路。最后还是手机的帮助，才让我们认出了近在咫尺的彼此。漫天的烟雨啊，请你告诉我，今天的我为何这样的伤感？

在兰州的三天是妈妈和兰州气象台的叔叔阿姨聚会的时光，雨儿知道妈妈和阿姨如火的思念，她不愿让自己的伤心湿润妈妈和阿姨欢聚的时光，所以她已悄然入梦，艳阳高照给这短暂的相聚增添了几分欢庆的明丽，好乖巧的雨呀。

三

就要去我的生长地靖远，早晨的暴雨让古城变成了江南水乡。也许是雨儿看我归心似箭，怕思念的煎熬令我心焦，突降甘霖抚慰我的思乡情。一路伴着雨滴终于踏上了故乡的土地，沉静的心湖再一次荡起涟漪。我凭着记忆又一次找到了回家的路，一滴、两滴、三滴……成串的泪水伴着雨滴像断了线的珍珠滴落下来，剔透的泪里包含的是一颗游子思乡的心。终于找到了曾经的家，终于见到靖远气象局的叔叔阿姨和小伙伴，我的心再也承载不了晶莹泪水的重量，满满地、沉沉地倾泻到奔腾的黄河浪涛里。

到家了，雨也悄然散去。迎来的是叔叔阿姨那带着无尽期盼的微笑。曾经风华正茂的叔叔阿姨已是霜染白发，曾经的淘气包也成了深沉内敛的少言人，是什么改变了容颜？仅仅是岁月的侵蚀吗？

在姨家还没有站稳脚，我就闹着要去看黄河。不管他们如何劝阻，我还是独自来到楼下，散去的雨儿又来陪伴我。哥急忙抓着伞追上我，为我送来一片晴空。任性的我留下了伞，赶走了哥，孤身一人来到了母亲河的岸边，终于看到了梦里神游的黄河水，终于心不再痛。这条滔滔不断的大河啊，你承载着怎样厚重的历史风雨？历史上的靖远凭借着黄河这道天然屏障，在这边陲之地居于险要的军事位置。明朝建立初期，朝廷实行移民戍边的防守政策，先后数次大批移民边疆地区，靖远自是首要目的地。所以，今天靖远居民的先辈，不仅来自清秀美丽的江南水乡，而且大量来自山陕地区。他们入居靖远的历史，被当地人演绎成为代代传诵不息的故事，这便是几乎所有的靖远人都耳熟能详的，关于山西洪洞县大槐树下先辈们聚集，等待出发的记载。

我在雨中凝望着黄河，它也在痴痴地注视着我。我在呐喊："我回来了，黄河，我的伙伴！我回来了，你还记得我吗？"那滔滔的水流不时地掀起滚滚巨浪，好像在回应着我的呼唤。它听到了，听到了。顽皮的浪花不断地朝我涌来，让我的心湖也掀起了层层波澜。我在雨中的黄河边久久地静默，在一点点地追寻那些逝去的美好，渐渐地我也化为潇洒的雨滴，化为快乐的浪花……

四

在靖远的分分秒秒都是快乐的，雨儿也知趣地去别处淘气了。妈妈虽然年逾古稀，但在和老朋友相见后，年轻时的活力又回到了身上，每天和她的老朋友们游山赏水，我也难以融入她们的圈子，更不愿打扰妈妈的欢乐。我知道，她是在寻找往日的梦，给妈妈留下一片属于自己的天空吧。

因为我的到来，萍请假抱着三岁的小公主，陪我爬乌兰山，游黄河边，访我的母校……在靖远那么多天，萍没有让我吃重样的小吃。热情善良的萍呀，我知道你的心思，想留住我漂泊的心，可是，我们如何能让时光倒流呢？

下午我和萍带着铮铮约了哥在黄河边喝茶散心。萍说哥变了，是呀，哥变了，他的苍老让人心酸，是什么让他如此的衰老，没有了往日的幽默与快乐，目光里多了几许的忧伤和迷离。找不回失去的岁月，也看不到迷茫的未来。我不敢再看他的眼睛，我怕读出他内心的伤痛。听着滚滚浪涛，我们饮下了一杯杯红茶，静静地凝视着那轮夕阳，夕阳映红了河水，映红了刚刚相聚又要离别的我们。人生有着太多的无奈，何时我们才能经常并肩看那绮丽的黄河落日呢？

离开靖远的前夜，萍找到十多个我们初中的同学，大家欢聚一堂。没想到他们竟然认出了我，感谢我给大家创造了欢聚的机会。看到久别的同学和童年的伙伴，激动的话不成句。我想说家乡话，却早已陌生。不知从何时起，我竟然成了南腔北调。很多时候，我们几乎都是默默注视着对方，想从熟悉又陌生的笑容里找到童年的影子。望着伙伴们那写满沧桑的脸，尽管他们此刻的笑容灿烂，仍遮掩不住笑容背后的倦容和苍凉，牵动嘴角的笑透着一丝不明所以的苦味。

时光改变的是我们的容颜，不变的是我们的真情。阔别二十年，相握的手依然温热。我们回忆起一件件趣事，说起了同桌的她（他），就连当时那么嫉恨的伤心事，也成了今天的快乐回忆。当我们的老班长提议，说出那时自己对同学的暗恋，听到了石破天惊的不是新闻的新闻，我们的肚子都要笑破，我的眼前不时浮现出一双双纯净的眼神，一张张像花儿一样绽放的笑脸……

我们相约 2008 年在北京聚会，期待着那天的到来。夜深了，我们久久不愿散去。天下哪有不散的宴席呢，在《友谊地久天长》的旋律里，我们再一次热热地握手话别，明天我们又将远隔天涯。消失多日的雨儿不知何时又悄然来临，让今夜的我们多了一丝惆怅。

今天来的都是牵挂我的好朋友，但还缺一个我最思念的人。萍知道我的内心又一次蓄满了泪，她知道语言安慰的苍白。我们静静地在午夜的雨中漫步，多想把思绪冻结，就这样漫无目的地走下去。

离开靖远时，天还没有大亮，姨早就把饭做好。吃着饭，我的泪一直往外涌。小时候，最喜欢吃姨家的饭，可是，今天却无法下咽。美丽的姨衰老了，她的手一直颤抖，好担心她的身体，孤独地一个人生活。叔叔，你要那么多的钱做什么呢？为什么就不能守着姨快乐生活？没有想到家属院里的叔叔阿姨带着礼物给我和妈妈送别，就连七十多岁的王姨也来了，她家离这里很远啊。他们拉着妈妈的手激动得说不出话，只有热泪不断垂落……

爸爸您该欣慰了，您和妈妈魂牵梦绕的黄土依然温热，这里的山山水水依然萦绕着你们建设大西北的豪言壮语，这里的老朋友日夜牵挂着你们，您和妈妈辛勤耕耘三十年的热土，已经是高楼林立，鲜花似锦。

<h1 style="text-align:center">五</h1>

车子在雨中缓缓行进，我痴痴地看着窗外，雨滴不时地扑打着玻璃，又无奈地滑落。泪水的闸门再一次打开，终于打听到溪敏的家乡，却没有时间去探望他的父母亲人。溪敏，我来了，你又在哪里？青山可知道你的踪迹？就让这漫天的细雨带去我的思念，就让这悠悠的雨滴去陪伴你清冷的梦。君来我流浪，我来君已逝……

　　从靖远到定西，我一直傻傻地注视着窗外，放逐心灵随雨飘飞。一路无语，任凭妈妈磨破嘴皮，我不吃亦无语。行至定西，还没有来得及细细领略这片 1082 年由宋代皇帝赐名的土地，我想快点倒车去渭源。这里虽然是"兰州门户，甘肃咽喉"，却没有同学朋友，我并不想停留。

　　可是，那不知我心意的雨啊，似乎要故意阻止我前行的道路。妈妈不愿冒险在这样的天气走盘山路。她说，这里有他们许多的同事和朋友。我含着泪默默摇头。妈妈说："你忘了定西气象局的小球鞋黄叔叔？"哦，我记起来了，他是爸爸的爱徒，童年时常陪我玩耍的叔叔呀。妈妈给黄叔叔打了电话，没想到真找到了。叔叔和姨看到我们，激动地不断念叨着："这是真的吗？真的是你们吗？淘气的芳芳怎么都这样大了？"姨做了我最喜欢吃的浆水面，叔叔不停地给我们削水果。

　　看到热情的叔叔和姨，我突然又忆起了许多的童年往事。在这片千沟万壑里，在那苍凉与豪迈的黄土高原上，留下我们多少的欢笑和眼泪啊。在这里又邂逅了失散近三十年的小明哥哥和靖怡姐姐。那夜，叔叔拿出一瓶杏花村，在清冽的酒香和醇厚乡情的熏染下，就连滴酒不沾的妈妈今天也破例举杯，我们对酒当歌，朗声谈笑，一直到很晚。那一刻，岁月仿佛停住了脚步，夜似乎也在倾听我们的欢笑。现在，我似乎还能闻到那浓郁的酒香，令我的文字沉醉。

　　以前我不信缘分，现在的我终于明白世间的缘就是这样的玄妙，踏破铁鞋无处觅，得来全不费功夫。

六

　　在定西停留一日，次日清晨我和妈妈又踏上去渭源的大巴车。夜里稍停不久的雨儿又匆匆赶来做伴，这难离难舍的雨儿啊，有你的陪伴，我的心怎能不伤感？旅途怎能不浪漫？汽车在盘山路上慢悠悠地前进，溪流欢唱着奔跑。自古江河源头秀，渭水源头胜一筹。行走在渭源这座中国古丝绸南路上的重镇，好像来到了山清水秀的江南。满山遍野郁郁葱葱的树木，许多不知名的小野花盛情怒放，满目青碧，五颜六色的梯田，迎风摇曳的当归、党参，空气格外清新湿润，柔柔的雨儿把这里晕染成一幅清爽的水墨画。这种久违的自然之美让我如痴如醉，偶尔有几只小鸟飞过，才让我想起这是一幅移动的画卷！

我们尚在去渭源的路上，黄叔叔的电话就已到达，渭源气象局的张局长得知支边三十年的老同志故地重游很是感动，他带着司机在车站迎候多时。我们又把雨儿带到了这里，雨丝线般轻轻柔柔地飘落着，让我的内心多了几丝柔婉。多么细心的黄叔叔，他就像这细雨，悄然滋润着我们的心田，他没有多少嘘寒问暖的话语，却让我们处处感受到他的关怀，让我和妈妈这两个异乡人温暖又感动。在渭源的三天，我们得到张局长无微不至的照顾，黄叔叔不时地打电话问候。黄叔叔，好想伴在您的左右，在您的树荫下快乐生活。

渭源是渭河的发源地，是我出生的地方。张局长陪我们参观了父母曾经工作的气象站，拜访了父母的老朋友，探望了我的保姆奶奶家，看到他们的儿女生活平静快乐，妈妈也终于欣慰地笑了。这里是父母生活最久的地方，是一个让他们爱与恨的地方，是我们一家魂牵梦绕的地方。

次日，我们去爬老君山，童年的记忆里它高不可攀。今天，我终于又投入它的怀抱。天空澄澈湛蓝，白莲花般的云朵悠然飘荡，鸟儿自由翱翔。山林里不时蹿出几只机灵的小松鼠，成群的蝴蝶在花间追逐嬉戏，人与自然如此和谐相处，令人亲切舒服。在山顶的老君庙前，妈妈邂逅了多年没有音讯的朋友之弟，电话接通的刹那，我看到了妈妈眼里闪烁的泪花。我不迷信，在佛前我却虔诚地焚香叩拜。佛说，前世五百次回眸，才换来今生的擦肩而过，我的亲人，我的朋友，前世我们用了多少次回眸才有了今生的缘？

找到爸爸常挑水的那个泉眼，清冽的山泉一直甜到我的心里。我灌了几瓶甘甜的山泉，把它带给哥哥、姐姐，一解他们的思乡情。品着山泉，想到了去世的爸爸。小时候，爸爸常牵着我的小手来这里玩，爸爸洗衣服，我在旁边采蘑菇。而今泉水依然汩汩地流淌，我的爸爸却没有了踪影……

七

那天是我的生日，在山下妈妈给我买了一大捧火红的玫瑰花。张局长看到我怀抱着玫瑰，得知我的生日，又约了父母的几个老同事在酒店给我祝贺。这是我记事以来第一次在出生地过生日，其实，我和妈妈并没有刻意去安排时间，这一定是上苍巧做安排。奇妙的缘呀，让我的生活如诗如画。那天，我第一次放开自己，和叔叔阿姨大声划拳，大口喝酒。叔叔唱了西北花儿，阿姨和妈妈也不甘示弱，她们赛起了民歌，令自以为青春时尚的我自叹不如。他们那种浓得化不开的友情，在当今的社会弥足珍贵。看着把酒言欢的白发老人，酸涩的泪悄然滑落。何日再相逢？漫天的烟雨啊，请你告诉我，我的妈妈还有几个春秋等待我再次带她故地重游？雨儿，请你告诉我，年迈的叔叔阿姨还有几个十年等待我们的到来？

今天就要离开兰州，多情的雨儿又匆匆赶来。可爱的雨儿，一路有你做伴，我的旅途多了几分缠绵与伤感。下午小明哥哥从定西赶来，陪伴我来到黄河边，我把爸爸的相片轻轻放到水面上，再把怀里的那捧玫瑰花撒落在浪涛里，看到爸爸在花瓣雨里微笑着远去，我的泪又一次开闸。虽然爸爸生前没有说过想念兰州，但是每次看到介绍大西北的专题节目，他的眼睛里都闪动着泪光。亲爱的爸爸，女儿今天送您回到日夜思念的地方，枕着波涛，聆听黄河的欢歌，梦不再清冷。

傍晚小明哥哥和妈妈的三个古稀之年的老姐妹拖着病体，冒着大雨来车站为我们送别。看着白发老人默默地握手，再握手，我的心又一次颤动，雨珠在脸上滚落，热泪在心底奔流，站台上没有相送的花儿，我把思念别在衣角。岁月无情催人老，不变的是那如酒的真情，让时间学会老去，让我们永远年轻！

2004 年 8 月

附记：我的父母 20 世纪 60 年代在北京读完大学支边大西北，他们在这片贫瘠的土地上辛苦工作三十年。我们兄妹在西北出生长大，因为父亲是独生子，古稀之年的奶奶无人照顾，后来我们随父亲落叶归根回到河北生活，从此大西北成了我们一家魂牵梦绕的故园。多少次问父母："你们放弃留在北京工作的优越生活，来到荒凉的大西北后悔吗？"每次父母都是微笑着摇头："不，人生无悔！如果有来生，我们依然做这样的选择，依然去祖国最需要的地方！"年少时我们不能理解父母，甚至埋怨他们没有把我们生在北京这个繁华的大都市。成年后慢慢地理解了他们，那是激情燃烧的岁月，那是无声的大爱啊。

这篇文章是离别大西北二十年后的 2004 年，父亲去世后，我陪 68 岁高龄的母亲故地重游的见闻，不要笑我多情，不要笑我爱流泪，每到一个地方，受到父母的故友热情款待，他们相见时的感人画面不时地拨动着我的心弦。还有许多感人的场面省略了，我的文笔还不能细致入微地表达我的感动与留恋。这个拙文写给古稀之年的妈妈，每次朗读，她的眼里都含着热泪。为什么我的眼里常含泪水，因为我对这片土地爱得深沉！

梦里的沙枣花

初夏的黄河边已是花香萦绕，银灰色的沙枣枝密密簇簇摇曳着几多柔情，清雅的沙枣花相依枝头，在柔风里眺望，就像夜空的星儿默默地凝视着远方。萦绕梦里的沙枣花是心底最纯美的一段记忆，像一泓静水多少年不敢赤脚蹚动，不敢用指头触摸，不敢聆听它清风下的私语。溪敏，请原谅我的脆弱，今夜漫天落着丝雨，就像那无助的泪肆意地流淌，就让今夜的雨水把多处折叠的心儿舒展。

花香随着河水流去，那是一条流香的河。沙枣花盛开的季节走近你，花季的我们单纯如水，目光的相触竟然让心灼热，无意间捕捉到嘴角的那抹羞涩，心如撞鹿却没有勇气解读你眼睛里的深情。安静地看着你在运动场上拼搏冲杀，心被夕阳朦胧的红色染透。那时一行洁白的鸽子轻盈地飞过，我的目光停歇在鸽子的羽翅上追逐着你的步伐，清脆的鸽哨和着墙外清真寺的吟唱让青葱岁月飘近又飘远，一枚绒羽左旋右荡竟挂在了我的眼睫上。

静静地坐在黄河边的沙枣树下听涛，已经成了那时放学后不变的习惯。闭上眼睛，我已经被浓郁的馨香悄然弥漫。身后响起悠扬的口哨，我知道你已经如约而至，却不敢回头，真怕我的回眸惊醒了这个梦，真怕梦里的你我不再相认。不敢翻出书页中的那支风干的沙枣花，不知岁月这个贪婪的虫子是否吞噬了它的芬芳。

时光倒回 1984 年的元旦，父母期盼多年的调动终于成功。离开靖远中学的那个寒冷的冬日成了今生最暖的记忆，拥抱亲密的同学朋友，握别敬爱的老师，向着攒动的人群挥手，再挥手，别过头去却无力挪动脚步。没有看到那个熟悉的身影，我的目光就像迷途的鸟儿无处歇落。天空开始飘雪，雪花一点点、一片片濡湿了额前的黑发，遮住了我的眼眸。怅然若失的我终于在大门口看到失魂落魄的你，眼睛在那一刻和着雪花湿润，默默地拭去断珠般的泪水。世界突然变得很小很静，除了彼此的心跳。看着你欲言又止，不知所措的我不断地揉捏着衣角。远处同学的欢笑声渐渐地近了，再一次鼓足勇气看着你，脸儿就像燃起了火烧云。

飘近的欢笑声让你不再犹豫，当你鼓起勇气把日记本递给我，抚摸着带着你体温的日记本，我的心底涌出一股暖流。打开扉页看到一行遒劲洒脱的钢笔字："上邪！我欲与君相知，长命无绝衰。山无棱，江水为竭，冬雷震震，夏雨雪，天地合，乃敢与君绝！"还没有看完，我的心猛然间狂跳起来，急忙把本子合上塞到你的手里，低着头跑了起来。"雅尼，你等等我，不是你想的那样……""不，我不喜欢你写这样的话。""雅尼，这次分手，远隔千山万水，再见面或许是五六年以后了，收下吧。""如果有缘，我们还会再见。""雅尼，我，我喜欢你！"听到你如此大胆的表白，我突然愣住了，呆呆地立在风雪里，脑子一片空白。这时你匆匆地追了上来，从身后再一次把本子塞到我手里，我转过身如同被滚水烫伤般地躲闪着："不要，爸妈看到那样的语句会骂我的。"看着被吓到的我，你突然笑了，"唰"地把留言的扉页撕了下来叠好放到自己的口袋里，再一次把本子递给我。"雅尼，这样总可以吧？"捧着本子，嗓子哽咽着说不出话。"雅尼，到了河北记得给我写信，用这个日记本为我写诗，写日记。"我默默地点头又轻轻地摇头。

"雅尼，我们握手话别，好吗？""不！"我的手仿佛被扎一般，下意识地把双手藏到身后。父母严厉的家教，让我对朦胧的初恋视如洪水猛兽，却又有一丝丝地渴望。溪敏尴尬地立在那里，眼底的那抹失落令人心伤。我的双手攥紧又打开，摩挲着，脚尖不停地在沙土上画着圆圈。这时，邻居家的大姐从后面赶了上来，尴尬蓦然消散，我只好和她一起回家了。走了十多步，我悄悄地回头，你还呆立在那里，如同塑像一般。脚步突然间沉重，又走了十多步再回头，你还在那里，还是那个姿势，执着地等待着一个远去的梦。从此那个身影深深定格在我的脑海里，尤其是那个眼神总是在不经意间浮现，时常与我在梦里对视。

次日的黎明，我们全家早早地赶到火车站。看到哥哥姐姐有那么多的同学来送别，我的心底涌起些许惆怅。火车拉响汽笛的那一瞬间，我看到了你，远方一个孤独的身影，你遵守了诺言，没有出现在我家人和送别的朋友面前。火车启动了，你挥舞着帽子大声地喊着："雅尼，雅尼，好好学习，快乐生活……"溪敏的头发飞扬着，那声音追逐着我，在我扬起的手指间缠绕。看着窗外不断闪过的景物，泪水模糊了我的眼睛。我的快乐，我的朋友，我的青春，都将永远地留在这个城市。往事在一点点远去，我却停不下，抓不住，也像镌刻在脑海中永远涂抹不掉。

回到河北这个陌生的城市，我淹没在人海里，睁着迷茫的眼睛寻找着自己的位置，极不情愿地接受着命运之神的旨令。来到一个陌生的学校，除去上课，就是安静地坐在角落里想着心事。春天的花开得很美，我却无心对花儿微笑。常常独自坐在泡桐树下一遍遍地读着你的来信，粉红的桐花跌落在颤动的信笺。也只有那时，才感觉到春天的美好。不知是我性格的独特，还是恬静的容貌引起了周围人的关注，我的生活渐渐失去了平静，小心地躲避着他人的追逐与妒忌。我央求妈妈不要再给我做漂亮的衣服，请求老师不要再叫我回答问题，让我做个隐形人吧，给我宁静的生活，除去梦里的沙枣花，我别无所求。

虽然我们远隔天涯，为了和你站在同一个台阶上，我如同饥渴的婴儿般吮吸着知识的琼浆。在你的鼓励与牵引下，我当选语文课代表、入团，还有运动会夺冠，每一点进步都离不开你的帮助。每次考试后，我都要再做一次试卷邮寄给你，你再给我分析指导，文理各科没有能难住你的。

每年春天，你都要寄给我一枚压干的沙枣花书签。打开略厚的信封，沙枣花醉人的芳香如南国的桂花扑鼻而来。那是一小节栗褐色老枝连一柄带叶的枣花枝，叶面淡淡的绿，小枝和叶背一色的银灰，细看如涂了一层密密的银粉。小花两三朵悬在叶腋下，花萼像精巧的银白小钟，花瓣展开略略卷曲的四片金黄，黄得艳艳，黄得心动。虽已压得扁平，仍是凝结的鲜色。我把美丽的花枝贴在心口，一股沁人的力量透过叶脉涌向我的血管，细胞和心灵在那一刻饱满丰盈着。原来你一直知道我对故乡依恋，总是在我最无助的时候，寄上一缕幽香慰藉我的思乡情。采摘邮寄沙枣花，在沙枣花树下读信，成了你数年不变的习惯。后来溪敏在兰州上了大学，在白银参加工作做了一名警察，无论多忙，都要在沙枣花盛开的季节回到故乡为我采摘。

成年后，终于要谈婚论嫁了。"雅尼，你来兰州吧。我为你盖一套漂亮的房子，打开窗户就能看到飘香的沙枣花。""父母不让我再去大西北，他们老了需要我的照顾。溪敏你来河北吧。""雅尼，我是独生子啊，你不是一直向往兰州吗？回来吧！"那阵子父母如临大敌，私自扣下并藏起了溪敏寄给我的所有来信。在长久的等待中，猜忌怨恨野草般地疯长，终于在一个金桂飘香的季节，我做了别人的新娘。

五年，七年，十多年过去了，你依然单身。在我和你家人焦急地催促中，你终于走进了婚姻的殿堂。只是那个女孩子不爱沙枣花的幽香，更无赏月听琴的雅兴。阳春白雪与萝卜白菜的磨合令你身心疲惫。我们的书信如远去的鸿雁渐行渐远尚且有羽翼的微声，你把更多的精力投入紧张的工作中。

无情的时间巨轮在我的心中回转到十二年前的初夏，那天是你的生日，也是沙枣花即将开得浓艳的时节。那天溪敏终于鼓起勇气给我打了一个电话，听到彼此第一声问候，我们沉默了许久。那声音浑厚沧桑熟悉又陌生："雅尼，你没有变，可是大西北的风沙却把哥哥吹老了。""哥，你不许老，不许！""雅尼，你怎么还那么爱哭？擦去泪水，让你的微笑妩媚这个季节。让我好好听听你的声音。雅尼，你的小侄子在学走路，和你是同一天的生日，等你来取大名呢！""哥，我们不再通信，好吗？你好好爱嫂子和孩子，等我们老得两鬓苍苍，心海再也掀不起涟漪的时候，我们再见面……""雅尼，为什么？为什么你要这样残忍地走出我的生活？""雅尼，你说话啊，别哭，你的泪把哥哥的心砸出坑了，我答应你……"不等溪敏说完，我心慌意乱地挂上了电话，呆呆地看着窗外，一只小鸟在柳枝里孤零零地跳动，凄楚地鸣叫。

这是我们今生第一次通电话，也是唯一的一次，那次通话让我失眠了好久。十天后突然接到溪敏同事的电话："溪敏于昨夜车祸去世！"在你贴着胸口的衣兜里，人们找到了我写给你的最后一封被鲜血染红的书信，还有一枝揉碎的沙枣花。噩耗传来，我的世界在那一刻崩溃。

时光在那年的初夏凝固，化作了一片晶莹剔透的化石。三十岁的溪敏不再老去，你的微笑，你的眼神，你的话语，还有那摞半尺多厚的书信终于被尘封在记忆里。春天丢了，沙枣花也随之冬眠。

不久前，由西北网站的新闻得知靖远将要建一个大的发电厂，那个美丽的小城将要被淹没在水底，不知道消息是否可靠。心突然揪得生疼，泪水不断地敲击键盘。苍天总是这样的残酷，它不断地吞噬着我的珍爱，最终把记忆也变成一片汪洋。

溪敏，当沙枣花在水底盛开的时候，请你一定要折一枝寄给我。

2007 年

第七章 · 英雄

仰望英雄李家发

历史不能忘记，军人的英勇牺牲行为，永远值得尊重和纪念！

——题记

李家发同志，安徽省芜湖市南陵县麻桥区泉塘乡岩虎村人，1934 生于一个贫农家庭。1951 年 6 月李家发参加中国人民志愿军，在 67 军 199 师 595 团一连任战士。在战地练兵和修筑工事中，两次荣立三等功。1952 年 10 月加入新民主主义青年团。1953 年 7 月 13 日，在朝鲜金城反击战役轿岩山战斗中，以胸膛堵敌暗堡射孔而壮烈牺牲。9 月，中国人民志愿军领导机关批准为其追记特等功，同时授予"一级战斗英雄"的光荣称号，并根据他生前的请求，追认为中国共产党党员。12 月 15 日朝鲜民主主义人民共和国最高人民会议常任委员会授予李家发同志"朝鲜民主主义人民共和国英雄"称号，同时授予"金星奖章"和"一级国旗勋章"。

鸭绿江畔的断桥上，有一组以志愿军将士为主题的大型青铜群像《为了和平》，丹东人民用青铜凝铸历史瞬间，奉献给百万志愿军将士，奉献给伟大的时代，奉献给民族和祖国的历史。彭德怀、邓华、毛岸英、洪学智等 26 位将士是数百万志愿军将士中的精英，一级战斗英雄李家发烈士也在其中。

曾经，英雄与我们恍如隔世，他们远在云端，在荧屏上，在史书里，在文学作品中生动着。机缘巧合，让我有机会走近抗美援朝一级人民英雄李家发的家人，世间的一切瞬间变得阳光明朗。聆听他的妹妹李家英阿姐诉说英雄的故事，那纵横的热泪不知不觉濡湿了眼睛，即使铁石心肠的人，也无法抑制内心的波澜。

一　英雄的成长

古话说得好，三岁看老。一个人的成就与他的成长环境分不开，尤其是原生家庭环境的影响。志愿军战士李家发从一个贫苦的农家孩子成长为一级人民英雄，是偶然，是奇迹，更是必然。

1934 年，李家发出生在皖南的一个穷苦的农民家庭，从呱呱坠地的那天起，他的成长便充满饥寒和苦难。父亲没日没夜地劳作，也无法让全家人吃饱肚子；母亲东借西凑，从牙缝里省出细粮，和着野菜糊糊把瘦弱的家发养活。虽然家里穷得时常揭不开锅，但是善良的父母宁可自己饿肚子，也要想方设法喂饱儿子。穷人家的孩子就像那荒野里的苦菜花，虽然瘦得皮包骨，但生命力顽强，虽然吃糠咽菜，但一家人和和睦睦，在父母的疼爱中家发终于长大。

说起李家发一家人，周边的乡亲无人不挑大拇指。虽然父母是大字不识几个的农民，但他们非常开明，家教严格，把儿子视如掌上明珠，却从不娇惯。家发很小的时候，父母就给他讲仁义礼智信的典故，为他启智开蒙，教他做正直善良的忠厚人。家发从六七岁开始就跟着父亲给地主下地干农活，上山放牛挖野菜。他从小善良懂事，十多岁就给孤寡老人挑水，背老人过河，帮小伙伴割草赶牛，谁家有事，都能看到他的身影，他就像小大人一样热心帮助身边的人。

1948 年深秋，家发下午放牛回家的路上，邂逅了一个伤痕累累、满身血迹的外乡人，看他不像坏人，就把他带回了家。原来伤者是解放军某部的电话员张华，在淮海战役突围时，不幸腿部负伤被俘，国民党部队把他带到南陵看押，他设计打死看守逃了出来，此刻国民党匪兵正挨家挨户搜捕他。家发的父亲得知他是毛主席领导的解放军，专为穷人打天下，赶紧把他藏到家里养伤。

张华的到来犹如一道光照亮了家发的家，他每天晚上给家发的父母讲外面的世界，宣传毛主席领导穷人闹革命的故事，抗日战争的伟大胜利，八一南昌起义，鼓励贫苦农民要敢于反抗地主的剥削，要勇于斗争等进步思想。家发躲在窗外静静听着，不知不觉张华在他的心里撒下了革命的种子。

家发父亲经过一番深思熟虑，为了让张华在家安心养伤，让他顶替家发死去的二哥。于是，张华成了家发家的一员，白天帮着家发妈妈织席编篓养鸡喂猪，晚上给他们宣传革命思想。张华和家发在一个屋里睡觉，他给家发讲革命故事，教他识字，学唱革命小调。

1949年6月22日南陵解放，家发一家和广大的贫苦百姓终于翻身做主人，他们有了自己的田地和房屋，政府也给张华分了1.2亩水田和农具。在家发一家人的精心照料下，张华的伤彻底养好了，就要追赶部队。李家发和张华亲如手足，他很喜欢这个二哥，也想追随张华参军入伍。可是他才14岁，太小啊，张华再三叮嘱家发一定要好好学本领，做个对国家对人民有用的人，把一切献给祖国。等他满了十六岁，一定亲自接他去部队。张华恋恋不舍地走了，从此杳无音讯，后来家发还去他所在的部队寻找却音讯皆无，但李家发和父母仍念念不忘。

从此，家发心里那颗理想的种子开始发芽生长，他比以前更勤快，每天劳作之余，就在思考如何实现自己投身革命的理想，他处处以张华为榜样，严格要求自己，在思想上不断进步。

有地有房的日子让家发一家的生活更有奔头，15岁的家发已长成年轻有为的硬汉子，终于过上了张华所描述的幸福生活。他每天似乎有使不完的力气，他在山坡上耕地，5岁的妹妹在地边放牛，暮归时，他让妹妹骑在牛背上，自己扛着锄头哼着小曲儿跟在旁边。

在小河边，妹妹揪着黄牛尾巴采蒲草，家发跳到河里捉小鱼。远处的村庄升起袅袅炊烟，隐隐传来母亲悠长的呼唤："春儿，小佬，吃饭呦！""哎，娘，我们回来喽！"这样温馨的田园生活曾经是李家发的梦想，而今梦想成真，他是多么敬爱毛主席，多么热爱现在的幸福生活。这个温暖的画面伴着他勇闯天涯，温暖着后来在朝鲜战场冰天雪地里的日日夜夜。

二 英雄的壮举

1950 年，美帝国主义发动了侵朝战争，妄想以朝鲜为跳板，把刚刚诞生的新中国扼杀在摇篮里。全国各地掀起了抗美援朝保家卫国的热潮。此刻的李家发心里热流激荡，张华说的报效祖国的时刻到了。1951 年 3 月李家发毫不犹豫报了名，经过组织三个月的审查，李家发终于被批准参加中国人民志愿军。1951 年 6 月的一天，李家发与亲人依依惜别，告别故乡，登上开向部队的列车。父母纵有太多的不舍，依然含着热泪微笑着与儿子挥手告别，父亲再三叮咛：“春儿，我和你娘在家努力种田，多打粮食支援前线，你在部队好好训练，多打胜仗，等待你的喜报啊！”

中国人民志愿军战士，共和国最可爱的人，肩负着祖国和人民的重托，满怀着革命豪情，“雄赳赳，气昂昂，跨过鸭绿江”，开赴打击美帝侵略者的朝鲜前线。17 岁的李家发也走在这列队伍里，芳华之年的家发身穿戎装，背着背包，扛着钢枪，英姿飒爽，步履坚定又沉稳有力。他满含深情回首望望渐渐远去的祖国，在心里默念着：“祖国，亲爱的妈妈，我一定用生命去捍卫您，等着我们凯旋。”李家发的眼神里充满坚毅和果敢，他的心里有一团火在燃烧啊。

李家发来到部队勤奋好学，读书识字、打靶训练非常认真，他对自己要求特别严格，打坑道、修防空洞做得又快又好，在他的带动下，二排各项工作从未落后过。

李家发进步很快，1952 年 10 月光荣入团。他平时最爱看《钢铁战士》《大渡河》等连环画，黄继光、邱少云等人的英雄事迹深深地打动了他，他决心向英雄们学习，为人民多立功。部队刚开到朝鲜战场，李家发在战地练兵和修筑工事中表现优异，两次荣立三等功。家发外表清瘦，却能干又勇敢，经常帮助朝鲜老百姓干农活，曾冒死帮朝鲜百姓从火场里抢救粮食，受到朝鲜百姓的敬爱。他向老战士拜师学习射击技术，顶烈日、冒暴雨苦练射击本领，终于获得"特等神射手"的美誉。他的先进事迹潜移默化地影响和激励着身边的战友，他也成为大家学习的榜样。

李家发的表现得到部队领导的欣赏。战友巩德修回忆，1953 年春天，部队整编，李家发和战友巩德修调到了 1 连 2 排 6 班，李家发是排通讯员，巩德修是排信号员。他们都爱好文艺，两人一起编排了《马刀舞》《团结舞》等节目，时常与朝鲜军民联欢演出。1953 年 7 月，部队开跋金城前线执行作战任务，李家发做临时通讯员，从庆坡岘的山腰跑到玉女峰的前沿送信，必须通过敌人炮火封锁区。他通过观察敌人炮击的时间和地段，摸索出敌人炮击的规律，总结出通行的安全时段。他巧妙地利用地形，在枪林弹雨里穿行，竟然毫发未伤，堪称一绝，很快就获得"铁腿通讯员"的美称。

金城反击战役是抗美援朝最后一场，胜利的曙光已经到来，耳畔已响起祖国和亲人的深情呼唤。为了狠狠惩罚敌人，促进世界和平的早日实现，志愿军总部下达了新的作战命令：在金城前线举行大规模的夏季反击战役。1953 年 7 月 13 日，李家发所在的一连，光荣地担任了主攻轿岩山西峰的战斗任务。

轿岩山，海拔 768.7 米，方圆 14 平方公里，山高坡陡，地势险要。敌人在半山腰上构筑了大量的钢筋水泥工事。明堡、暗堡像马蜂窝一般密密层层，地雷群、铁丝网漫山遍野，一个加强团的敌人在驻守。收回汉江南北，必须拔掉轿岩山这颗毒牙。

李家发所在的 595 团一连正在紧张而有序地备战，林立的大炮死死咬住敌方阵地，英勇的战士怀抱钢枪，狠狠地盯着前方，静静等待冲锋的号令。

一连提前一天趁着夜色，秘密通过封锁线，进入了阵地。夜黑漆漆，飘着冷雨，伸手不见五指。战士们冒着冷雨在壕沟里潜伏，每个人心里都有岩浆在涌动，战争就要结束，很快就要回家与亲人团聚。李家发给排长挖好临时掩蔽部，又帮战友罗福春挖好猫耳洞，俩人躲在猫耳洞里憧憬着战争胜利回国与亲人相聚的幸福时刻，想象着和平年代如何建设新中国。家发自豪地说："等攻下轿岩山，我们两兄弟照张合影，把照片和立功喜报一起寄给老人家。打败美国鬼子我再回去看他们，到时候就怕回去连家门都找不着喽。"

7月13日白天，战士们潜伏了一天，阵地上静得可怕，除去偶尔飞过的小鸟，再无声息。夜幕在暴雨中降临，晚上9点，我方突然炮弹齐发，炸得敌方阵地遍地开花，阵地成了一片火海，把敌人打得惊魂落魄，躲进暗堡地道不敢冒头。

伴着我军凶猛的炮火，冲锋号吹响了，李家发跟在排长身旁，准确又迅速地传达着排长的号令，部队海潮般推进着，突然被两道残存的铁丝网拦挡住。"排长，我去炸掉它！"家发请令，随着两声巨响，铁丝网被炸开。战士们沿着李家发开辟的道路一猛子冲到了塄坎，眼看就要到达116高地，哪知前方高地上的机关枪突然疯狂射击，把战士们压在塄坎下动弹不得。我方爆破组一行六人，班长刘义勇，副班长王启月是李家发的老乡，也是他的入团介绍人，他们炸了两道铁丝网后都受重伤下了火线，后来回国治疗。战士王五保冲过去炸掉这个火力点，却被另一个地堡撂倒，巩德修在爆破中身负重伤。三个爆破员和后面的机枪手先后牺牲，情况万分危急。

眼看着战友一个个倒在眼前，敌人还在疯狂射击，李家发怒火中烧大吼一声："排长，我去干掉它！"只见他拿着三颗手榴弹和爆破筒，对巩德修说："你掩护我！"话音未落，他就冲了上去，巩德修接过一挺苏式转盘轻机枪，瞄准碉堡火力点就猛打。

李家发灵活地避开敌人火力的正面，从侧面迂回接近碉堡，用炸药和手榴弹炸掉了一个火力点，然后迅速地从地上爬起来弓着腰径直向大碉堡冲去。冷不防，突然从地堡右边射出一梭子弹，打中了他的左脚。他回头扫视一眼汩汩流血的伤口，咬了一下嘴唇，又盯着地堡仔细搜寻，发现那是连环堡，必须先干掉小碉堡，才能接近大碉堡。他忍着剧痛，爬向小地堡，"咣！"一颗炮弹在他附近爆炸，炸得他头晕眼花耳朵嗡嗡作响，弹皮楔入右腿，痛得钻心。地堡里的机枪依然在疯狂射击，家发定定神，咬着牙，用双臂带动全身一步一步爬向地堡。10米，5米，1米，每爬一步都像在刀尖上行走，两条伤腿使不上一点儿力气，就像拖着石磨盘。李家发终于靠近了左侧的小地堡，他把手榴弹狠狠地投入小地堡的豁口，"轰！"小地堡被炸上了天。

没等李家发缓口气，正中的大地堡又开始疯狂扫射，形成一道火墙。天空中下着滂沱大雨，敌人的照明弹却把山岭照得通亮。李家发使出全部力气爬向地堡，手榴弹带着他满腔仇恨在暗堡里炸响，大地堡里的机枪顿时成了哑巴，身负重伤的家发也被震昏，身上落满了泥土和碎石块。

"冲啊！"战士们又一次开始冲锋，突然，圆形地堡后面又出现一个暗堡，机关枪挑衅似的咆哮着，连发的子弹打得泥浆四处飞溅。冲锋部队又被压在火网下，班长秦银洲端起冲锋枪压制敌人的火力，试了三次都未成功。巩德修怕敌人发现前面的李家发，狠命地朝敌火力点射击。机枪声和剧痛把昏迷的家发惊醒，总攻的时间快到了，家发心急如焚，没有多少时间了，必须先端掉这个"拦路虎"。想到身后的祖国和人民，想到即将到来的胜利，李家发顿时浑身充满力量。他忘记了疲劳、饥渴和剧痛，艰难又坚定地再次爬向地堡。20米的距离并不长，但对于连续炸毁敌人4个地堡，身负7处重伤的他，却是异常艰难。李家发的手攥成拳头，眼里喷着愤怒的火苗，使出了平生全部的气力，一点一点爬向地堡，忍着撕心裂肺的痛，两条伤腿已血肉模糊，在他身后留下两条十多米长的深深血痕，就像两列盛开的雪莲花，那么鲜艳，那么圣洁。

志愿军战士前赴后继地冲向轿岩山，暗堡后面的机关枪还在咆哮，眼看着敌人密集的子弹击倒一个个勇士，李家发的心痛如针刺。想到祖国和战友，想到引路人张华哥哥的教导，他的热血在沸腾，更加顽强地爬向暗堡，双手抓着草根，一点一点挪移着，就像拖着千斤巨石，每一步都是在刀山火海里煎熬。此时的李家发嘴唇干裂，嗓子冒烟，汗如雨下血似泉涌，身体已严重虚脱，随时会昏迷不醒。

敌人的火力已被巩德修吸引过来，李家发咬紧牙关，机警地爬到暗堡下面的射击死角。家发蹲下身，一摸身上，子弹、手雷、手榴弹已全部用完，怎么办？大部队正潮水般冲过来，116 高地是通向轿岩山顶的必经之路，如果不拿掉这个暗堡，还会有更多的战友牺牲。没有时间去犹豫，生与死早已抛到九霄云外，19 岁的李家发仿佛听到祖国无声的召唤，只见他怒吼一声"为了胜利，同志们，冲啊！"两腿中弹的李家发竟然奇迹般站了起来，张开双臂犹如高大威武的钢铁巨人跃起并扑向敌人喷着火舌的枪口，他用胸膛挡住了枪眼，敌人的暗堡立刻成了哑巴。

李家发舍身堵枪眼的壮举，鼓舞了每个战士的斗志，每个人都从灵魂深处迸发出一声怒吼：

"冲啊！为李家发报仇！"

"为朝鲜人民报仇！"

"祖国万岁！"

这英勇豪迈的口号，这气壮山河的呐喊，饱含着志愿军战士对战友深切的怀念，对敌人刻骨的仇恨，地动山摇的口号声在轿岩山谷久久回荡。战友们满含热泪把满腔仇恨射向敌群，黎明时分，我军势如破竹冲上了轿岩山之巅，把李家发生前签名的五星红旗插在轿岩山顶。李家发烈士的生命时钟永远停在了那一刻，生命的最后一刻，李家发微微回首，他在凝望亲爱的战友，眺望可爱的祖国，遥望思念的亲人，他多么渴望战争的胜利啊！

战斗结束后，战友们看到李家发双手紧紧抓着碉堡上的泥土，半睁着的眼睛注视着轿岩山主峰上的巨石。他那被火药烧黑了的胸膛，布满了像蜂窝一样的弹洞，令人触目惊心。战友们将李家发的遗体背下山，为他穿上崭新的中国人民志愿军军服。那一天，忠骨埋异国，英魂天地间。那一刻，山河垂泪，松涛哀鸣。

英雄的鲜血染红了山谷里的金达莱花，当春风吹绿了轿岩山冈，漫山遍野的金达莱在怒放，朵朵都是祖国亲人遥寄的哀思。白兰鸽在翱翔，那是家发英雄的化身吗？飞吧，鸽子，朝着祖国的方向，飞翔，白发双亲在等你凯旋，一年又一年，直到抱憾离世的那一刻，他们依然在深情地呼唤心爱的儿子：

"回来吧，我的孩子，到我的梦里来，让我再抱抱心爱的孩子，再让我感受一下你的心跳，让我们来世不再分离！"

三 深切的缅怀

1953 年 10 月，中国人民志愿军接连在朝鲜战场大获全胜，胜利的消息频传国内，全国各地彩旗飘飘，锣鼓喧天，到处都在期盼志愿军凯旋。

10 月正是播种冬小麦的农忙时节，那天，父亲在田里默默耕作，母亲倚着门框眺望着远方，泪水打湿衣襟。村干部带领着一队解放军战士来到了家发家，9 岁的小家英欢天喜地喊父亲回家："爹爹，部队来喜报，哥哥立功啦！"父亲三步并作两步跑回家，刚进院门，就看到母亲拿着喜报惊叫一声："春儿，我的儿啊！"一句话没说完，母亲已昏倒在地上。

父亲单腿跪在母亲身旁，一边掐人中，一边急切地呼唤着："春儿娘，你快醒醒！"半天，娘才苏醒过来，流着泪喃喃自语："我的春儿没了啊，我的儿啊！"父亲抱着母亲泪落如雨："春儿娘，不哭唉，我们有这么一个好儿子，他为人民死的，咱伢子为国捐躯光荣啊！"年幼的家英怯怯地望着哭作一团的父母，她想不明白，部队来送立功喜报，怎会让爹娘痛不欲生？在村干部的指点下，她小心地翻看着那几张大红的喜报，猛然间看到了李家发的烈士证，她的手仿佛被烈焰灼伤猛地缩了回来，扎到娘的怀里失声痛哭。

多年后，家英替妈妈作了一首《盼儿归》：英雄凯旋回祖国，妈妈依门盼儿归。接到英灵回家的"喜报"，妈妈摆上饭和茶，含泪带笑把手拉，你在朝鲜可想家？你在梦里可见妈？你可梦见小妹和你耍？含泪带笑把头点，可惜哥没说一句话！

家发父母经常这样教育家人：春生是我们的好儿子，他是一面红旗，我们是旗杆！我们不能躺在李家发的功劳簿上，不能沾李家发的光，只能给红旗增光添彩，不能给他这面红旗抹黑。这已成了李氏家族的家训，"严以治家，宽以待人；善行厚德，建功立业；不忘英烈，报效祖国"。李家发后人家风优良，家教严格，品行端正、乐善好施、父慈子孝、家庭和睦、勤勉持家，在当地有着良好口碑。

沧海桑田，硝烟散尽，英雄已淡出人们的视线，可是祖国和英雄的家人时刻铭记英烈的丰功伟绩。

抗美援朝战争结束后，1954 年 11 月李家发的父亲李继成曾跟随着贺龙元帅带领的中国人民第三届赴朝慰问团访问朝鲜并扫墓。贺龙任总团团长，老舍为总团副团长，陈沂任副团长，刘芝明任文艺工作团总团长，马彦祥任文艺工作团副总团长。参加慰问团的有志愿军英模烈属，北京市著名艺术家梅兰芳、程砚秋、周信芳、马连良、新凤霞、常香玉等。全团五千余人，最广泛地代表了全中国各族人民的心意，向志愿军及英雄的朝鲜人民表示慰问和祝贺。慰问团首先到达平壤，受到金日成主席的隆重欢迎和宴请。慰问团分散到各地的志愿军部队，演出节目，体验生活，采访先进事迹。

父亲李继成在志愿军和朝鲜人民军领导的陪同下，来到儿子李家发的安葬地——金城志愿军烈士陵园。

李家发的父亲终于来到了儿子墓前，百感交集地抚摸着墓碑上儿子的名字，热泪一串一串滚落。由于路途遥远，父亲无法给儿子带祭品，点燃三支香烟插在坟前，默默地给儿子三鞠躬。老人轻声哽咽着，围着坟茔转了一圈，捡拾枯枝败叶，拔去杂乱的荒草，又用手帕擦拭墓碑，就像给儿时的家发梳洗理妆。老人在儿子的坟前肃立，久久不愿离去。山风吹乱了父亲的银发，夕阳映着老人的剪影，那么孤独，那么哀伤。

同行的志愿军英模烈属中有罗盛教的父亲罗迭开和黄继光的母亲邓芳芝等，邓芳芝问家发父亲："老李，你回去打算怎么说？"父亲说："我回去给政府讲，深挖塘，修好路，山上多种树，以后车子满山游，果子碰破头，争取能实现！"

2004 年 10 月，家英替父亲为家发哥哥作诗一首：父亲墓前站，双手合在胸，深弯九十度，叫声春生儿。你的遗体留朝鲜，陪伴岸英老大哥。你们英烈十九万，也算一个大家庭。明天父亲回国去，我在家里祭奠你。

母亲离世前，念念不忘地叮嘱女儿："小佬啊，娘可指望你了，再去朝鲜祭拜，记得抓一把我坟头的土啊，放在家发的坟头，那样我就能抚摸家发，陪着我的儿子。再从家发坟上抓把土，撒在我的坟头，让他永远依偎在妈妈的怀里。让我们母子团聚在一把热土里！"妹妹找哥哥一次次失声痛哭，渴望抓一把哥哥坟前的土撒在父母的坟头，让他们在故土里团聚。这是李家发烈士的父母弥留之际的遗愿，可是直到今天都没能实现。家发安葬地因靠近朝韩军事分界线，目前尚未正式对外开放，因而李家英两次去朝鲜扫墓，都没能亲自到李家发的墓前祭扫。

如果一切可以重来，如果家发再次面对国家与个人生死攸关的抉择，他依然会勇敢地扑向枪口，因为他是英雄，注定不平凡。英雄无小情，他的心里充满家国情怀，祖国安危，人民利益高于一切，让他舍生忘死！

落叶归根入土为安是中国人的传统习俗，无论多难，家人也要想方设法把魂飘异乡的亲人接回。家英给弥留之际的父母立誓一定找到哥哥的墓，哪怕是捧回一把哥哥坟头的土。

抗美援朝战争结束后，为了便于管理，朝鲜从 20 世纪 70 年代起以市、郡为单位，将分散全国的两千多处志愿军烈士墓合葬。

志愿军老战士曹家麟是李家发的亲密战友，他从工作岗位退休后，就全身心地投入寻找志愿军烈士墓地，帮助英模烈属赴朝扫墓的公益活动。截至 2019 年，85 岁高龄的老战士曹家麟已连续 9 次赴朝扫墓。踏上曾经浴血奋战的土地，抚摸着战友的墓碑，老人情不自禁热泪长流，历历往事清晰如昨，大家聆听着父辈那荡气回肠的往事，怀念着远去的亲人，场面令人心碎又感人。曹老把联络志愿军后人赴朝扫墓这项工作，当成自己责无旁贷的使命，他调动一切资源，默默地努力着，看到自己的付出慰藉了英烈属的思亲之情，他也感到非常欣慰。

2004 年 10 月，李家英第一次跟随曹家麟老战士组织的访问团赴朝扫墓。从安徽南陵到朝鲜，山高路远，不方便携带祭品，可家英阿姐多想让哥哥尝到家乡的味道，心灵手巧的她打了哥哥喜欢吃的糕饼，把各种水果和蔬菜晒干，再带两瓶父亲喜欢的老酒，又改制了一把折叠油纸伞，上面缀满自己做的绢花，撑开就是一个精致的小花圈。多么灵巧的心思，多么深情的怀念啊，就像那滔滔的鸭绿江水绵绵不绝。

尽管早晨出发前问过朝方司机祭拜地点，但是由于中朝双方的沟通有困难，行至目的地竟然不是同一祭拜地点。不能亲自去李家发等烈士的安葬地祭扫，家英和同行的烈属痛苦不已无心吃饭，甚至要中断后面的访问，执意回国。带队的领导是志愿军老战士曹家麟，曹老看在眼里，痛在心里，很是焦急，再三做家英的思想工作，劝慰她不要悲伤，经过访问团反复和朝方协商，想出一个折中的方案，决定采取遥祭的办法，选在距离李家发作战和牺牲的金城地区最近的地方，从平壤到新山高速公路的新坪遥祭哥哥李家发。面对层峦叠嶂的大山，李家英深情呼唤着："你知道我吗？我叫小姥，亲爱的哥哥！我和你的战友们，一道到这边来了，看你来啦！"未能亲自给哥哥扫墓，无缘捧一把哥哥的坟头土，家英抱憾而归，那年她 60 岁。

2009 年，65 岁的李家英第二次来朝鲜扫墓。在昌道郡城道里，拜祭中国人民志愿军 24 座合葬墓烈士陵园，这里长眠着 10156 位志愿军无名烈士，家英跪拜在烈士墓前，泣血呐喊："24 座大墓的 10156 位烈士啊，你们都是我的哥哥，你们的父母和我的父母一样思念孩子。哥哥们，请你们的英灵随我一道回祖国，回到父母亲的身边吧！"

2010 年，66 岁的李家英在老伴赵家道的陪同下，第三次随志愿军英模烈属访朝，依然去了江原道昌道里朝鲜祭拜，还是未能找到哥哥的坟墓，阿姐哭得撕心裂肺："哥啊，您在哪里啊？给我托个梦吧，妹妹已近古稀之年，只怕以后不能再来朝鲜看您，哥啊，跟我回家吧。"阿姐没能完成对父母的承诺，每次想到家发阿哥，内心痛如蚕食。

2014 年开始，我国向朝鲜派出志愿军烈士纪念设施修缮工程工作组，启动了对朝鲜境内志愿军烈士纪念设施的维修保护。曹家麟老战士两次陪李家英来朝扫墓，看到她不能亲临李家发墓前的悲痛，曹老的心里也像猫抓一般痛苦。他暗暗发誓，不能让英烈流血又流泪，一定要找到李家发的墓地，给烈士的家人一个交代。曹老把寻找英烈下落当成义不容辞的重任，他调动一切资源筛查梳理，大海捞针一般悉心寻找。功夫不负有心人，在他竭尽全力地努力下，终于找到了李家发烈士的墓地，在江原道金化郡九峰里志愿军烈士陵园第 8 号合葬墓。曹家麟亲自拿毛笔蘸着红色的油漆在合葬墓碑上工工整整写下"李家发"的英名。圆了烈士两代人的寻亲梦，他心上的一块巨石终于放下。

四　心上的丰碑

家发烈士的父母都是优秀的共产党员，他们的觉悟很高，母亲戚元香是第三届全国人大代表，父亲李继成是水利模范和全国人大代表。1954 年，国家下拨专款四万元，在家发烈士的家乡筹建和黄继光一样的纪念馆和纪念碑。

哪知家乡突发洪灾，洪水三个月不退，乡民流离失所。这时的南陵刚解放不久，百业待兴，政府对于抗洪救灾重建家园有一定的困难。父母再三思忖，一边是水深火热的乡亲，一边是儿子的纪念馆，人命大于天啊，等灾情过去再立碑建馆。于是，他们把国家下拨建家发博物馆的专项经费全部拿出赈灾，政府答应等灾情过去再建李家发纪念馆，一定兑现。

岁月更迭，世事多变，而今 60 多年过去，家发纪念馆遥遥无期。1978年，双亲先后在遗憾中离世，弥留之际，再三叮咛女儿家英："家英啊，你一定要把家发的事迹讲出来，让更多的人知道。不要忘记家发，他为国捐躯，是我们的光荣；不要怨家发，谁让他是祖国的儿子；不要怨父母捐出建纪念馆的经费，谁让我们是英雄的父母；不要忘记给家发建纪念馆，谁让我们是家发的亲人。"

家英收集了许多抗美援朝时期的老照片和老物件，在她的奔走呼吁下，家发的家乡被国家命名为"家发镇"，家发学校、李家发纪念碑也陆续落成。家英经常去家发所在的部队看望小战士，给部队、学校、群众讲述抗美援朝战斗英雄的故事，她由宣传李家发的故事，发展到讲述许许多多的知名或无名的战斗英雄的故事。

李家英痴心不改，收集资料，用一生的时间竭尽全力奔走呐喊：宣传英雄精神，筹建纪念馆！等了一年又一年，家发英雄的家人，还在执着努力着。

2010年，李家英第三次赴朝扫墓，回国后受国防部原部长梁光烈接见，得知阿姐有两次是自费赴朝扫墓，梁部长被她的执着打动，说到李家发纪念馆和父母未了的心愿，家英表态自费筹建李家发纪念馆。李家英自筹资金五十余万元，终于建起李家发纪念馆，中央军委原副主席迟浩田将军为其题写馆名"李家发烈士纪念馆"。

2011年家发的战友唐洪在北京为英雄画了一幅肖像，他说："我把老战友画胖点，因为我们现在生活好，他也该放心了，妹妹您说呢？"广东省惠州市二级画家泮空吉被英雄的事迹深深打动，激情创作了李家发英雄舍生取义的油画。2020年7月，济南素有"神笔"美称的林宇辉警官为家发英雄画了穿军服的肖像，圆了英雄母亲的梦想，目前已按此肖像雕塑了英雄塑像，矗立在李家发纪念馆门前，迎接各方的观众。

硝烟散尽，英雄走远，但英雄舍身报国的精神不会丢失。共和国不会忘记，人民不会忘记，英雄流血牺牲，怎能让他们在九泉之下再流泪？不该忘记，不能忘记，不敢忘记啊！家发是我们的英雄，是共和国的脊梁，他和黄继光、邱少云一样是战斗英雄，他的名字，他的事迹与他们一起载入史册，在中国军事博物馆占有一席之地！

在家发的家乡南陵县，英雄的事迹妇孺皆知。2017年春天，我去芜湖采访李家英，在南陵高铁上随意打听李家发，身边的人都在自豪地说："李家发是我们家乡的战斗英雄，他的家人非常受人尊敬。"得知我去采访英雄的家人，大家对我都有了敬意。在人民的心上早已建起了高大的李家发纪念馆，被后世子孙代代瞻仰。写入史册的名字，会被时光掩埋，刻入石碑的事迹，亦会随沧海桑田模糊，唯有融入人们灵魂深处，与呼吸同在。

李家发英雄没有纪念馆，亲人的思念无以寄托，家发的妹妹李家英已是古稀之年，她怕李家发的故事被人们遗忘啊。英雄注定非凡，在他扑向枪口的那一刻，灵魂已升到九霄之上，凡间的屋宇岂能安放他的无疆大爱，似海情深？

英雄无家，四海为家，英雄无私情，处处皆亲人！

五　英雄的连队

2019 年隆冬时节，李家英在南陵县委领导的陪同下，去家发连队慰问官兵，看到展牌上对李家发烈士的简介："李家发，中国人民志愿军一级战斗英雄，朝鲜民主主义人民共和国英雄、荣获金星奖章和一级国旗勋章。"那一瞬间，李家英热泪盈眶，行走在以家发英雄命名的街道，怎不令来自英雄故里的亲人心如潮涌啊？

走进家发连队，看到家发班的战士们，如同久别重逢的亲人啊。看到英姿飒爽的小战士，仿佛看到了英勇无畏的家发哥哥。握住战士的手，温暖又亲切，那是家英的亲人啊。李家英把准备好的三面锦旗赠送给李家发烈士的连队，一面面锦旗，一颗颗红心，无数的期待和祝福，祝愿祖国的明天会更好！

李家英眼含热泪给战士们讲述英雄的故事，战士们静静地听着，英雄的故事化成一条小溪缓缓淌入战士们的血脉，融入他们的灵魂。一个个纯净而又深情的眼神，给了家英无尽的力量，使她更加坚定要以宣传伟大的抗美援朝精神为使命，矢志不渝地做下去。

座谈会结束后，战士们带领家英参观军史纪念馆，聆听战士们汇报家发连队的工作和生活。眼前再一次浮现出哥哥年轻时的模样，抚摸着哥哥的照片，感觉那么暖，似乎还带着他的体温，她把脸紧紧地贴在哥哥的照片上，泪水从紧闭的眼眶里一串一串滚落。

也许是上了年纪的缘故，家英越来越喜欢和别人谈起家发哥哥，尤其是熟悉家发故事的人，一说起家发就令她热泪纵横。此次在家发连队，每个战士都在和她说家发的故事，那么亲，那么暖。

李家英感到部队就是家发的娘家，他没有离去，这里的官兵们依然深深铭记着英雄，虽然时光流逝了近七十年。

六 向英雄致敬

认识家英大姐已近五年，看到她把全部精力都放在宣传伟大的抗美援朝精神，努力讲好志愿军战士的感人故事，我非常敬佩。

2017 年春天，我去江南采访民俗文化，顺便去南陵看望阿姐。我与阿姐一见如故，她骑着三轮车带着我去瞻仰李家发烈士纪念碑，拜祭烈士陵园，参观李家发烈士纪念馆。走到哪里，阿姐就给我讲到哪里，远处，大山的后面是家发镇；再远处，是家发哥哥童年生活的地方；那里是家发中学，旁边是家发小学。少年家发很懂事啊，他常带家英去爬山放牛，他说，等战争胜利了，给妹妹买花衣服。

阿姐深情地说着，不知不觉又是泪流满面。似乎宣传志愿军英雄已是她生活的全部，她的世界里没有自己。

阿姐全力以赴地宣传李家发烈士的英雄事迹，无论多难，知她懂她的丈夫一直站在她背后默默支持她，退休后陪着她东奔西跑宣讲英雄的故事，帮她写演讲稿，收集资料，拍照，丈夫是她的得力助手。可是，天有不测风云，丈夫常年劳累突患半身不遂，生活不能自理。阿姐一边照顾重病的丈夫，一边矢志不渝地宣传英雄的故事。

2017 年 10 月，广东省惠州市举行纪念中国人民志愿军抗美援朝出国作战

67周年暨《志愿军老兵新传》首发大会，我和阿姐再次相见。会场上，阿姐代表志愿军英模烈属发言，受到众领导的夸赞，全场响起雷鸣般的掌声。"希望将军"赵渭忠等老领导们亲自给李家英题词。

许多白发苍苍的志愿军老战士满怀敬意地拉着阿姐的手嘘寒问暖。这些老战士有的是李家发的战友，有的与阿姐是初次见面，得知阿姐是李家发烈士的亲妹妹，大家热情地簇拥着阿姐聊天、合影、签字。阿姐拉着志愿军老哥的手，眼含热泪激动地半天说不出话。阿姐抚摸着老战士胸前的数种军功章，尤其是小白鸽奖章，喃喃自语："我家发哥哥也有啊，我还珍藏着，可是我的哥哥再也没有机会戴上这些奖章啊。""家英妹子啊，不哭，你是英雄的妹妹，是我们大家的妹妹，是志愿军的亲人啊。"

惠州纪念会结束，我带着阿姐去陆丰采访。陆丰是革命家彭湃的故乡，他建立了中国第一个农村苏维埃政权，瞿秋白曾这样评价：彭湃是中国农民运动的第一个战士。

陆丰公安系统的朋友特意赶到惠州接我们。路上，我给朋友讲起李家发的故事，令朋友们肃然起敬。在陆丰三日，我们走到哪里，都受到朋友的热情招待。朋友们说，对于英雄大家并不陌生，但从没想到自己身边会有志愿军的一级战斗英雄，太令人惊喜啦。虽然阿姐与陆丰的朋友们是初次见面，但每个人对阿姐都毕恭毕敬，那是发自内心的敬重。朋友们带着我和阿姐访问红色文化，游览名胜古迹，参观古民居，看海，品尝特色小吃。我们下榻的窗前有一大丛毛竹，傍晚鸟儿归来，在竹林里叽叽喳喳鸣叫煞是动听。我们坐小院里听着鸟鸣，一边品茶，一边听阿姐讲志愿军英烈的故事意犹未尽。离开陆丰的时候，朋友给阿姐买了返程的高铁票和许多海产礼品，阿姐非付钱不可，朋友说："不能要您的钱，您是英雄的妹妹，是我们大家的亲人啊。"

李家英两次参加曹家麟老战士组织的去朝鲜扫墓的活动。2004年10月李家英第一次跟随访问团赴朝，朝方安排朝鲜中央电视台随团采访播出。访问团从新义州出境回国，按常规要实行严格检查，但此时奇迹出现：一位年轻的朝鲜人民军大尉军官看到李家英竟然惊喜地说："您是英雄的妹妹，我在电视上看到过！"因此代表团全体也免检过关。

李家发烈士已牺牲了六十多年，不光他的家人、他的家乡、祖国人民在深切怀念他，朝鲜人民也一直在缅怀英雄，无论何时何地，敬畏英雄是全人类共有的情怀。

七 英雄纪念馆

2020年9月30日，全国第7个烈士纪念日，李家发纪念馆终于在烈士的家乡安徽省南陵县落成并向社会开放。英雄魂归故乡，李家发烈士终于有家了，李家英阿姐多年奔走呼号终于完成了夙愿。

李家发纪念馆开馆的那天，阿姐在电话里通知我这个喜讯。阿姐幸福地诉说着，几度哽咽，我静静地听着，听着古稀之年的阿姐倾诉李家发英雄的故事，尽管我已耳熟能详。我的心里默默地唱起《英雄的赞歌》：烽烟滚滚，唱英雄，四面青山侧耳听……

我知道阿姐盼这一天整整等了半个多世纪，她用一生来宣传英雄的故事，传承伟大的抗美援朝精神，这是阿姐生活的重心，是她人生的使命。苍天不负苦心人啊，近几年，南陵县政府积极挖掘宣传红色文化，李家英把自费五十五万元兴建的李家发纪念馆无偿捐献给南陵县政府，同时担任该馆荣誉馆长。家英阿姐总说："我今天的一切都是共产党给的，家发哥哥牺牲后，是党培养我免费读书，去部队当兵，转业到南陵政府工作，退休前曾任籍山镇副镇长。"李家英把自建的李家发纪念馆无偿捐献给国家，让更多的人学习并讲好李家发烈士的故事，激励南陵青少年和广大党员干部不忘初心，牢记使命，立足新时代，敢打攻坚战，建立新功业。

纪念馆由7个单元组成：序厅、英雄成长、英雄壮举、追悼英雄、纪念英雄、英雄部队、颂扬英雄。纪念馆重点展示李家发烈士少年立志报国和芳华之年舍身报国的英勇事迹。展厅通过大量的史料、影像资料、浮雕、塑像、声光电场复原技术，生动再现了李家发可歌可泣的英雄事迹。

开馆当天，南陵市县委主管领导、志愿军老兵、烈士亲属、机关单位、企业、学生等各界群众代表前来展览革命烈士的英雄事迹，缅怀烈士的丰功伟绩，学习革命先烈毫不为己、舍身报国的革命精神，汲取前进力量。家英阿姐饱含深情地给参观者讲述英雄的故事，一遍又一遍，每讲一次，她的血管里就涌入了新鲜血液，让这个古稀之年的老人再一次焕发了青春。无数的青年、少年簇拥在她的身旁，一双双明亮的眼睛里闪着崇敬的光芒，阿姐心上的大石头终于落地，她欣慰地笑了。

你看，无数的小家发在成长啊，明天，长城内外、大江南北，会涌现出数不清的英雄故事。忆英雄、爱英雄、赞英雄、唱英雄一定是当今社会的主旋律。

八 军博忆英雄

当年抗美援朝，毛主席用诗意语言总结胜利之道：敌人是钢多气少，我们钢少气多。

在我的影响之下，爱人和两个孩子都知道了一级战斗英雄李家发的故事，还有他的妹妹李家英用毕生精力来宣传伟大抗美援朝精神的事迹。2020 年 11 月 2 日，中国军事博物馆举办中国人民志愿军抗美援朝出国作战 70 周年主题展览，孩子们早在一周前预定了门票，我们一家怀着崇敬的心情去展览。进了展厅，我很快就找到了介绍李家发英雄的专栏。我带着家人一遍遍来到家发烈士的橱窗前瞻仰。"李家发为了战斗的胜利用胸口堵住了枪眼，牺牲时才 19 岁，多么美好的年纪啊！"每一个看过他简介的人都忍不住感叹："19 岁，花一般的年纪啊！"爱人和孩子们也不住地感叹。

此次来军博的抗美援朝纪念馆参观，最大的心愿就是替家英阿姐看看李家发英雄，当我远远地看着李家发烈士的照片，仿佛被雷击中，呆呆地立在他的照片前，望着那个稚气未脱的青年，难以想象是什么样的力量让他如此地舍生忘死，在扑向枪口的瞬间，他的眼前是否闪过年迈的父母亲人，是否想过70年后祖国日新月异的变化？打开家英阿姐的视频，让她看看北京军博光荣榜上的亲哥哥，阿姐又一次热泪长流，那是她一奶同胞的亲哥哥啊，永远回不来的哥哥。

恭恭敬敬地给家发英雄三鞠躬，表达我满怀的崇敬。大厅门口的一角设有一个留言台，很多人带着孩子在写留言，我静静地翻看着，替李家英阿姐写了留言：

向伟大的抗美援朝英雄致敬！

一级战斗英雄李家发烈士千古！

您的妹妹李家英来看哥哥啦！

参观者非常多，上至耄耋老人，下到垂髫少年，人们怀着崇敬和感恩的心来触摸那段尘封的历史，从中汲取精神力量。一段段感人肺腑的故事，一个个惊天地泣鬼神的英雄，每一个故事，每一个英雄都令人惊叹，他们有着非凡的意志，他们是钢铁铸成的战神。

人群中有几个白发苍苍的志愿军老战士，有些褪色的军装胸前别满了军功章，老人恭敬地指着橱窗，眼含着热泪，深情地讲述着往事。看到身边出现的志愿军老兵，人们围在老兵身边认真地聆听着，等他们讲述完，大家簇拥着老战士，与他们合影拍视频，此时志愿军老战士成了网红。尊重英雄是中华民族的美德，到什么年代都不会变。

抗美援朝打出了国威和军威，让世界知道中华民族不可战胜，是他们的流血牺牲换来了祖国70年的和平建设和发展。虽然现在是和平年代，但依然需要伟大的抗美援朝精神，那是融入灵魂的力量，那是中华民族的精魂，需要我们世代传承！

这个深秋，在北京军博的抗美援朝纪念馆，我看到了李家发英雄，感觉他就是自己的亲人啊，有这样一个大英雄哥哥，多么荣幸！我替家英阿姐祭拜了哥哥，只是哥生我未生，我生哥已逝，无缘与家发哥哥把酒问盏，不能去他的坟上祭拜，甚为遗憾。幸运的是，我能邂逅英雄的妹妹、侄儿等亲人，到过英雄的家乡，还有他读书的家发小学、家发中学。我还结识了家发的老战友，他们曾经和家发一起在朝鲜战场上并肩作战，而今这些志愿军老战士已是耄耋之年，怀念起家发战友，依然热泪潸然。

多么期待家英阿姐能来北京，我要陪着阿姐去军博看看英雄哥哥李家发烈士。姐，说好，我们不哭！

李家发已不仅仅是一个战斗英雄的名字，他是千千万万为国捐躯的英雄的总称，李家英是所有志愿军战士的妹妹，她守护的是我们大家的精神财富，那是共和国之魂，是我们永远景仰的丰碑。

2020 年 11 月 1 日

附记：感谢李家发的战友志愿军老战士曹家麟叔叔为我把关，并提供相关资料。文中英雄成长和壮烈牺牲两部分参考了《轿岩山的红旗》《志愿军老战士回忆英雄李家发》，在此一并鸣谢！

誓将马革裹尸还

他们是历史上第一流的战士，是世界上一切爱好和平人民的优秀之花，是我们值得骄傲的祖国之花！

——题记

越战老兵本是一群芳华之年的普通人，他们来自天南海北，有的从田间地头走来，有的从喧闹的大都市走来，有的刚走出校园，他们一个个稚气未脱，却有一股子初生牛犊不怕虎的中国军人的气势。

他们怀着舍身报国的远大志向走向军营，他们生于平凡，那身橄榄绿却令他们超越了平凡。20世纪70年代，中越边境的枪炮声打破了他们平静的生活，自卫还击作战的硝烟把这些平凡的人淬炼成最优秀的人。

记得那天霸州市作协领导班子开会，王英院长布置完近期的工作，情不自禁地给大家讲起了他年轻时参加中越边境自卫还击作战的往事。

王院长声情并茂地叙述着，我们静静地倾听着，感受着战争的残酷。尘封的往事一幕幕浮现在眼前，丛林作战的残酷，坚守湿热的猫耳洞的艰难，被炮弹炸得支离破碎的战友，那些惨不忍睹的战争画面，那么清晰，那么真实，那么血淋淋。曾经在影视和文学作品中看过许多中越边境自卫还击作战的故事，虽然看得多，看得久，但更多只是一时的感动。走出影院，关闭电视，合上书页，又融入现代快节奏的都市生活。那些刺心的血腥场面，那些鲜活的生命在战火里逝去，那些揪心的痛啊，却被岁月的风吹淡吹轻吹远，最终灰飞烟灭。

我们这些生于和平年代的人对于战争的认识很肤浅，第一次听越战老兵讲述往事，尤其是战士直面生死时不可言述的情形，很是震撼。战士们上战场前要做充分的准备，每个战士的背包里要把装备全部带齐，除去干粮、水壶、枪弹、家书，还有一个必备的东西，那是一块墨绿色的形似单人床单的高档塑料布，柔韧、厚实又耐用，尤其拉伸力超强，那是从捷克斯洛伐克进口的装备——裹尸布。据说这是一种特殊的塑料布，国产塑料布到冬天一冻就变得又脆又硬一碰就粉碎，至今国内都没有生产这种高质量的塑料布。发放装备时，战士们并不知道这块绿塑料布有何用途，军人以服从命令为天职，这些小战士学着老班长的样子恭恭敬敬把这块塑料布叠得方方正正，然后和衣服一起放在背包里。从老战士那恭敬的神色里他们懂得这块绿塑料布很重要，似乎已知道了它的用途，却没有人去询问。

明天就要上战场，今夜的营房却出奇平静。这些战士大多二十岁出头，本是爱打爱闹的年纪，似乎在这一瞬间变得成熟了。战士们脸色凝重地在台灯下沉默着，工工整整地写好遗书。有的战士一次又一次整理装备；有的战士一遍又一遍地擦着钢枪数着子弹；有的战士在给远方的父母写信……

有的小战士看到战友在给未婚妻写诀别信，忍不住问老战士："哥，我还没牵过姑娘的手，你吻过嫂子吗？能告诉我恋爱是啥滋味吗？"

"兄弟，你一定要活着回来，等战争结束了，回老家找个喜欢的姑娘好好过日子。"

"兄弟，如果我留在战场上，我爹娘就交给你啦！"

"哥，离开家乡的时候，我娘给我订下邻村的姑娘，等我复员就结婚。"

"兄弟，前段时间我爹来信，已把老家的房子翻盖，等我立功回家探亲时就可以相亲啦！"

"哥，我的手和腿一直在颤抖，万一明天我不能活着回来呢？"

"兄弟，别怕，我在前面护着你，有哥在，你不会有事！"

"哥，听王英卫生员讲咱们发的绿塑料布是裹尸布，万一我在战场上倒下了，请帮我……"

"兄弟，保重，希望你永远用不到这块绿塑料布！"

"兄弟，无论我们谁倒下了，活着的人要记得给逝者送寒衣啊！"

那夜，南疆的月亮又圆又亮，就像母亲盼儿的泪眼。战士们在如水的月光里静默着，思绪已飞到了遥远的家乡。对生的渴望，对亲人的思念，更激起他们对敌人的仇恨，坚定了杀敌的信心。有的战士在深情地端详着离家前拍的全家福，有的战士在轻轻抚摸着恋人送的信物，有的战士把好几件新衬衣都穿在身上，他们就没打算活着回来。战士们把绿塑料布背在贴近后心的地方，那块冰冷的塑料布似乎随着战士的心跳有了呼吸，他们冲杀到哪里，就背到哪里。

王院长沉浸在往事里几度哽咽，战友情是一种独特的感情，仅次于爱情，可以为彼此付出生命。普通人在和平年代，为名动粗，为利相争，军人在战场上，却把名利看得很淡。直面牺牲，他们的感觉更多是遗憾，愧对父母亲人，未能报答父母的养育之恩，不能陪伴妻儿。他们想得很简单，为了使命，为了祖国，为了人民，甘愿牺牲自己年轻的生命。

越战老兵与绿塑料布的故事，让大家的心针扎般疼痛，也令我几度泪眼婆娑。这块绿塑料布由战士自己叠好，那时战士的手会不会抖，心会不会哆嗦，眼里是否含着泪花，眼前是否浮现出妈妈期盼的泪眼。战士们背着它在枪林弹雨里拼杀，与死神隔着一道门，他们不恐惧吗？他们还那么年轻啊，芳华之年，正是在象牙塔里汲取知识，绘制人生蓝图的年岁啊。

中国军人自愿当兵，争先恐后上战场，他们是不惧生死的钢铁战士。当战士们直面生死攸关的时刻，其实想法很简单，那就是保家卫国拼命杀敌。打炮的时候，漫天战火，地动山摇，人也跟着摇动，天昏地暗，有的战士耳朵震聋了，有的战士被震晕，有的战士被炮弹击中肢体分离，受伤的战士简单包扎一下依然顽强作战，直到流尽最后一滴鲜血。

这次在四川采访越战老兵，其中有一队参加战地救护的医护人员，说到战争的残酷他们很是动容。当年这些十七八岁的女战士突然置身血腥的战场很是惊恐，但她们很快就成长起来，变成了最勇敢的战士。有一次，战友无意中在刚夺回的阵地密林里发现一个高度腐烂的遗体，从军装和个人信息得知是我们的战友，战地医院的主任二话不说，戴上手套一点一点捧起战友的沾满蛆虫的遗骸，女兵们在主任的带动下也毫不忌讳地投入进来，用墨绿色的塑料布包裹战友的遗体。她们战胜了恐惧，克服了悲伤，不知何时，泪水已打湿她们的前襟。

虽然南疆的战火已熄灭了四十余年，说起往事大家依然记忆深刻。记得有一次抢救炮兵，那悲痛的画面令他们没齿难忘。离战地医院不远的地方有一个我方的高炮点，有一天被越南特工摸到具体位置，一发炮弹打来，把我方整个高炮端掉了。转眼工夫，一辆野战汽车风风火火地开进战地医院，车上走下两位浑身成血葫芦的战士，分不清是他们受伤，还是搬扛战友时沾染的鲜血，只见两位战士面如铁板，没有丝毫的表情，双眼呆滞，失魂落魄地站在医院门口撕心裂肺地喊着："大夫，快救救他们！"医院的大夫和护士一窝蜂地跑出来，翻身爬到车斗边，仿佛雷击般愣在那里。只见车斗里战士横躺竖卧，堆满断肢残腿，已分不清彼此。这些初出茅庐的小护士手足无措地看着院长，院长一声喝令："还愣着干吗？赶紧抢救，先把伤员搬下来，先摸脉搏，分两堆，有脉搏的放一堆，没气息的放另一边。"

那天，这些年轻的女战士经历了她们这一生中最残酷的一天，先是争分夺秒地抢救伤员，救护完生者，又得妥善安置牺牲的战友，寻找、拼接、缝合、擦洗、包裹，直到把最后一个战友的遗体运走，她们才有了短暂的休息。他们已记不起通宵达旦地抢救了多久，有个医生整整在手术台边站了三昼夜，他已记不起抢救了多少伤员。他们在与死神拔河，只要有一线希望，他们也要把亲爱的战友抓住。后来，那个与他们一同参战的军医永远留在了南疆，高强度的工作和极度的疲劳终于压垮了他的身体。

我们这代人真是幸福，我们出生时，抗美援朝早已结束，我的青春时代，中越自卫还击战已是尾声，那时我还在读书。记得当时影视文学等媒体都在宣传老山英雄，《高山下的花环》《凯旋在子夜》等书，我读了一次又一次，那时真想去从军，也去战场上浴血奋战，只是那时战争已结束，我的英雄梦也只能是个梦。

我对战争的认识只停留在影视和文字里，那些是被加工了的故事，把战争的血腥冲洗又冲洗，真实战争的残酷，我真的不懂。听了越战老兵的故事，我的心被深深触动。夜里，我失眠了，眼前一再浮现出年轻的战士在热带雨林里急行军，与敌拼死搏击，战士倒下了，战友们流着泪用他背包里的绿塑料布把他包裹成襁褓。牺牲的战士终于回到后方如一粒种子栽入地心，期待硝烟散去，这些烈士再一次玉树临风。那些悲伤的画面犹如盐粒一次次揉搓着我那脆弱的心，泪水一次又一次夺眶而出。

"只解沙场为国死，何须马革裹尸还。"一块墨绿色的塑料布阻挡了战士生的阳光，隔断了他们回家的路，一块带着战士体温的绿塑料布陪着他永远留在生命的彼岸。

当年从河北省霸州奔赴广西中越边境前线的战士一批又一批。有的战士长眠于南疆，有的战士复员，他们把绿塑料布带回家，下雨时，用它苫盖粮食非常实用，一点都不漏雨。多希望在每个下雨天，在每个村子，家家房顶都苫盖着墨绿的塑料布，细雨在塑料布上弹跳着、呢喃着、哭泣着，或许，那是他们和长眠南疆的战友在梦里痛哭啊！

朋友，南疆还长眠着我们的骨肉同胞，我们不要忘记，也不敢忘记啊。"他们是历史上、世界上第一流的战士，第一流的人！他们是世界上一切善良人民的优秀之花！是我们值得骄傲的祖国之花！"越战老兵生于平凡，却在战火中战胜了伤痛和死亡，把自己淬炼成英雄。崇尚英雄才会产生英雄，争做英雄才能英雄辈出。我们以我们的祖国有这样的英雄而骄傲，我们以生在这个英雄辈出的国度而自豪！

2023 年 7 月 3 日

盛开在灵魂深处的木棉花

——读王英的《又见木棉花开》

读王英老师的《又见木棉花开》，我陷入一种思绪，久久地，沉湎于南国的木棉花，聆听着木棉的心声。

每年的早春时节，木棉花毫无悬念地占据了南国花之皇的位置，它站得高，望得远，情最浓，心最诚。木棉花开得娇艳又热烈，一片片，一丛丛，一朵朵，微笑着仰着头，擎着春光，举着梦想，纵情绽放。

木棉花形简单，如同五角星，花瓣清爽，花蕊悠然，花色艳而不俗，就像熊熊燃烧的火焰，开得轰轰烈烈，开得肆意盎然，开得绚烂夺目。木棉花开得最娇艳的时刻，它却开始凋谢，没有丝毫犹豫，就像流星发出璀璨的光，照亮夜空，"嗖！"的一声告别枝头，"啪！"直直地掉到地面上，依然鲜艳，依然完整，就像为民族慷慨就义的英雄，生命永远停留在芳华之年。

木棉花其花其形其色，真像乐观豪迈的伟丈夫，树高直挺拔，花简洁大方，花谢后方长叶。木棉花艳红得就像英雄的鲜血，与木棉花对视，一眼就能点燃你心头的火焰，不知不觉木棉花已走入你的心里，梦里，如同新鲜的血液流入你的血管里。

仰望南国的木棉花，让红尘中渺小的我不由自主挺直了腰杆，灵魂里多了一种坚强。

我对木棉花的认识，最初来自报刊媒体，童年时看了《木棉袈裟》，只知木棉花是红色的，非常美丽。20世纪80年代初，对越自卫反击战胜利结束，经常看到用南国的木棉花歌颂英雄，让我知道木棉花是英雄花，是英雄的象征，于是我对木棉花充满了崇敬和向往。在心里多少次描绘着它的模样。

2011 年清明，我陪母亲去广州度假，在广州的街边公园看到盛开的木棉花，高大的木棉树上开满红色的云霞，如锦似火，开得热烈，开得尽情，开得红红火火，不时有花朵落下，就像奇幻的童话世界。

那是我初见木棉花，看得我眼含热泪，不知为何，我的眼睛湿润了，我的心猛跳起来，我被这昂扬的花开花谢感动了。于是，几乎每个清晨和黄昏，我都带着母亲去木棉树下散步，捡拾落在地上的木棉花。我把木棉花捧在手心细细打量，好美的木棉花啊，花瓣厚实又舒展，对我微笑就像和自己的亲人在对视，似乎能感到一股暖流涌向心头。我生长在崇拜英雄的年代，花季时，经常在心里描绘越战英雄的形象，给越战英雄写信，写诗。在我心里，南国的木棉花就是越战英雄，每个参加越战的军人都是英雄，他们都是美丽的木棉花。

木棉花是英雄花，我不忍心让它们被路人踩踏，我和母亲把捡拾的木棉花摆在树下的草坪上，摆成大大的心字。我愿木棉花零落成泥碾作尘，只有香如故。

后来，我又多次在早春时节到南国看木棉花开，每次都像初见时那么欢喜。北方没有木棉树，因为木棉花，让我对南方多了一种向往。后来，多次看到写木棉花的文章，但让我眼含热泪的是去年在《霸州文苑》上读到的王英老师的《又见木棉花开》，我被文章里作者对并肩作战的战友深切地缅怀之情深深打动。南疆，长眠着他亲如手足的战友，只有南国的风，南国的雨日夜陪着他们。每年早春，南国的木棉花开了，那是烈士们不屈的灵魂在眺望，在呐喊，在等待。

每年，木棉花开的时节，王英和战友们都要去南疆烈士陵园祭拜，一年又一年，雷打不动，他们就像大马哈鱼的洄游，带着湿漉漉的思念，带着沉甸甸的惦记，带着无尽的愁绪，年年归来。杯杯热酒，滴滴寒泪，抚慰着魂归异乡的战友，抚慰着他们为之抛头颅洒热血的热土，抚慰着远去的青春和梦想。

木棉花，盛开在越战老兵灵魂里的花，年年怒放，岁岁展颜，那是越战老兵用青春和心血供养的英雄花，那是他们青春的祭奠，那是他们爱的火焰。

一遍遍读着《又见木棉花开》，每一句，每一字，都变成了木棉花，走入我的心里，变成了血液，让我勇敢，让我顽强，让我圣洁，让我不可抑制地怀念着长眠于南疆的越战烈士，让我情不自禁地走近越战老兵，随着他们走入纷飞的战火，走入他们那可歌可泣的故事。

虽然，我没赶上越战，不是战士，但我要做越战老兵的代言人。余生，我的一半文字，他们将是我的主角，是他们让我夜夜仰望星空，是他们让我深情地眺望南疆，是他们让我的文字厚重，让我的文字情深，让我的文字热烈怒放。

从此，南疆的木棉花在我的指尖栩栩如生，我要用心灵的热血来供养，那是盛开在我灵魂深处的花朵。

2023 年 8 月 28 日

第八章 · 民俗

古镇霓裳

衣裳，人与自然之间的一个特殊空间。它是最柔软的雕塑，最贴身的建筑，最动听的音符。由最初的御寒物到美好的外在展示，它表达人们对空间的感知，叙述着心中对天地自然的构想，连接着梦幻与现实的桥梁。

旗袍，衣裳中的经典，源于汉代的袍服和满族妇女的旗装，带有中国特色，一出世即成民国的时装。京派与海派旗袍，代表着艺术、文化上的两种风格。后者在 20 世纪二三十年代非常盛行，起源于老上海，融合了国外的立体剪裁技艺，将女性颈、肩、臂、胸、腰、臀、腿等曲线巧妙结合，更好地展示了婀娜多姿的 S 形曲线。静如春水婷荷，走似风摆杨柳，举手投足间，散发着东方女子贤淑柔美的性情与清丽端雅的气质，形成独有的旗袍文化。

胜芳，河北省霸州市的古老重镇。隋代运河联通之地，古时北方著名的水陆码头，有"水则帆樯林立，陆则车马喧阗"之赞，清朝时被列为直隶六大重镇之一。因运河的联通和地处京畿的优势，融汇了诸多的非遗文化。胜芳居民，一部分是戍守京畿将士的家眷，明朝永乐年间，不同省份的几大宗族奉皇旨移民胜芳，带来了江浙等南方文化，与当地文化相融合，奠定了胜芳"五方杂处"的城市生态系统基础。历史上的胜芳受运河文化、边关文化、移民文化、京畿文化，以及西方文化等多元文化的影响，形成了南北交融、中西合璧的独特文化。胜芳人自古讲究饮食和穿着，尤其是小镇的旗袍文化，更是与众不同。

胜芳河道纵横，陆地面积紧凑，这里的房屋既有北方的平缓敦厚和质朴，又有南方的轻巧和玲珑。高屋绿柳深巷，小桥流水人家，不时有三两个娉娉袅袅的妙龄女子，穿着各色旗袍姗姗而行，让人恍惚间仿佛来到了诗画江南。

　　胜芳旗袍有着悠久的历史，翻看民国时期胜芳的老照片，一个个身着旗袍的曼妙身影，牢牢抓住了你的眼球。优雅的旗袍衬托着端庄柔和的面容，从里往外散发着恬静和高雅。"文革"时，旗袍曾经作为"四旧"，销声匿迹了十多年，改革开放后，旗袍又如雨后春花般开遍了胜芳的小街幽巷。

　　当代的胜芳旗袍，与一座桥、一个美丽的名字相连，那就是北桥旗袍。胜芳旗袍传承人刘虹，是一个裁缝世家的女儿，外祖父杨炳祥17岁在天津瑞蚨祥绸布店做学徒，学到制作旗袍的好技艺。解放初，杨炳祥携妻子回到胜芳古镇，把旗袍技艺带入胜芳。胜芳女孩从小耳濡目染，对服装设计有着超乎常人的灵感和喜爱。她们聪明乖巧懂事早，童年时，她们摸针的次数并不比拿筷子少，四五岁，就拿着铅笔在纸上描花纹。渐渐地剪子、针线在她们的手里越玩越熟练，用小布头给布娃娃缝制的一套又一套的花衣服，越来越合体，针脚越来越细密。女孩子长大一些，每天放学回家，洗衣做饭，照看弟妹，稍闲就帮父母扦边钉扣锁扣眼。女娃们做的针线活，根本不像出自孩子的手。这里的女孩子15岁就学着绣花，天生心灵手巧，再加上水乡美景的熏陶，绣花如鱼得水，捏着的针线如画笔，轻描浅绣，一朵朵绚丽多姿的花儿摇曳指端。十五岁，正是如蝶似雀与小伙伴在胡同里奔跑戏耍的年纪，她们却静坐绣花架前，一针一线点破底布，穿行在纤细的经纬间，就像轻抚古琴，轻吟着宫商角徵羽的音符。少女的绣品虽显稚嫩，却清新美雅，无须推销，自有服装厂找上门与她们签订加工小件的合同。

　　胜芳女孩从小跟着母亲学习服装设计，20岁，基本已能独当一面，手艺过硬的，大多去古镇最有名气的华隆绸布店做裁缝历练自己。白天在店里收活，量尺寸，裁剪，整整站一天，晚上回到家缝制，每天都干到深夜。女孩忙得像陀螺一样，除去吃饭睡觉，就是在加工服装，每集最少做30件，一年下来就是2000件。胜芳大集的前一夜，经常忙个通宵，人累得要虚脱。五一、中秋和腊月，是小镇集中办喜事的日子，裁缝们忙得连做饭的时间都没有，活计堆成山，就连生病时都没有歇着的空儿，上午输液，下午接着干活。有的裁剪师怀着孩子,一直干到生,差点就把孩子生在缝纫机前。她们废寝忘食,不光为了生计,更多的是出于对旗袍的痴迷。

北桥旗袍式样新颖,做工精致,渐渐在当地创出名气。坐落在古镇之北的永济桥南东侧,一间不足五平尺的吊脚楼,背邻穿心河,门前是一条幽深的小巷,有着戴望舒《雨巷》诗中的意境。从巴掌大的店铺,一点点做大做强,发展到500平方米的两层小楼,整整打拼了30年,终于创出了高端大气有档次的旗袍品牌。

那些年,胜芳有一半的旗袍在北桥旗袍定制。经常有母亲和女儿两代人结婚的旗袍,都是同一个师傅缝制。在年节、婚嫁、做寿、开业等喜庆的日子,胜芳有穿中式服装的传统,有的全家男女老少都在这里统一定做,全家的组合套装,也叫全家福。颜色、款式各异,却相关,老人多为中式的锦缎上衣或坎肩,比较年轻时尚的中年妇女,选中长款淡雅的旗袍,姑娘多选俏皮又鲜艳的短旗袍。新娘装是喜宴的亮点,最为华贵的是苏绣或盘金绣的真丝旗袍,旗袍衬人六分华丽,人给旗袍四分灵俏。

喜庆的日子,孩子们怎能缺席? 10多岁的小姑娘,穿着及膝小旗袍,六七岁的小女孩,多为中式旗袍裙,丝绸的上半身,配着同色纱摆,娇俏又活泼,仿佛下凡的小天使。男孩子的长袍马褂更是有趣,黑底提花的小长袍,红色软缎的小坎肩,再加一顶黑色的小瓜皮帽,衬着娃娃那白胖的小脸蛋,简直要多俏有多俏。怀抱的小婴孩,也有他们的喜装,男娃着系扣袢的斜襟或对襟小褂,女娃的喜装最为丰富,美如仙衣,娇、俏、喜,萌得你的心都要融化。每组服装都有着吉祥和美的寓意,比如四君子、岁寒三友、吉祥三宝、俏八仙等。旗袍和华服深受百姓的喜爱,天津、北京、霸州、文安、永清、固安等地居民都慕名前来定制。逢年过节,不时看到迎面走来的熟悉或陌生的面孔,穿着自己缝制的旗袍和华服,带给旗袍裁剪师的成就感和喜悦无法用语言来描述。

胜芳旗袍走向津门在当地传为佳话。北桥旗袍包揽了1993年第43届天津世乒赛礼仪小姐礼服，共 26 套，两个花型，"四季花""梅兰竹菊"，真丝提花，短袖。刘虹一个月的精心缝制，甚是辛苦。26 位妙龄大学生身着华美合体的旗袍，优雅端庄，宛若从诗卷里走出的民国佳人，立刻轰动了天津艺术界。人们没有想到如此美妙的旗袍竟然来自一个小镇，更没想到设计师是个花季女子。那批礼服，让京津冀的朋友们领略了传统旗袍的魅力，认识了古镇胜芳。设计师刘虹开了眼界，自信而执着，狂热地做着她的旗袍梦。

北桥旗袍店就像一座旗袍博物馆，琳琅满目的布料，唯美的绮、素馨的绫、旖旎的罗、高贵的绸、典雅的缎、朦胧的纱、华丽的锦，绫罗绸缎、纱绢丝麻，题花、绣花、印花、素色，或华贵，或素雅，或恬静，或喜庆，布布有情，款款动人。

北桥旗袍华贵端庄、优雅知性，既有海派的新潮和灵秀，又有京派的矜持和凝练，仿佛从影视或书卷里走出来的佳人。旗袍按材质、色彩和图案分类，每个季节都有两三个主打款。旗袍真像一首首的唐诗宋词，格律整齐，韵味深长。诸多的式样和种类，款式的区别主要是领型、袖式、襟型和长短的变化，如长旗袍、短旗袍、夹旗袍、单旗袍等；衣襟变化多端：琵琶襟、曲襟、如意襟、单襟、斜襟、双襟，以及没有襟；领子更是花样繁多：高领、低领、无领、鸡心领、水滴领、花盆领；袖子并不一味直筒，还有长袖、短袖、中袖、无袖、抹袖；开衩并不简单剪口，而是高开衩、低开衩、不开衩。你会在精致繁多的款式里目不暇接。

在父辈潜移默化的影响下，胜芳手艺人不仅学到了扎实的技艺，更难得的是他们领悟并传承着工匠精神。随着科技的发展，大批量机器的加工成为主旋律，各行各业的手工制作在衰退。与时俱进的同时，他们依然在坚守着传统技艺，每件旗袍从量身、裁剪、绣花到缝制，每一步都带着手温，因而胜芳旗袍有表情，有温度，人敬旗袍一分情，旗袍扮人八分雅。

旗袍的美艳还与精湛的刺绣有关，那盘金绣、苏绣、蜀绣、湘绣、打子绣、北方传统平绣等南北绣艺在这里融合，画龙点睛，堪称一绝，升华着旗袍的灵魂。栩栩如生的图案，流畅的线条，绚丽又自然的色美，灵动又华美。那含苞欲放的牡丹，花瓣由深至浅的渐变，似乎能听到花开的声音，若隐若现的香味里满是喜悦；那顾盼生辉的彩凤，眨着晶亮的丹凤眼，在微风里轻舒翅膀，纤长的尾翼轻灵地飘逸，呼之欲出。针脚细密、均匀，又圆润，有着机器缝制的齐整，却更灵动，一针一线，写满幸福和顺遂。

工匠精神在北桥旗袍上发挥到了极致，从裁剪缝合到领袖边缝，从描龙绣凤到串珠钉扣，每一个细节都在诠释着工匠精神的内涵。那些看似普通的盘扣，就要耗费不少心血。盘扣，是古老中国结的一种，又叫盘花扣，是了解传统服饰的窗户。裁条包卷缝合，再根据旗袍的特点，盘出相配的扣袢，盘扣造型优美，想象力丰富，样式设计、颜色搭配极为讲究，有直盘扣和花盘扣，如蝴蝶扣、一字扣、琵琶扣、树叶扣、如意扣、石榴扣等，再用细密的针脚钉上，仅普通的一字扣袢，一对大约要钉26针。实用的盘扣是有内涵的文化符号，点缀得旗袍韵味十足。

在继承传统旗袍技艺的同时，胜芳旗袍也在与时俱进，不断钻研和创新。人们从苏杭高薪聘请技艺精湛的师傅，汲取海派旗袍的精髓，与京派旗袍融合，设计出更能突出北方女子体型丰腴、气质优雅、知性大方的旗袍。他们定期去上海、苏杭、天津和北京学习、交流，走在国内旗袍舞台的最前沿。

旗袍，就像仙山里一幢幢精美的琼阁，贮雾含云。那一针一线，既有着吉祥美好的寓意，又包蕴着做人处事的哲理。旗袍改变了胜芳手艺人的命运，也在潜移默化中影响着心灵。因为旗袍之爱，令他们爱上了国学，经常参加京津冀的国学大课堂，潜心学习，不断提升着自身的文化素养和品味。

胜芳女子个个要强，不服输，学历无须高深，重在爱学求真，善于自己摸索经验。出去旅游，别人看风景拍照，她们的时间都用来看面料，看式样。从前没有手机拍照，她们就随身携带一个小本子，画速写记录新式样。遇到穿着漂亮又新奇的旗袍，总是忍不住跟随观察，与对方套近乎询问。胜芳女子优雅端庄，很有亲和力，与陌生人交往，总能如愿，这无疑是促进技艺提升的一大优势。

胜芳女子不光外表俏丽，而且内在优雅有修养。旗袍也在潜移默化中规范着女子的言行，无声地展示美好身形与品性。每天与旗袍朝夕相处，让她们练就了读人、品人的能力，懂得看一个人内在的气质，展示她潜在的美。见多识广，让她们练就了一双慧眼。看一眼顾客和布料，灵感突然就有了，很快就给对方构思出式样。胜芳旗袍老少皆宜，婉约或浪漫，娇俏或典雅，总有一款适合自己。走进北桥旗袍店，是一次美的检阅，更是心灵的回归。努力扮靓每个人，真正做到让顾客满意，是她们最大的心愿，更是一贯坚持的方向。

非遗文化交流活动，把传承传统文化作为使命，也是她们的心结。作为改革开放后胜芳旗袍的发起者和引领者，传承旗袍文化和技艺，又是她们责无旁贷的使命。手把手教徒弟，无偿指导同行朋友的裁剪技艺，带动了一大批手艺精湛的旗袍制作师傅，各种旗袍店在古镇如花蕾次第绽放。30 多年来，旗袍在胜芳长盛不衰，是胜芳女子最华美的礼服，是古镇最亮丽的名片。北桥旗袍默默守护着古镇，守着这抹如丝如水的乡愁。

中国传统的服装文化博大精深，是当代服装设计师创作的源泉。北桥旗袍"拟古"却不"泥古"，汲取传统旗袍的精髓，加入审美的思考，把传统文化和现代服装完美结合，走出了一条有自己风格和特色的艺术之路。

胜芳旗袍，美的天使，美的骄子。一道亮丽的彩虹，连接着传统与现代，用古典的美扮靓了女子，装点了古镇。

2019 年 5 月

大清河畔蒹葭苍苍

芦苇由普通的植物变成精美的器具，在水乡处处可见它的身影。胜芳人利用柔韧的芦苇，加入情感的纬线，智慧的经线，编织了一首首无韵的诗篇。

——题记

大清河畔的芦苇连天青碧，微风拂过，一支支芦苇在岁月的风里飘摇起伏，就像海上的浪花，一层赶着一层，翻滚着涌向远方，茫茫地与蓝天相接。"人是一支有思想的芦苇"，哪怕被风吹折了他的躯干，但他的思想还会在宇宙飘荡。大清河两岸的人们世代与芦苇为伴，先辈们曾经在芦苇荡里讨生活，苇的品格融入人的血液，铸就了水乡人勤劳灵秀、淳朴善良的优秀品格。芦苇制品精巧耐用、拙朴美观，以其悠久的历史传承，和文化艺术价值，唤起久远的记忆，得到人们的垂青。

"胜水荷香，万古流芳"的胜芳镇始建于春秋末期，最初称堤头村、武平亭、渭城，宋代定名为胜芳，有"水则帆樯林立，陆则车马喧阗"之赞。清代被列为直隶六大重镇之一。解放后一度成立胜芳市、县级独立镇，曾隶属天津市、文安县等，后改属霸州市。

昔日的胜芳是一幅幅北方水乡的图景。夕阳映红波光粼粼的河面，芦苇荡犹如气势浩大的八卦迷魂阵，一条小渔船泊在水中央，甲板上排列着形态各异的渔具，渔人忙着摆迷糊阵，收鱼蟹，下篓子。鱼虾欢跳，鸥鹭齐飞。蛙鸣呱呱，雁鸭嘎嘎，合着牧鸭少年的口哨声此起彼伏。河面倒映着晚霞、渔船、蒲苇，还有岸边随风摇曳的柳丝。指看堤岸边、胡同里、庭院中，妇女们正欢笑着织出一张张精美的苇席，编出一个个秀巧的鱼篓。

胜芳洼淀是白洋淀的姊妹淀，也称东淀。丛林般的芦苇荡最多时约52.5万亩，是胜芳人赖以生存的经济作物，有"铁杆作物，寸土寸金"的说法。芦苇色泽洁白，质地柔韧，节长，是上好的苇编材料。苇场最怕火灾，因此这里的人们对火神十分崇拜。每年元宵节都要举行盛大的庙会，白天有令人叹为观止的花会，最兴盛时多达72道。夜晚有精美绝伦的花灯，祈求火神爷保佑安泰吉祥。全民参与，官民共赏。天长日久，积淀出厚重的民俗文化，令古镇愈加神秘，也成为游子心上戒不掉的乡愁。

宋代以来，男渔女织，是胜芳祖辈传承下来的生活模式，也是水乡人与生俱来的生存本领。一方水土养一方人，人与洼淀形影不离，女人睁眼就是苇子，男人出门就是船和鱼蟹。

胜芳的女孩七八岁就能帮母亲织席，谈婚论嫁时，一领精致的席子，胜过媒人的万千美言，席子就是水乡女子最亮丽的名片。嫁到婆家，窗上的大红喜字尚未褪色，女子就已起早落晚地织席编篓，首张席子已奠定她在婆家的地位，赢得婆婆满意的笑容。

胜芳的男孩自小长在水里，上岸是骏马，入水是鱼龙。他们从五六岁就跟着父辈撑船打鱼，哪里水深，哪里放什么虾篓渔具，都在心里装着。芦苇荡浩渺无边，他们驾着小船自在穿梭，有文昌阁顶上的宝珠导航，总能顺利到家。胜芳汉子聪慧能干，用一支竹篙撑起了幸福的小家。

水是水乡人的天，苇是水乡人的地。男人是陆地上会劳作的鱼，女人是岸上能行走的苇。

洼淀封冻后就到了收割苇子的时节，备好收割工具：撮、小镰、大钐镰、铁叉、草钩、麻绳等。撮用来收割冰上的芦苇，大钐镰很是霸气，两三米的长把，半米长的弯月镰头，挥舞起来，芦苇唰唰地成排倒下，很有气势。如今苇地仅剩三四百亩旱田，撮和大钐镰没有了用武之地，能熟练使用这两种工具的老人不多了。虽然有收割机，但灵巧的小镰却成了当家"小花旦"。

旧时打苇人鞋上要套牛皮绑（防苇茬扎），还要戴上脚齿，以便冰上蹬行。打苇场面非常壮观，一望无边的苇田里人头攒动，大镰唰唰，小镰嗖嗖，打苇的吆喝声、拖凌爬的号子声、歌声笑声此起彼伏。古老的劳动场面已随着岁月之河远去，只有苇子岁岁枯荣。

男人们把芦苇打回家，后面就由女人们大展身手。

自古以来，利用芦苇编织生产工具和生活用品，胜芳人最为擅长。他们独创的苇编工具小巧玲珑，结实趁手又耐用，主要有刨苇子的拉刀、串子、撬席紧苇收边的撬席镰子。仅剖苇的串子就有好几种，长约三寸呈圆柱状，刚好握在掌心，外观很普通，它的玄妙就在柱芯，嵌有锋利的铁芯通到柱身，有三眼、四眼、五眼等，苇秆从总眼插入，被铁芯均匀的剖成几缕细苇眉子，从侧眼分割出来，不同眼的串子，出来的苇眉粗细不同，用来编织不同的器具。

苇编前要有烦琐又细致的准备工作，筛苇、解苇、蘸苇，把芦苇蘸湿闷透，增强其柔韧性。还要轧苇、捋苇、投苇（选苇）、擀苇。每道工序缺一不可。如今在老城的街头巷尾，时常能看到闲置的碌碡，随着洼淀的萎缩和生产方式的转变，英雄没有了用武之地，整天戳在墙角昏睡，在梦里重现水乡织席编篓的繁忙景象。

织席需要全家总动员，辛苦又充满趣味。小院子里满是芦苇，成捆的苇子，有的靠墙戳着，有的在地上躺着，还有的散放着。老人选苇，干净利落；丈夫串苇手疾眼快，像闪电，又像高速运转的机器；妻子编席手如穿梭，苇眉子在怀里有节奏地摇曳着。女人坐在席上，就像坐在云朵上，唰唰唰，一会儿的工夫就是白花花的一大片云朵，飘在夜幕里，犹如水面上的白莲花。

编席要按照"挑二压三平抬四"的口诀编织。大孩子给大人递苇，织好的席子捆成卷倒在地上，小顽童一会儿蹲在摊开的苇子里寻找贝壳；一会儿在席筒里咿呀喊叫着爬出爬进；一会儿又跑到苇捆间钻来钻去。大人眼里的辛劳生活，却是孩子们的游戏，玩得不亦乐乎。一家人苦累之中，也是其乐融融，每天忙到午夜才能歇息。

织席编篓本是经济的来源，却充满诗情画意。水乡能工巧匠众多，花纹织得像花布般的美观：十字纹、方块纹、三角纹、人字纹、回字纹等。花纹精细、薄厚均匀，针脚细密，四角平整，接头收边不留痕迹。用苇席装饰的屋子素净古雅，仿佛置身于大自然里，令人安然沉静。

编篓的技术更是一绝，苇编渔具集奇、巧、趣于一身，功能多样，既可单独使用，也能组合配套。渔具精巧可爱，有像将军肚的虾篓子、元宝形的跳篮、形似圣诞帽的撬、古怪的垮苲、酷似大灯笼的螃蟹斛、用苇箔对卷加底的迷糊阵、花瓶般的鱼篓等，形式多种多样，美不胜收。箩筐状的鱼包更是精巧，双层编织，里外找不到接头，既美观又结实耐用，每担能挑一百多斤鱼。

篓和斛的腰脐或首尾处，还配了具有活塞功能的须，拳头大小形如刺猬，毛刺朝里，虾蟹能进不能出。摸透并利用鱼蟹贪玩好奇的特点，再加上独具匠心的设计与编织，说它是玩具、是工艺品，蛮恰当呢。一件件艺术品就此产生，朴素的心态创造了朴实的美。

苇编用品用途广泛，用于包装、建筑、屯粮、苫盖、渔具、日用品等，遍及生产、生活的许多方面。现在塑料制品占据了生活的方方面面，却无法取代苇编器具的朴拙精雅和环保，这种蕴含着智慧和温度的器具依然深受欢迎。

利用水乡的特产，靠勤劳和智慧适应、改造并丰富生活，长年与精灵般的鱼虾相伴，人的智慧也与日俱增。捕鱼织篓是一种慢生活，日复一日，却磨炼出水乡人吃苦耐劳的品格，洼淀养活了这方生灵，人的智慧也升华了它的灵魂。

"苇岸蒲汀远接连，鹭鸶飞绕捕鱼船。抟苇如梭傍水滨，捞虾擉鳝不愁贫。"这是明万历四十二年，曾任文安知县的戴九玄赞美水乡胜芳的诗歌中的几句。胜芳因水而兴，因商而盛。20世纪60年代，上游修水库，大清河东淀断水，开始干涸，大量的苇塘变成庄稼地，如今仅剩千余亩。"男摸鱼，女织席，挑着担子做生意"是胜芳远去的生活记忆，人们的劳动方式有了较大变化，由捕鱼转为经商。但胜芳人依然传承着古老的丧葬礼仪，棺材上苫盖不收边的苇席。随着胜芳经济的飞速发展，人们的生活水平有了较大提高，大清河蟹在胜芳古镇销量很大，带动着螃蟹篓也供不应求，因而在河沿附近的老街巷里，还能见到织席子编螃蟹篓的白发阿婆。她们的脸上虽然沟壑纵横，却透着祥和淡定而又温暖的笑意。布满老茧和疤痕的双手，依然灵巧而年轻，年轮一般的老茧记录着水乡人的生活变迁。她们用情感的纬线，智慧的经线，编织了一首首无韵的诗篇，默默传承着充满实用艺术的非物质文化遗产。

芦苇变成精美的器具，有着妙不可言的禅意。苇的品格融入人的血液，铸就了胜芳人勤劳灵秀、淳朴善良的优秀品格。苇编用品精巧耐用、拙朴美观，以其悠久的历史传承和文化艺术价值，唤起久远的记忆，得到人们的垂青。

2014 年 7 月

秋风吹落天上声

云锣轻敲缓缓拉开了天幕，星月在云间静静穿行，时而呢喃燕语，时而妙似幽泉叮咚。尔顷，一声惊雷，似裂锦，万千铁骑自天宇奔突而来，滚木礌石，刀光剑影，惊天地，泣鬼神，心儿如履薄冰，战战兢兢地在黑夜里摸索前行……

听一曲固安屈家营古音乐，心魂仿佛被扣动，<u>丝丝缕缕缠绕心头</u>，催肝扯肺，泪眼婆娑。

"天子脚下，京南第一县"的固安古称"方城"，有着 3000 多年历史。荆轲刺秦王"献督亢地图于秦"的"督亢"即今固安、涿州一带，自古就是富庶之地。

固安的屈家营村因国家级非物质文化遗产而出名，屈家营古音乐会为汉族民间笙管乐，相传源于明永乐七年的寺院佛教音乐，距今已有 600 年历史。它既有北方音乐的古朴粗犷，又兼备南方音乐的柔婉清丽。

秋阳里的屈家营村，古朴、静美、祥和，阳光给音乐会堂披上了一件金色袈裟，庄严而又神圣。

舞台上，老中青三代人正在神情专注地演奏着，最年长者须发皆白，虽已是耄耋之年，却精神矍铄，布满核桃纹的脸上，沉静、安详、庄重，双手捧笙，仿佛捧着自己火热的心，微闭着眼睛，深深地陶醉在妙乐里。

中年人，动作优雅而又娴熟，神情悠然又自得。一支管子在指尖仿佛顽皮的鸟雀，鸣叫，扑翅，不知是管子给予了指尖灵感，还是指尖赋予了管子魔力，婉转高亢的音乐嗖地钻入了观众的骨缝里，催出寒泪一行行……

古老的音乐会有了年轻人，才有了不老的青春。你看那些衣袂飘飘，长笛轻奏的年轻人，阳光而富有朝气，令古老的旋律多了几分撼动心魂的力量。

笙、管、笛、箫等传统乐器最接近人声，经过手和唇的安抚，注入了人气，奏出有温度的音乐如泣如诉，仿佛午夜灵魂的低语。

古音乐就像那无形之剑，柔软而锋利，瞬间穿肝透肺，任你铁石心肠，也会为之动容。

民间的笙管乐大多在祭祀、丧葬时演奏，曲调低沉悲亢，不同的曲目，风格也各不相同。侧耳细听，激烈中蕴含悲壮，雄健中带着一丝柔情，悲戚哀痛的旋律似乎在诉说一个人呱呱坠地、咿呀学语的幼年，天真活泼的少年，意气风发的青年，辛苦打拼的中年，风烛残年的暮年，最终一抔黄土掩风流，落了片白茫茫大地真干净。

管笙笛悠扬，余音袅袅，鼓铙钹镲铿锵，荡气回肠。音乐面前，众生平等，无论是富贵，还是贫穷，古乐超度亡者孤独的灵魂，引领着走向天堂。同时在抚慰、温暖生者，人们在鼓乐里追忆、反思、静默，音乐拉近了族人的距离，唤醒孝心与良知，曾经的恩怨悄然化去。

音乐止泪，亦催泪，刺心，亦止痛，让生者从中汲取力量，愈加惜缘、珍爱生命。

荀子说："礼者，人道之极也。"古音乐在潜移默化中塑造灵魂，教化大众，传播文明，凝聚民心，对社会的文明与进步，起着不可小觑的作用。非物质文化遗产是一个民族的文化 DNA，它具有独特性和稳定性。"同时，它也是一袋救命的'脐带血'——无论世界如何变化，外来文化如何冲击，自身传统如何失落，只要保护好这最后一袋'脐带血'，这个民族的传统即或命悬一线，也能起死回生。"

翻看这古音乐的沧桑历史，触摸固安的文脉。屈家营古音乐所保留的传统曲目属于宋元时代，与北京智化寺的庙堂音乐有渊源，与相邻的霸州、永清、文安等几个县的古音乐会也有渊源，曲谱、演奏、风格非常相似。古音乐会蔓延京都附近，幽燕大地，流传之广，数量之多，实属罕见，非常值得挖掘考证。

自古燕赵多悲歌，古往今来，朝代更替，外族侵略，各种战事不断，古音乐会与多灾多难的祖国一起经历了无数劫难。抗日战争时期，日本鬼子多次查抄抢夺乐器和曲谱，被林呈瑞等人舍命保护埋藏在屋里，并压上石磨，从而躲过一劫。"文革"期间，古音乐作为"四旧"面临灭顶之灾，又一次被酷爱民俗文化的村民机智掩藏。古音乐会历经磨难，幸有众多的仁人智者才保住了这个"活化石"般的仙乐。

固安古音乐的曲谱是工尺谱，难懂不易学，主要靠师傅口传心授。随着时代发展，音乐会也受到经济大潮的冲击，青年男子忙着外出挣钱养家，没有时间学习和练习，会里出现青黄不接的危机。于是，会里的有识之士大胆改革，勇敢地打破自古音乐会里无女子的传统，鼓励本村的年轻媳妇入会学习演奏。

民俗文化传承与创新，固安走在了前列。本村媳妇挑起古音乐会的半壁江山，为演出增添了一抹亮色。女子对音乐的感悟与相融，让传统的古乐焕发了生机。

被音乐洗礼过的灵魂，有着与众不同的洁净和安详。演奏者柔和的面容洋溢着圣洁的光泽，目光泉水般清透纯净，挺拔的身姿，优雅的动作，仿佛从《韩熙载夜宴图》中走出来的诗意女子。

生于斯，长于斯，依然是农家妇女的身份，古乐却赋予她们腹有诗书气自华的风姿。

文化，是一种包含精神价值和生活方式的共同体。它通过积累和引导，创建集体人格。民俗文化，是高雅艺术的母体，民族的，才是世界的。古音乐年轮般记录着当地的人文、民情、环境等变迁，有声的旋律，无声的文字诉说着历史悠久、文明和厚重。

笙箫幽幽，诉不尽红尘悲欢，锣鼓铮铮，惊不醒黄粱痴梦。音乐修身养性，升华灵魂，这块土地得到古音乐的滋养，人杰地灵，才有了绵延千载的文脉，才有了那数不清的慷慨志士。

　　这是乡音乡愁，北方特有的音乐，是华北平原的一个文化符号。无论天涯海角，它总能唤起游子心底久远的记忆，触动内心最柔软的地方。

　　传承数百年的固安古音乐，在人世间普及着爱和善良，从一个独特的角度提醒大家，我们是谁。

2017 年 8 月

郎在山上唱情歌

从黄河到青海，风也听见，沙也听见。

——题记

岷州，西部民歌洮岷花儿的圣地，一块藏在大山深处的璞玉，静谧秀美，遗世独存的桃花源。在岷州，耳畔时时回荡着令人心颤的花儿，在岷州，我的心柔如春水，不时被美妙的歌子掀起涟漪。阴历的五月十七是岷州的二郎山花儿节，我如同迁徙的燕子，千里迢迢地奔来，践行前世的盟约。

只要我在阳世上

从陇西下火车，包容冰老师亲自带着女婿开车去车站接我，一路上听老师讲往年洮岷花儿节的盛况，听得我心里直痒痒，恨不得马上融入花儿的盛会。汽车平稳地在山路上盘旋，青山、洮河、云朵时近时远，田野里，当归、黄芪、红芪、党参、各色山花，青碧嫣红，明丽的色彩撞入眼里，漫到心上。

田野里，不时传来农人劳作的歌声。"手拿镰刀割茹蒌，镰刀要割青草呢……""那就是花儿，不过是野花儿。"包老师不时地给我讲解。野花儿？好美啊，歌子如蝶，翩舞在我的心海。如果不是急着赶路，真想坐在田埂上听个够呢。

于是，围绕着花儿，我和包老师展开了讨论。我们探寻着洮岷花儿的起源、传播范围和演变，虽然没有亲临花儿会现场，如此空谈很抽象，但我心灵的画布上已有了洮岷花儿的轮廓。

261

中午时分，终于到达岷州县城，整整走了近五个小时，岷州好远啊，仿佛藏在天边。遥想古时，交通不便，人们走出岷州，何其艰难。幸好有花儿做伴，独自行走在山间，自言自语般吟唱，山谷里回荡着歌声，驱除旅途的孤寂。如果附近有人对唱，再漫长的旅途，也是美好的。

包老师约了文友给我在玫瑰园接风。玫瑰园环境优雅安静，非常适合雅集，去年《岷州文学》年会，我们在这里谈诗、绘画、聚餐、联欢。与各位朋友相见，甚是欢喜，包福同、刘文科、张广智等老师早已熟悉，大家围着我嘘寒问暖，亲切又温暖。得知我为花儿而来，大家有些惊讶，没想到我这个小女人竟然会痴迷土土的花儿。于是，饭桌上的话题围绕花儿会展开，每个人的脸上都洋溢着自豪，朋友们情不自禁地唱了几首自编的花儿。

午饭后，包老师没来得及休息，就和妻子陪着我去公园采风。

公园附近的街道非常拥堵，路旁的货摊鳞次栉比，尤其是小吃摊，品种繁多，各种诱人的香味不断撩拨着人们的胃口。人们扶老携幼汇聚而来，大家穿着节日的靓装，虽然年龄不一，妆容各异，却有着同样的喜庆笑容、浓郁的西北方言、黑红皮肤、纯净眼神。

高寒地区，气候比较凉，早晚温差大。这里的中老年都喜欢戴帽子，老汉们大多穿着蓝黑灰的布衣，戴着深蓝色的帽子，老婆婆里面戴着白色的布帽，外面罩着鲜艳的头巾，朝后系住，巾脚塞在帽子里，精干利索。这样的打扮和三十年前我在甘肃生活时看到的一样，只是现在的西部人衣服整洁光鲜，没有了补丁。

自古二郎山就是花儿会的主会场，从山巅到山脚都是赶会的歌迷们。岷州花儿会有个传统：不在村子里也不在家里唱。大多在二郎山、公园、街道等开阔处进行，一个主会场，在同一时间必有许多个大小不一的对唱群体，俗称"唱花儿摊子"。今年由于二郎山塌方，山路危险，山上的赛歌会控制人流，众多的民歌爱好者被拦在了山下，不时有老人苦苦央求，就想去山上看看歌会，他们对歌会的向往就像拜佛一般虔诚，令人动容。

在公园草坪的一角，找到了刘文科老师组织的七八个歌手，当大家得知我千里赶会，很是感动。我们在草坪上席地而坐围成一圈，大家展开歌喉即兴对唱。岷县花儿的曲调有两种，一种叫"阿呜怜儿"，亦称"阿欧令"，曲调起音突兀上扬、高亢粗犷，好似尖刀刺人的尖叫声，也叫"扎刀令"。北部地区还有一种叫"两怜儿"，这种曲调较之"阿呜令"，平和婉转，少了悲苦的色彩，结尾后缀拖长音的"啊，两怜儿啊"。

岷州二郎山五月十七花儿会最早源于当地的祭神会，据考证其形成时间为明代，参与民众达十万余人，是国家级非物质文化遗产。

这些歌手都是县城周边朴实的中年农民，多次在政府举办的花儿大赛中获奖。一番寒暄后，直奔主题，花儿对唱开始。首先是一个妇女领唱，歌词大意是：岷州是个好地方，今天我们欢聚花儿会，以歌交友，歌颂我们的幸福生活。一个唱罢，下一个马上接唱，一唱一答，很是自然流畅。他们用方言对唱，有的歌词听得不是很真切，朋友在旁边给我小声地翻译。

岷州是花儿的祖源，花儿，与话儿同音，也因歌词中把女性比作花儿而得名，是以唱腔形式拉话。"阿呜怜儿"，它以高亢激越、质朴粗犷、悲切凄厉、明朗爽快的审美特征，超级稳定的短句结构，迸发出诚挚动人的情感，歌名、曲调传唱千年，却保持了花儿的原汁原味。最令人惊讶的是，歌者全部来自民间，文化水平低，由于从小受家庭的熏陶，口口相传，让古老的花儿有了超凡的生命力。

洮岷花儿的词体结构以三句段和四句段为主，每句为七言，合辙押韵，多以比兴。最令人震撼的是，歌词为歌者即兴发挥，没有彩排，没有底稿，仅仅在对唱的间歇，聆听着对方的歌词，飞速在心里打好腹稿。如此出口成章的奇人，只有学富五车的才子能做到，没有想到在闭塞的小山沟里竟然藏着如此聪慧的人儿。在岷州，上至九十九，下到刚会走，都能唱几句花儿。父母传子女，子女传孙儿，代代相传，绵延不息。

花儿的歌词内容非常丰富，大到佛法、国策、新闻，小到衣食住行，一切事物都能歌唱，尤其是情歌最是动人，单相思、苦恋、痴恋、热恋、诀别，人间千种情，万种痛，都能唱得摧心扯肺。

歌者的情感大海般富有，开心要唱歌，悲伤要唱歌，寂寞歌做伴，无聊陪伴歌。花开有情歌，花落有殇歌。女人寂寞就唱歌，男人唱歌更寂寞。不知是花儿驱散了忧伤，还是忧伤染醉了花儿，扎刀令高亢尖锐，仿佛割心扯肝，唱得声嘶力竭，"两怜儿"柔婉缠绵如坠蜜罐，听得人心抖肝颤，却又欲罢不能。歌子仿佛烫手的热山芋，在人群里传来丢去，歌声、掌声、欢呼声此起彼伏……

草地上的人越聚越多，里三层外三层，老夫妻互相搀扶着，扶着拐杖，听得如痴如醉；少夫妻背儿抱女，身子还一点一点打着节拍，不时随声附和；少年男女们穿着时尚，三一群两一伙，津津有味地对唱，有温度的歌子飘入有情人的眼里、心上……

倾听着原汁原味的充满乡土气息的民歌，我也情不自禁地随着他们哼唱，虽不会编歌词，却能随着婉转的歌词咏叹，尤其是哼唱结尾"啊……""哎欧……"慢慢地，天高云淡，心亦敞亮。

花儿似乎是叩解历史隧道的密码，带着我走回远古：

"只要我在阳世上，

"阳世上，

"把你不到难处放……"

尕妹是肝花阿吾是心

岷州花儿会的盛大堪比元宵节，十里八乡呼朋唤友举家赶会，场面甚是壮观。白天的二郎山、公园人山人海，歌子潮水般在人群里翻卷着，歌飘到哪里，哪里就有掌声与欢笑声随之起伏。

夕阳染红了天边的云霞，晚霞给歌者镀上一层神秘的光环，他们唱得更投入了，歌声越发迷人。人们久久地围观着，我也出神地聆听着，似乎灵魂也随之出窍，朋友唤了四五次，我才恋恋不舍地离开。

包老师读中专的同学来岷州看歌会，晚上大家坐在街头品尝当地的特色小吃手把羊肉。大街上各种民歌赶趟似的涌了过来，歌子撩拨着我的心，再也坐不住了，趁着手把肉还没有做好，我悄悄地从大排档的后面跑了出来。

本以为如此偏僻闭塞的山间小城的夜晚是寂静的，哪知比白天更热闹。大街上人头攒动，工作一天的人们呼朋唤友来赶会。各色小吃摊一字排开，街头巷尾挤满赛歌的人儿，这一堆，那一伙，大家围成一个圈，无须介绍，相视一笑，心门洞开，歌子就是最好的名片。

白天赶会的以远道的乡民居多，晚上赛歌的大多是城里的居民。大家聚在路灯下，热热地唱着，发自灵魂的歌声最有感染力，一人唱，众人和，尤其是每句尾部拖长音的"哎"，仿佛有丝绸从心上拂过，一种无以言说的畅快从心底漫上来……

正当我看得如痴如醉的时候，朋友拉我去吃饭。鲜美的手把肉做好了，香喷喷的味道不时飘来，却难挡民歌对我的诱惑。"朋友们都等着你呢，他们都会唱花儿。"与其说是朋友叫我来吃饭，不如说是花儿把我喊了回来。

大家在一起亲热地啃着手把肉，品着美酒，喝至兴处，酒似水，语言已不足以表达情感，民歌唱起来，歌子似乎在酒水里浸泡过，炽烈热辣，在心弦上游走，伸长耳朵痴痴地聆听，似乎品出一股奇异的味道，那感觉熟悉又陌生，脑海里一些记忆的碎片在慢慢拼接。

我的父母是 20 世纪 50 年代支边的知识分子，我出生在黄土高原，还在襁褓里就聆听着父母唱花儿，被花儿抚慰过的身心似乎更多几分柔情。十七岁的冬季，我随父母调回内地，从此黄土高原成了我灵魂里的麦加，花儿也随之尘封在记忆深处。

花儿叩开了记忆的大门，走远的往事，消失了的亲人在歌声里鲜活着，终于寻到心灵的安适，流浪的孩子找到了家。

白塔寺金火圣母庙会正在上演花儿联欢会，舞台前挤满了观众，我们坐在第一排，近距离地观看很是惬意。歌手在台上倾情演唱，台下的观众小声地附和着，热辣辣的气氛让人惊叹。这是一片多情的土地，民歌已走入人们的灵魂，就像吃饭睡觉一样重要。

人群中不时见到白发苍苍的老人，落光牙齿的腮帮子瘪瘪的，却在呢喃哼唱，老人怀中的五六岁的小顽童也在奶声奶气地唱着。恰在此时，台上出现了一个五龄稚童脆生生的歌声，有着小苹果的甜香，令人怜爱。紧接着又从幕后走来一群小歌手，天籁童音有着神奇的魔力，仿佛清澈溪流从人们的心上流过，红尘里的疲惫被尽数涤去。

美好的时光总是跑得最快，正当我听得如痴如醉的时候，晚会将要落下帷幕。晚会散场了，我和朋友们来到后台向演员致谢，虽然是初次见面，相视一笑，已似老友。主持人得知我对花儿的痴迷，主动为我演唱最深情的两怜儿，怎能来而不往呢？于是，我随着他那美妙的歌声在舞台上翩翩起舞，惹得掌声如潮……

不知不觉已是午夜，街上的游人终于稀少，街角路灯下，依然有三三两两的对歌人，虽已是花甲之年，那兴致却丝毫不输年轻人。青春已远去，曾经的爱与恨在心底已激不起浪花，柴米油盐取代了甜言蜜语，只是在今天这个特殊的日子，内心依然泛起微澜。

"尕妹是肝花阿吾是心，心离了肝花时不活……"

热愣愣地咬一口

一曲酣畅淋漓的"扎刀令"，吐出心底压抑许久的幽怨，一曲牵魂动魄的"啊呜怜儿"，梳理百转愁肠。

在岷州，我仿佛中魔了，只要醒着就在思考洮岷花儿。遇到岷州人，首先询问："您会唱花儿吗？请给我唱个花儿吧！"看到我如此着迷花儿，朋友笑着打趣："叶紫啊，你都快成花痴了，别走了，在岷州定居，让你听个够。"

我对花儿的醉心，也唤起朋友们对花儿的重视，纷纷帮我收集。那日，包老师带我们去狼渡镇送《岷州文学》下乡，在路上，包福同老师与我谈起了花儿。他年轻时在狼渡镇教学，曾偶遇一个耄耋之年的老奶奶唱花儿，从小听着花儿长大的他对此早就没有了新鲜感，但老奶奶自编的歌词却不经意间触动了他的心。于是，他驻足聆听，并用心记下了歌词。

"镰刀要割麻木条条细叶白杨串河柳，把怜就像大米白面热汤粽子肉连（和）酒，热愣愣地咬一口。"这首情歌是两怜儿曲调，对爱情的表达既富有诗意，又直率热烈，镰刀、白杨、河柳、大米、白面、粽子、酒等众多名词重叠，强化了思念恋人的意蕴，却没有冗繁的感觉。"怜儿"指思念的人、亲爱的、亲亲、情人，"热愣愣"唱出了内心对情人的热切思念，一个"咬"字把这种思念推到了高潮，情到深处难自禁，恨不得把亲亲含在嘴里，融化在血脉里。

最奇特的是歌者目不识字又足不出户，却顺口编出了如此深情又精练的情歌，即使专业人员也不一定能有这样的水平，不得不叹服：高手在民间。

西部人比较内向少言，平时羞涩内敛，一旦亮开喉咙，却落落大方唱得酣畅淋漓，热辣辣、苦巴巴的相思一吐为快，在歌声里爱得死去活来，痛得撕心裂肺，想得茶饭不思，恨得咬牙切齿，怨得柔肠寸断……

在众人看来，能唱出如此热辣的情歌，情感生活一定非常丰富。可是，这个老人的情感世界却是一片荒漠，年轻时守寡，孑然一身孤苦不堪，生活刚能解决温饱。苦涩的人生却没能熄灭她心中那盏爱的灯火，只要天气晴好，她就坐在院门口一边搓麻绳，一边哼唱自编的花儿，不管是否有人听，她都喃喃自语般哼唱，一世的苦楚，半生的坎坷，化作热热的情歌温暖着孤苦的灵魂。

她是个有故事的人，也曾是"窈窕淑女，君子好逑"。如今老眼昏花白发如雪，幸好有花儿陪着，把寒冬熬短，把白天变长。

情爱的苦辣酸甜尽在其中，其实美好的爱情只是一个幻象，就像卖火柴的小女孩点燃火柴时看到的美好事物，转瞬之间，一切化为乌有，留下深深的孤苦，难言的酸楚一半回流心里灼伤愁肠，一半化作歌子，在世间久久回荡……

"情为何物，直教人生死相许。"细品那些生死缠绵的情歌，你会品到别样的味道。洮岷花儿的情歌写到极致，几行看似普通的语句，却有着刀剑的锋利，火焰的炽热，任你铁石心肠，也会被灼伤。

"肝花想成豆瓣了，肋巴想成豆秆了，肠子想成扣线（丝线）了。"

"想得浑身没肉了，耳朵尖尖（儿）干透了，数肋巴时不够了。"

"眼泪淌了两大缸，一缸和泥抹光墙，一缸给你洗衣裳。"

"三天喝了两根（儿）汤（长面条），一根挂在腔子上。"

"想你晚夕没瞌睡，手拿长香院里跪，凌霜落了一脊背。"

如果没有死去活来地爱过，如何能写出如此令人心魂战栗的歌词？爱是什么？它令人水深火热，让人神魂颠倒，如痴如醉，忘记自己是谁。爱之深，思之切，直教人销魂蚀骨，如疯如癫。

爱，令人迸发勇气和智慧，爱，升华灵魂，心中有爱的人是天生的诗人、艺术家。如此，似乎能解释为什么这些从未读过书的远离闹市的老人写出令人惊叹的情歌，他们日日以大山、丛林、溪水为伴，他们的灵魂洁净得不染一丝尘埃，内心被美好充盈着，满满的都是情。一颗洁净的心才能品到爱的千般滋味，万般无奈。

"花儿本是心上话，不唱由不得自家。"在岷州的街头巷尾不时能看到一些古稀之年的老婆婆聚在一起聊天，用说唱的形式倾诉内心的憋屈，内容大多是琐碎的家长里短，语句却合辙押韵，朗朗上口。唱到动情处，竟然双手挥舞泪如断珠，语调却不哽咽，依然说唱自如。

岷州的花儿大多以悲调为主，即使是摄人魂魄的情歌，大多也是表现苦相思。也许花儿是从当归里长出来，甜苦相融，苦中有一缕清香。或许，悲苦才是人生的本相。

在岷州，听一曲原汁原味的洮岷花儿，找回迷失的自己；在岷州，听一曲热辣撩人的洮岷花儿，让烈火在胸膛熊熊燃烧；在岷州，听一曲幽怨悲凉的洮岷花儿，让泪在心底肆意流淌……

花儿是中国西部民间文学的"活化石"，是大山与江河孕育的一种文化符号，有着岷山的稳定与古老，有着洮河的活力与灵秀，在西部大地悠悠传唱千年，它是民众的心声，是灵魂的呐喊，也是人与自然的对话。

2017 年 11 月 27 日